ESPONJOSA Y ENCANTADORA

UNA NOVELA ROMÁNTICA DE UNA CHICA
CURVILÍNEA EN UN PUEBLO PEQUEÑO

GRANDE Y HERMOSA
LIBRO OCHO

MARY E THOMPSON

BluEyed
Press

Copyright © 2016 Mary E Thompson (Inglés)

Copyright © 2025 Mary E Thompson (Español)

Este libro fue traducido del inglés al español con la ayuda de IA.

Publicado por BluEyed Press, Todos los Derechos Reservados

Ninguna parte de este libro puede ser reproducida en ninguna forma o por ningún medio electrónico o mecánico, incluidos los sistemas de almacenamiento y recuperación de información, sin el permiso por escrito del autor, excepto para el uso de citas breves en una reseña de libro.

Esta es una obra de ficción. Todos los personajes, negocios, lugares y acontecimientos son producto de la imaginación creativa del autor o se utilizan en un sentido ficticio. Cualquier parecido con personas reales, vivas o muertas, es pura coincidencia.

Copyright de Portada © 2025 Mary E Thompson

ISBN de versión impresa: 979-8-90031-094-7

❀ Formateado con Vellum

GRANDE Y HERMOSA

Siéntete orgullosa de ti misma. Quiérete. Nunca dudes de ti misma. Sal ahí fuera y cómete el mundo como lo hacen las mujeres de Grande y Hermosa. Luchan, pero saben quiénes son y tienen hombres que les recuerdan lo maravillosas que son cada día.

Libro 8

Esponjosa y Encantadora

¿Por qué las distracciones nunca aparecen cuando la vida es tranquila y estable?

30 días. Era todo el tiempo que me quedaba para encontrar un nuevo local y un nuevo lugar donde vivir. Afortunadamente, el local perfecto estaba disponible y yo iba a conseguirlo.

O no.

No solo no conseguí el local que quería, sino que una

nueva pastelería se iba a instalar. Justo enfrente. No tenía adónde ir, y ese nuevo negocio estaba listo para robarme los clientes que tanto me había costado ganar. Y no podía hacer nada para evitarlo.

La palabra «frustrada» se quedaba corta. Lo único bueno que me pasaba era haber conocido a Max. Era dulce y sexi, y me hacía olvidar todos mis problemas por un rato. Hasta que descubro quién es en realidad y adónde va cuando desaparece sin más.

Para Jackie, mi inspiración constante, mi confidente y amiga.

EL DESPERTADOR SONÓ a las cuatro de la madrugada, como todos los días. Aunque en realidad no importaba, porque ya estaba despierta. Había tenido dos meses para decidir qué hacer con mi futuro y por fin tenía una respuesta.

Había encontrado el local perfecto. Me había llevado ocho semanas, pero di con la ubicación ideal a la que mudarme. Bueno, lo bastante ideal. Mi edificio, el mismo en el que vivía y trabajaba, lo estaban vendiendo sin que yo pudiera hacer nada. Iban a desahuciarme y solo me quedaba un mes para encontrar un sitio al que ir. El día anterior había hecho una oferta por un local en un nuevo centro comercial que iban a inaugurar al otro lado de la calle de donde estaba ahora.

Era perfecto. Un pequeño espacio comercial, con sitio suficiente para un mostrador enorme y muchos asientos. De todos modos, ya había pensado en ampliar ¡Muérdeme!, mi pastelería, pero con el nuevo local se haría realidad. Y probablemente también una necesidad para compensar el aumento del alquiler. El nuevo sitio no tenía un estudio para que yo viviera, así que también necesitaba encontrar una casa nueva, pero esa parte no me preocupaba tanto.

—Mierda —dije cuando la alarma volvió a sonar, indicando que me había quedado traspuesta otros nueve minutos. Para una persona normal, nueve minutos de más no eran nada, pero para mí suponían la diferencia entre cinco y seis hornadas de magdalenas. Con un manotazo firme y un toque al interruptor, salí de la cama y me metí corriendo en la ducha. Me recogí el pelo, de color chocolate y crema de cacahuete, para no lavármelo, con la esperanza de recuperar esos nueve minutos.

Limpia y vestida con mi atuendo habitual de primera hora de la mañana, que consistía en unos pantalones de chándal y una camiseta de manga larga, sin sujetador porque… bueno, porque odiaba los sujetadores y, de todas formas, no había nadie a esas horas tan tempranas, me dirigí al trabajo. Mis pechos, de una 110C, botaban mientras bajaba corriendo las escaleras de mi apartamento hacia la cocina de ¡Muérdeme!. Encendí las luces y sonreí para mis adentros. En el silencio de la cocina, siempre podía sentir a mi abuela.

—Hola, Grams, —dije, como cada mañana. Por supuesto, el silencio fue mi única respuesta, pero me sentía mejor al saludarla.

Lo primero era lo primero: poner el café. Aunque nunca dormía más de unas pocas horas, bebía café como si me fuera la vida en ello. Había algo en el sabor intenso y amargo de una taza de café solo y el gusto dulce y suave de un mollete o un magdalena que siempre me hacía sonreír por la mañana.

Mientras se hacía el café, me lavé las manos, me até un delantal a la cintura y encendí las amasadoras. Mis clientes de la mañana solían venir a por magdalenas, así que empezaba cada día con cuatro grandes hornadas antes de pasar a los pastelitos.

Harina, azúcar, sal y levadura en polvo se mezclaron en la

primera amasadora, seguidas de aceite vegetal, huevos y leche. Mientras la masa de arándanos se mezclaba, pasé a la de plátano y nueces, trabajando las dos preparaciones a la vez con una eficiencia fruto de la práctica. Una vez que incorporé los arándanos a la masa de los magdalenas, la vertí en los moldes de papel y metí la primera hornada en el horno. Los de plátano y nueces fueron justo detrás de los de arándanos y empecé a respirar más tranquila, pensando que quizás había recuperado mis nueve minutos.

Las estanterías de la trastienda estaban casi vacías, con las pocas sobras que solían quedar del día anterior. Horneaba productos frescos cada día y esa era una de las cosas que había mantenido mi tienda llena de clientes durante los últimos dos años y medio.

Con los magdalenas en el horno, lavé las amasadoras y empecé de nuevo con nuevas tandas de magdalenas con pepitas de chocolate y mi especialidad navideña: los magdalenas de bastón de caramelo. Con el Día de Acción de Gracias ya pasado y la Navidad pisándonos los talones, a mis clientes les apetecían sabores de invierno.

En cuanto a mí… bueno, podría saltarme la temporada entera. No tener familia hacía que las fiestas fueran especialmente duras. Tenía siete mejores amigas, pero todas tenían pareja y no necesitaban que yo fuera de sujetavelas a sus eventos familiares. Además, yo ya era mayorcita, tanto en sentido figurado como literal, y con treinta y un años podía soportar unas cuantas noches a solas.

Aunque esas noches de soledad me dieran ganas de zamparme una hornada entera de mis pastelitos de caramelo salado.

A mi culo descomunal no le hacía ninguna falta.

Pero hornear llenaba un vacío dentro de mí que me había convencido de que estaba lleno siempre que contuviera un magdalena, un mollete o una nueva receta. Solo en los últimos años, al ver a mis amigas encontrar el amor, empecé a permitirme creer que yo también podría tenerlo. Salía con muchos chicos, mis amigas solían decir que era una romántica, pero me costaba creer que un hombre quisiera sentar la cabeza conmigo.

Y si lo hacía, no estaba segura de tener tiempo de todos modos.

Desde pequeña siempre había tenido sobrepeso. Mi abuela lo llamaba estar «esponjosa», probablemente porque ella también lo estaba. Me decía: «Somos esponjosa, como un magdalena perfecto. Nunca te avergüences de ello». De pequeña me la creí. Pensaba que era especial porque no me parecía a las otras niñas, las delgadas que tenían el pelo perfecto y no tenían curvas. Cuando llegué a secundaria empecé a darme cuenta de que ser diferente no era algo que hubiera que celebrar, sino algo que había que cambiar.

La cocina de mi abuela era mi lugar favorito del mundo. Después de clase, pasábamos horas allí horneando para ahogar mis penas, llorando sobre la masa de los pastelitos por los chicos a los que no les gustaba o las chicas que no querían ser mis amigas. Intentaba que no me importara, ser simplemente yo misma, esponjosa, pero los otros estudiantes no lo aceptaban. Soporté burlas casi constantes hasta que me gradué del instituto un año antes y me matriculé en la universidad, yendo y viniendo cada día desde casa.

La universidad fue un poco diferente. Me centré en mis clases y no estaba en el campus para relacionarme con otros estudiantes. Eso significaba que tenía muy pocos amigos, pero también que estaba libre de acoso. Me encantaron mis años universitarios porque estudié Empresariales. Nunca dudé de que algún día abriría una pastelería, pero estaba entusiasmada por aprender todo lo que pudiera sobre cómo llevar un negocio, ya que hornear ya sabía.

Estaba en la gloria. Hasta que todo mi mundo se vino abajo.

Pero ya nada de eso importaba. Mi vida era ¡Muérdeme! y estaba dispuesta a hacer cualquier cosa para salvarlo. Encontrar a un hombre era lo último que se me pasaba por la cabeza mientras luchaba por salvar a mi bebé, mi corazón. ¡Muérdeme! era lo único que tenía, lo que más me recordaba a mi abuela, y no iba a quedarme de brazos cruzados y dejar que se desmoronara a mi alrededor como un magdalena seco.

Y yo no hacía pastelitos secos.

A las seis, la cocina olía de maravilla y ya estaba horneando pastelitos para mis clientes de la tarde. Los pastelitos eran mi producto estrella y con lo que había empezado el negocio. Había cedido y añadido magdalenas un año antes, cuando los clientes empezaron a preguntar si tenía. Nunca había tenido ganas de diversificarme a tartas, brownies o panes, pero los magdalenas eran una extensión fácil. Y siempre me habían encantado los magdalenas. Casi tanto como los pastelitos.

Con los magdalenas ya fríos, salí a la parte delantera con una bandeja cargada para surtir la vitrina. Encendí todas las luces justo cuando la máquina quitanieves pasaba por mi ventana para limpiar los casi sesenta centímetros de nieve acumulada. Sonreí mientras colocaba la primera bandeja en su sitio y volvía a la cocina a por la siguiente.

Me encantaba la nieve. El invierno era mi estación favorita. No solo tenía un «cuerpo de invierno» en vez de uno de verano, sino que me encantaba poder acurrucarme frente a una chimenea con una taza de café y un magdalena dulce.

A veces fantaseaba con tener también a un hombre allí, pero ni siquiera una romántica como yo podía hacer aparecer uno por arte de magia. En cuanto instalara ¡Muérdeme! en mi nuevo local, podría preocuparme de nuevo por encontrar a un hombre.

O empezar a coleccionar gatos para que me dieran calor junto a mi chimenea imaginaria.

Con las vitrinas llenas, limpié todas las mesas de la zona de clientes, apagué las luces y eché un vistazo a los pastelitos. Me serví una taza de café recién hecho, extragrande y humeante, y desenvolví lentamente el mollete con pepitas de chocolate que había guardado para mí.

Aún estaba caliente por dentro cuando lo partí. Aspiré el dulce aroma a chocolate y cerré los ojos, recordando la primera vez que había hecho esos magdalenas.

Había sido un día particularmente malo en el instituto. El chico guapo que me gustaba me había sonreído en el pasillo y por fin reuní el valor para hablar con él. En la cafetería, me acerqué a su mesa y, valientemente, le pregunté si podía sentarme con él. Me miró como si no me hubiera visto en su vida y preguntó: —¿Por qué?

No supe qué decir. No parecía que estuviera siendo cruel, pero no podía imaginar por qué querría sentarme con él.

—Pues... me has sonreído hoy y he pensado que a lo mejor te gustaba.

Era una niña bastante rara. Era lo que tenía que te criara una abuela que te hacía creer que todo el mundo era amable y maravilloso. También me enseñó a decir siempre lo que pensaba y a decir la verdad.

Aprendí una dolorosa lección cuando el chico, cuyo nombre no podía recordar años después, dijo: —No te he sonreído a ti. Estaba mirando a la chica que había detrás de ti. La que está buena.

Se me cayó el alma a los pies y me sentí tan estúpida que ni siquiera contesté. Simplemente me di la vuelta y salí del instituto. Cuando llegué a casa, horas antes de lo que debería, todavía me corrían las lágrimas por las mejillas. Grams no se enfadó, solo me rodeó con sus brazos, su aroma a vainilla envolviéndome, y dijo que era hora de hacer algo especial.

Siempre que horneábamos hacíamos pastelitos, así que cuando añadimos pepitas de chocolate a la masa, me quedé confundida. Grams me explicó que a veces necesitábamos algo que pudiéramos mojar.

Para cuando sacamos los magdalenas del horno, ya me había olvidado por completo del estúpido chico y había decidido esforzarme al máximo en el instituto para poder terminarlo antes. Grams estaba de mi parte, como siempre, y supe que estaba tomando la decisión correcta.

Los magdalenas estaban perfectos y los mojamos en el café recién hecho que Grams preparó esa tarde. Fue la primera vez que tomé café y la primera vez que hice magdalenas. Grams convirtió lo que empezó como mi peor día de instituto en un gran recuerdo y en algo que impulsó la expansión de mi negocio.

Perdida en mis recuerdos, di un respingo cuando la puerta principal traqueteó. Aún estaba oscuro fuera, aunque la luz del día amenazaba con abrirse paso. Al traqueteo le siguieron unos golpes. Dejé el café y miré a mi alrededor, preguntándome si tenía algo que pudiera usar como arma.

Tras decidir que no tenía nada que me sirviera de ayuda, me asomé por la ventana de la puerta que separaba la trastienda de la zona de clientes. La máquina quitanieves estaba aparcada delante y una figura alta se protegía los ojos con la mano para mirar dentro de mi tienda.

No parecía una amenaza, así que pasé a la parte delantera y caminé hacia la puerta. Levantó una mano a modo de saludo y yo le devolví el gesto. —¿Puedo ayudarte?

—He visto tu luz encendida hace unos minutos. ¿Por casualidad tienes café?

Consideré su petición. La buena persona que había en mí quería simplemente abrir la puerta y darle una taza de café.

La empresaria que había en mí quería decirle que volviera en una hora, cuando abriera. La mujer que había en mí quería acercarse a ese hombre de aspecto rudo que estaba de pie frente a mi puerta pasando un frío que pelaba.

La empresaria perdió la batalla mientras abría la cerradura y tiraba de la puerta para que pudiera entrar. Era alto, unos quince centímetros más alto que mi metro setenta y ocho. Su sonrisa fue lo primero que noté de él, además de su altura. Sonreía como la persona más feliz del mundo. Se llevó una mano enguantada a la cabeza y se quitó el gorro de lana negro para revelar un pelo color café. Sus ojos chispeantes hacían juego con el intenso color café de su pelo mientras me sonreía.

Los vaqueros le quedaban bajos en las caderas y su chaqueta de esquí estaba abierta y revelaba una camiseta ajustada, mostrándome lo cachas que estaba por debajo. Hacía mucho tiempo que no veía a un hombre tan atractivo. Bueno, excepto los pibones con los que se habían casado todas mis amigas. Este tío, sin embargo, removió algo en mí que los otros nunca habían hecho. Algo para lo que no estaba preparada. Algo para lo que no tenía tiempo.

—Te agradezco mucho que me dejes entrar.

—¿Conduces la máquina quitanieves? —pregunté, sintiéndome estúpida al instante. Claro que sí, ¿por qué otra razón estaría aparcada frente a ¡Muérdeme!?

—Sí, he conseguido el contrato este año. Anoche no miré el tiempo, así que he venido corriendo esta mañana para despejar el aparcamiento. No me ha dado tiempo a hacerme el café y ya voy arrastrándome.

Me mordisqueé el labio y lo examiné de nuevo, tratando de decidir si confiaba en él. Su quitanieves, desde luego, parecía auténtica y el aparcamiento estaba despejado, así que supuse que lo menos que podía hacer era darle una taza de café.

—Dame un minuto. No abro hasta dentro de una hora, así que el único café que tengo es la cafetera que guardo en la trastienda.

Asintió y desaparecí en la cocina. Cogí un vaso para llevar y lo llené con lo último que quedaba de mi cafetera. Mi café y mi mollete me llamaban al pasar junto a ellos, pero me obligué a ignorarlos y a llevarle el café al chico de la quitanieves.

Tenía la nariz prácticamente pegada a la vitrina cuando volví a salir. Carraspeé y se enderezó, sonriéndome con timidez. Madre mía, ¿podía ser más mono?

—Este sitio huele de maravilla. ¿Has horneado todo eso esta mañana?

Asentí mientras contemplaba la vitrina. Estaba orgullosa de mi trabajo y amaba mi tienda. Llegar a ese punto había sido un reto, pero sabía que era buena. Ayudaba también que me encantara.

—He horneado la mayoría de los magdalenas esta mañana y ahora estoy empezando con los pastelitos. La mayoría de mis clientes vienen por los pastelitos, pero tengo una clientela fiel a la hora del desayuno a la que le encantan mis magdalenas.

—No me extraña —murmuró, recorriéndome con la mirada.

Sentí un hormigueo por todo el cuerpo y empecé a sudar. Por supuesto, fue entonces cuando recordé lo que llevaba puesto. Sí, todavía en mis pantalones de chándal y camiseta. Sin sujetador.

Quería creer que mi delantal lo cubría lo suficiente, pero no había forma de tapar a las niñas.

O el hecho de que mi invitado les había caído bien.

Me crucé de brazos sobre el pecho y me obligué a mirarlo a los ojos. —¿Tomas algo en el café?

Miró el vaso rosa que tenía en la mano con ¡Muérdeme!

en el lateral y se rio entre dientes. —Qué mono. Me gusta. Y no, tomo el café solo. Pero si no es mucha molestia, me encantaría uno de esos magdalenas de pepitas de chocolate. Son mi debilidad.

Fui incapaz de resistirme a su sonrisa. Metí dos magdalenas en una bolsa rosa, también con ¡Muérdeme! en el exterior, y se la entregué.

—Gracias. De verdad. ¿Cuánto te debo?

—No te preocupes.

—No puedo hacer eso. Tienes un negocio que llevar.

Me encogí de hombros. —Sí, pero si atraviesas mi escaparate porque te quedas dormido al volante, me costará mucho más que un par de magdalenas y una taza de café.

Se rio, un sonido profundo y retumbante que dibujó una sonrisa en mis labios. —Muy cierto, —bromeó—. En ese caso, no te molesto más. Te agradezco mucho el café y los magdalenas. Y el placer de tu compañía durante unos minutos. Por cierto, soy Max Sullivan.

Alargó la mano y yo deslicé la mía en la suya, sintiendo un escalofrío que me subió por el brazo y me puso los pezones de punta. —Encantada de conocerte, Max. Soy Charlotte Black.

—Charlotte —dijo, casi para sí mismo—. Un nombre precioso para una mujer preciosa. —Max se volvió a poner el gorro y cogió el café y los magdalenas. —Que tengas un buen día, Charlotte Black.

Y entonces se fue.

2

Volví a cerrar la puerta principal con llave y fui a la trastienda para terminar de desayunar. El café y la magdalena estaban fríos, así que los metí un minuto en el microondas y luego volví a acomodarme en la silla. Intenté sacarme a Max de la cabeza, pero ahí seguía, rondándome. Soñar despierta era peligroso en mi trabajo, así que me repetí lo que ya sabía: que no tenía tiempo para un hombre.

Por muy delicioso que fuera.

Con el desayuno a buen recaudo en la barriga, subí corriendo a cambiarme y a ponerme la ropa del día. Me abroché los vaqueros, cogí una camiseta de ¡Pruébame! del armario y volví a atarme el delantal, con mis niñas bien sujetas en el sujetador esta vez.

Abajo, en la tienda, puse una cafetera y coloqué la nata y el azúcar en una mesa cerca del extremo del mostrador. Tenía una gran variedad de natas de sabores y múltiples tipos de azúcar, aunque no entendía cómo la gente podía usar esas alternativas tan poco saludables.

¿A quién quería engañar? Yo me metía el café en vena sin

añadirle nada y desayunaba, comía y cenaba pastelitos o magdalenas. No era quién para hablar de vida sana.

Saqué del horno mi última hornada de pastelitos y la puse a un lado para que se enfriara junto con las otras tres que ya esperaban el glaseado. Sabía que no me daría tiempo a cubrirlas antes de abrir, pero sí tenía unos minutos para mirar mis correos electrónicos. Se suponía que mi agente inmobiliaria, Elizabeth, se pondría en contacto conmigo en cuanto supiera algo de la propiedad. No es que pensara que me fuera a escribir tan temprano, pero soñar era gratis.

Guardé el iPad después de limpiar mi bandeja de entrada, abrí la puerta principal por segunda vez ese día y sonreí cuando la campanilla de encima tintineó en cuanto me coloqué detrás del mostrador.

—Buenos días —dije con alegría a mis primeros clientes del día—. Bienvenidos a ¡Pruébame! Avísenme cuando estén listos.

Las siguientes horas se me pasaron volando. Siempre tenía un par de horas de mucho ajetreo justo después de abrir y me encantaba. Mis clientes eran geniales. Todo el mundo comentaba la nieve, algunos refunfuñando, pero estando en Winterville, Nueva York… bueno, la nieve era prácticamente un requisito.

Una vez que pasó el ajetreo de primera hora, volví a la cocina y empecé a glasear los pastelitos que esperaban. Era martes y mis amigas venían para nuestra noche de chicas semanal. Con los años, nuestro grupo había cambiado. Yo no formaba parte del grupo original de Mandy, Sam, Addi y Claire. Las cuatro habían ido juntas a la universidad y se habían reunido todas las semanas durante años después de graduarse. Mandy conoció a Xander y, una semana que estaban peleados, necesitó un nuevo lugar para sus reuniones semanales y aparecieron en ¡Pruébame! para no irse jamás.

Las cuatro me cayeron bien de inmediato, pero pasaron unos meses antes de que formara parte del grupo. Mi mejor amiga, Lexi, y yo empezamos a salir con ellas más o menos cuando Claire se casó. Aproximadamente un año después, Sam conoció a Riley y con Riley llegó Carrie.

Esas siete mujeres se habían convertido en una familia para mí. Lexi y yo intimamos cuando estudiábamos juntas un posgrado, y ella me ayudó a convencerme para que montara ¡Pruébame! Con unas cuantas botellas de vino de más se nos ocurrió el nombre. Ampliar nuestro pequeño dúo a ocho personas aportó a mi vida una plenitud que nunca antes había conocido.

Siempre me aseguraba de tener los pastelitos favoritos de mis amigas recién hechos y listos para nuestras reuniones de los martes por la noche. Me costaba horrores que me pagaran, pero todas insistían. A veces me preguntaba si mi negocio se mantenía principalmente gracias a mis amigas.

Casi.

Mis vitrinas estaban medio llenas para cuando llegó la hora de comer. Me limpié las manos en el delantal y dejé escapar un suspiro con una sonrisa. Había sido una buena mañana. En cuanto pasara el ajetreo del mediodía podría tomarme un descanso. Algunos días mi comida consistía en unos cuantos pastelitos. No era la opción más saludable, pero desde luego estaba deliciosa.

Aunque la tarde se presentaría tranquila hasta que la gente saliera de trabajar, no me gustaba dejar la tienda sola. Como me había levantado tarde esa mañana, no tenía la comida lista, pero comer pastelitos no era ninguna tragedia.

Cuando el mogollón del almuerzo empezó a disminuir, no pude negar el hambre que tenía. Solo quedaba una magdalena de arándanos y me estaba llamando a gritos.

La campanilla de la puerta tintineó y entró un hombre alto y delgado con una sudadera de Soup's On. El estómago me rugió de inmediato, deseando tener un plato de sopa caliente para comer, pero sabiendo que no podía irme de ¡Pruébame! Le sonreí al hombre y le pregunté: —¿Puedo ayudarle?

—Sí, busco a Charlotte.

Confundida, lo miré de arriba abajo. Con cautela, respondí: —Soy Charlotte.

Nadie me llama Charlotte. La gente que me conoce me llama Charlie, o Charles. Sentí que se me erizaba la espalda y el miedo se me anudó en la garganta. La última vez que recibí una visita inesperada de alguien que me llamó Charlotte fue cuando murió mi abuela.

—Esto es para usted. Que aproveche —dijo mientras me entregaba una gran bolsa blanca con el logo de Soup's On.

—Espere, ¿qué es esto? —exclamé mientras se dirigía a la puerta.

—La comida. Hay una nota en la bolsa.

Me sonrió antes de salir por la puerta y cruzar corriendo el aparcamiento hasta su coche. Lo observé como si todo fuera una especie de broma y me pregunté qué demonios estaba pasando.

Entonces me di cuenta de lo bien que olía.

Llevé la bolsa a la cocina y la abrí. Dentro había una hoja de papel, como había dicho el repartidor. Al desdoblarla vi una letra que no reconocí.

Charlotte:

Gracias de nuevo por el café y las magdalenas de esta mañana. Como no me has dejado pagarte, he pensado que al menos podría invitarte a comer. Como no sabía qué te gustaba, he incluido sus cuatro sopas más populares y mi favorita. Espero que te guste al menos una de ellas.

Ha sido un placer conocerte esta mañana.

Max

No pude evitar la sonrisa que se dibujó en mi cara. No tenía tiempo para involucrarme con nadie, pero era un encanto. Y yo tenía hambre.

La bolsa contenía sopa de cebolla, de brócoli y queso, chili, de patata asada y minestrone. Olía tan bien que se me hizo la boca agua. No podía decidir cuál quería comerme, así que las abrí todas y fui alternando cucharadas de cada cuenco, picando también los panecillos de masa madre. Cada bocado era más delicioso que el anterior.

De alguna manera, conseguí apartarme cuando sonó la campanilla de la puerta. Sonreí al ver a Lexi entrar, vestida de pies a cabeza con su uniforme de trabajo azul. —¿Hola, Lex, ¿qué haces aquí?

Siempre había sentido un poco de envidia de Lexi. Cuando nos conocimos en clase de empresariales, nos emparejaron para un trabajo. Durante el semestre nos dimos cuenta de lo mucho que teníamos en común y empezamos a quedar también fuera de clase. Lexi era una de esas mujeres que no aparentan lo que son. Parecía de lo más normal, pero bajo esa apariencia de sobrepeso se escondía una mujer de armas tomar que había ascendido a gerente de planta en EAAC Pigments a sus treinta y pocos.

Su melena rubia y sus brillantes ojos azules engañaban. Parecía recatada y dulce hasta que abría la boca y te ponía en tu sitio. Lexi era una tía cañera en el trabajo y esa confianza atrajo a su maravilloso marido, Mike.

También era la única persona que habría tenido la seguridad suficiente como para retarme a perseguir mis sueños.

—Tenía que recoger algunos materiales para nuestro evento de finales de semana. Tengo otro kaizen en mi planta y estoy intentando ayudar al encargado de Lean. También esperaba poder convencerte de que me abras un poco antes para coger café y magdalenas para empezar la reunión.

Hice un gesto con la mano para restarle importancia. —¿Sabes que siempre abriré para ti. Si abro para el de la quitanieves, abriré para mi mejor amiga.

En cuanto salieron las palabras de mi boca supe que me arrepentiría de haberlo admitido. Lexi se había convertido en un tiburón desde que ella y Mike se habían casado, constantemente queriendo buscarme pareja. No paraba de decirle que no me interesaba tener una relación, pero ella pensaba que solo era algo que decía porque no había encontrado al hombre adecuado.

En parte era verdad, pero también odiaba que me organizaran citas. Era perfectamente capaz de encontrar mis propias citas.

—¿Qué tipo de la quitanieves? —preguntó Lexi arqueando las cejas.

Puse los ojos en blanco… porque se lo merecía. —El chico que limpia el aparcamiento de nieve ha pasado esta mañana cuando ha terminado. Ha dicho que se había olvidado el café. Ha visto las luces encendidas y me he apiadado de él.

—¿Es guapo?

Me encogí de hombros y me di la vuelta, ocupándome en alinear los pastelitos y las magdalenas perfectamente ordenados. El calor me subió por el cuello y supe que Lexi se daría cuenta. A ella no se le escapaba una.

—¡Oh, es guapo! ¡Está claro que te gusta!

—No, no me gusta. Es's mono. Ha sido amable. Eso no' significa que me guste.

Lexi se tomó su tiempo para evaluarme, y me di cuenta de que intentaba averiguar algo. Conociéndola, acabaría teniendo razón, pero yo no' quería oírlo. Fuera lo que fuera a salir de su boca a continuación, yo no' estaba preparada para ello.

—Lex, no' le des más vueltas. Tengo' demasiadas cosas en la cabeza con lo de mudarme y cambiar toda mi vida. No' tengo tiempo para un hombre. Siguiente tema. ¿Qué magdalenas quieres y cuántas?

Lexi frunció los labios y noté que quería decir algo más. Por suerte, dejó el tema. —Seremos diecisiete en el grupo. Estaba pensando en tres docenas de magdalenas y el café que sea. ¿Podría recogerlo sobre las seis?

Asentí mientras lo apuntaba todo. —Sin problema. ¿Sabores?

Lexi se encogió de hombros. —Lo que a ti te parezca. Yo'd diría que un surtido variado. Tú' sabes mejor lo que le gustará a la gente. Ya sabes que yo'll querré de arándanos.

—Sí, te'll pondré de arándanos, de plátano y nueces, con pepitas de chocolate y unas cuantas de beicon y huevo. ¿La mayoría son hombres?

Lexi asintió y señaló un magdalena de mousse de chocolate. Se lo entregué. —Sí, catorce hombres y tres mujeres.

—Perfecto. Me' pondré con eso a primera hora. ¿Vienes esta noche?

Lexi le dio un bocado a su magdalena y gimió. —Qué bueno, masculló. —Sí,' vendré más tarde. Tengo que volver corriendo al trabajo. Te quiero, tía.

—Te quiero, —respondí con un gesto de la mano. Lexi salió por la puerta con la mitad del magdalena ya devorado. Volví a mi almuerzo y sonreí, contenta de haber mantenido la boca cerrada sobre mi entrega especial. Nunca me habría dejado en paz si se' me hubiera escapado.

~

MI TELÉFONO SONÓ a última hora de la tarde. Era la agente inmobiliaria con la que' había estado tratando, Elizabeth. Me limpié las manos cubiertas de glaseado en el delantal y contesté a la llamada antes de que saltara el buzón de voz.

—Hola, Elizabeth. ¿Cómo está?

—Hola, Charlie. Tengo noticias para usted, pero no' creo que le' vayan a gustar.

Se me encogió el estómago. No' hacía falta que dijera nada más. —¿Sabe quién se ha quedado con el local?

—No, no lo' sé. No' quisieron decirme nada. La agente que lo llevaba me ha llamado esta mañana. Me ha dicho que recibieron nuestros papeles, pero que el dueño del edificio ya había firmado un contrato de alquiler con otra persona. Se nos escapó por los pelos. Lo' siento.

—No' es culpa suya, Elizabeth. Pero necesito encontrar otra cosa. Ese sitio era perfecto. Bueno, casi perfecto.

—Lo sé. Yo' tengo otros locales que podemos ver. Ninguno con apartamento incluido, pero podrían servirle igualmente. ¿Podemos quedar mañana para verlos?

—Sí, por supuesto. Tengo una fiesta de aniversario el segundo fin de semana de enero y necesito una cocina donde trabajar para cumplir con el pedido. Aparte de eso, necesito un sitio donde vivir.

—Lo sé, Charlie. Ya' encontraremos algo. La' veré mañana por la tarde.

Le di las gracias a Elizabeth y colgué. No tenía ni idea de lo que iba a hacer, pero no me' iba a rendir. Algo pasaría que haría que todo saliera bien. Tenía que ser así.

~

POR SUERTE, el resto de la tarde fue tranquila, aunque llena de pastelitos y glaseado. Kendall, la estudiante de instituto que trabajaba a tiempo parcial para mí, apareció sobre las cuatro y se encargó de los clientes de la tienda mientras yo horneaba y glaseaba todo lo que pillaba.

Justo antes de las seis subí corriendo a darme una ducha y a cenar más sopa. Estaba tan buena que no' pude resistirme a repetir. Estaba emocionada por nuestra noche de chicas. Con los años, nuestro grupo había crecido y cambiado. Como todas las demás estaban casadas, muchas semanas uno o más de los hombres se apuntaban. Como era la última semana de Mandy' antes de coger la baja por maternidad, todos los hombres se quedaban en casa.

Con unos vaqueros limpios y un jersey verde, me sequé el pelo, de color bombón de crema de cacahuete, y me puse un poco de brillo de labios. Sabía que Addi ya estaría abajo, así que me apresuré a sentarme con ella un rato. Addi fue la primera a la que' conocí. Era dulce y un poco malhablada, pero eso probablemente se debía a dar clase a chicos de insti-tuto. Nunca fallaba, siempre acababa riéndome de algo que decía Addi para cuando llegaban las demás.

Addi estaba en lo que se había convertido en 'nuestra mesa' en la esquina del fondo cuando salí de la cocina. Delante de ella tenía un plato con un magdalena y medio y una taza que sabía que contenía un moca. Cuando monté el local originalmente, había distribuido mesas para dos y cuatro personas por la pequeña zona de la entrada. La barra al final de la vitrina tenía taburetes para la gente que quisiera sentarse allí, a muchos de los cuales les gustaba hablar como si yo fuera una camarera. En total, podía sentar a unas veinte personas dentro. Cuando hacía buen tiempo, también ponía unas cuantas mesas fuera en la terraza.

Cuando Addi, Sam, Mandy y Claire empezaron a venir a ¡Muérdeme!, siempre se sentaban en la misma mesa. No' tardaron mucho en empezar a coger sillas de más o a juntar mesas. Cuando Lexi y yo empezamos a unirnos a ellas con regularidad, ya éramos ocho personas si Xander y Aidan se apuntaban. Me aseguré de juntar dos mesas en la parte de atrás del comedor para que pudiéramos sentarnos todos juntos sin molestar a los demás clientes.

Para cuando nuestro grupo llegó a los diecisiete, ocupábamos toda la zona de asientos interior, dejando solo un par de taburetes de la barra. Empecé a considerar mudarme a un nuevo local con más espacio antes de recibir la notificación de desahucio. La mayoría de las veces los clientes recogían sus pastelitos y se iban, pero de vez en cuando pillaba a algunos mirando las mesas y con cara de decepción cuando no' encontraban una libre un martes por la noche.

Me dejé caer en un asiento junto a Addi y le di un rápido abrazo. —¿Qué tal el trabajo?

—Uf —gimió Addi—. ¿Son ya las vacaciones de Navidad? Mis clases me están volviendo loca este año. Te juro que algunos de esos críos piensan que estoy' allí solo para entretenerlos.

—¿Son crueles? —Mis primeros pensamientos siempre volvían a los horribles niñatos con los que fui al instituto. Sabía que Addi también había sido gordita en el instituto, pero no' parecía tener la misma angustia que yo. Sabe Dios que yo' nunca volvería voluntariamente al instituto cada día por el resto de mi vida.

—No, no' son crueles, solo unos gamberros. Alguien ha traído una bola de nieve hoy y la ha dejado en mi silla. Cuando me he sentado, se había derretido, así que parecía que me había meado encima toda la tarde.

Hice un esfuerzo por no reírme. —No' me digas.

Addi resopló. —Ojalá. A los cabroncetes les pareció divertidísimo. El tanga se me congeló en la hucha y casi me meo encima ahí mismo. Ahora puedo compadecerme de lo que

Mandy va a pasar en unas semanas. Yo' tendré que advertirle que se quede en casa para que no' rompa aguas en medio de una tienda o algo así.

Me reí y Addi se me unió, ambas imaginando a Mandy con los pantalones empapados intentando ocultar lo que estaba pasando. Mandy era maravillosa, pero se avergonzaba con facilidad. Se' moriría de la vergüenza.

Carrie y Riley llegaron después. Se sentaron al otro lado de Addi y se unieron a nuestra conversación. Carrie estaba casada con el' socio del marido de Mandy', Drew. Se' conocieron en la fiesta de inauguración y Mandy le había conseguido a Carrie un trabajo como su asistente. Cosa de la que Carrie se enteró después de que se' hubieran liado en el despacho de él, sin que ninguno de los dos supiera quién era el otro. Riley era nuestro pozo de sabiduría particular. Era dueña de una librería independiente en la ciudad, READ, y parecía haber leído casi todo lo que existía. Su media naranja era Connor, un pibonazo que se estaba enganchando a las novelas de fantasía como Riley.

Fantasía en el sentido de mundos y criaturas de ficción. Piensa en Tolkien y El Señor de los Anillos. No fantasía del tipo Cincuenta sombras de Grey. Aunque estaba segura de que Riley también se los había leído.

Mientras hablábamos, las demás llegaron y se unieron a nosotras. Debería haber sabido que se tramaba algo cuando Lexi me guiñó un ojo, pero estaba espesa. No' se me ocurrió que algo andaba mal hasta que soltó, burlona: —Charlie ha conocido a un chico esta mañana.

3

Puse los ojos en blanco y gruñí. Debería haberlo sabido. Lexi y Mike llevaban juntos más tiempo que ninguna de las demás parejas, ya que eran amigos con derecho a roce antes de admitir que estaban enamorados. Lexi se había convertido en la mayor defensora del amor después de encontrarlo.

Admitir que había conocido a alguien había puesto a Lexi tras mi pista como un perro de presa. No sé por qué no me di cuenta antes.

Hacer que el resto de ellas intervinieran solo iba a empeorar mi día. Ya me había pasado la tarde pensando en Max, aunque no pensaba decírselo. Mientras horneaba me pregunté qué sabor de pastelitos le gustaría y si iba a volver. Cuando cené la sopa, me imaginé compartiéndola con él o, mejor aún, compartiendo mi cama con él.

Había llegado a la conclusión de que había pasado muchísimo tiempo desde la última vez que compartí mi cama con alguien. Durante los últimos dos meses, me había centrado exclusivamente en salvar mi negocio, pero incluso antes de eso, llevaba tiempo sin salir con nadie que mereciera la pena. Era bastante deprimente.

—Charlie, deja de guardártelo para ti. Queremos saber cosas de él —declaró Addi en nombre del grupo.

Miré su cara emocionada y curiosa, la misma expresión que tenían el resto de nuestras amigas, y me pregunté por qué me había molestado en contarle nada a Lexi.

—Lexi está exagerando una barbaridad. No hay nada que contar. Despeja la nieve del aparcamiento y se ha pasado esta mañana porque necesitaba café. Le he dado magdalenas con el café y él me ha mandado el almuerzo. Y ya está.

—No me has dicho que te había mandado el almuerzo —me acusó Lexi.

—Porque en realidad no tenía importancia. En su nota ponía que se sentía mal por no haber pagado el desayuno y que quería compensármelo, así que me ha mandado un montón de sopa.

Miré a mi alrededor las caras de asombro que me rodeaban. Era obvio que se me había escapado algo. Confundida e irritada con Lexi, seguí hablando.

—Chicas, estáis haciendo una montaña de un grano de arena. No es como si hubiéramos tenido una cita o me lo hubiera pedido. Pasaba por aquí y le di de comer, como hago con todos mis clientes. Me compró el almuerzo porque se sentía culpable por no haberle cobrado. Todavía estaba aquí horneando cuando llamó a la puerta y no me pareció bien hacerle pagar cuando ni siquiera había abierto.

Riley agitó las manos para que dejara de hablar. —Espera. ¿Tú no horneas aquí temprano en pijama? En plan, ¿en pijama sin sujetador?

Me encogí. Esperaba que no se dieran cuenta de esa parte. Mis pechos enormes eran probablemente lo que había atraído a Max y le había hecho querer mandarme el almuerzo. Era un problema común. A todo hombre le gustaba una parte del cuerpo en particular que siempre le hacía volver a por más. Estaba claro que Max era un hombre de tetas.

Con los ojos cerrados para no ver sus miradas demasiado perspicaces, asentí. El jadeo colectivo alrededor de la mesa fue palpable. No quería abrir los ojos y ver la risa en sus caras. Como mujeres grandes, todas habíamos hablado muchas veces sobre la tortura que suponía llevar sujetador todo el día. Todas y cada una de nosotras esperábamos el mayor tiempo posible para ponérnoslo y nos lo quitábamos en cuanto era humanamente posible.

Addi me dio una palmadita en el brazo mientras hablaba, con la voz llena de lástima. —Recibió más de lo que esperaba cuando llamó a tu puerta esta mañana. ¿Desayuno y espectáculo? Un hombre de tetas probablemente estaba en el paraíso. ¿Fue un capullo?

Negué con la cabeza. —Creo que esa es la peor parte. Apenas me miró el pecho y parecía un buen tipo. Dijo que era guapa, pero no me miró lascivamente como la mayoría de los hombres habría hecho. Aunque llevaba el delantal, así que puede que no viera nada.

Sacudiéndome la vergüenza con un poco de esperanza, levanté la vista hacia mis amigas. Sus expresiones lo decían todo. No creían que mi delantal tapara más de lo que yo había pensado esa mañana. Le había dado un espectáculo a Max, y todas lo sabíamos.

Carrie se inclinó hacia mí. —A veces las primeras impresiones no lo son todo. No todos los hombres son unos cerdos que te miran el pecho y te agarran el culo cuando te das la vuelta. Claro que a veces es más divertido cuando lo hacen.

Mandy se rio y asintió. —Estoy de acuerdo. Nosotras hemos pillado a algunos de los buenos. A lo mejor Max también lo es.

—Dale una oportunidad, Charlie —dijo Carrie con firmeza.

—Tengo demasiadas cosas en la cabeza, chicas. Todas lo sabéis.

—El amor no espera a ningún hombre. Ni mujer. Ni pastelería —bromeó Carrie.

Dios, toda esa mierda del «y vivieron felices para siempre» me estaba dando náuseas. Entre los diamantes que me deslumbraban, la barriga de embarazada que impedía a Mandy sentarse cerca de la mesa y las miradas de felicidad en sus caras, estaba empezando a preguntarme si iba a necesitar nuevas amigas.

Amigas solteras.

Amigas que odiaran a los hombres.

Ah, mierda. Iba a tener que empezar a salir con lesbianas.

La frustración me arrugó la nariz y la irritación me revolvió el estómago. No quería un «y vivieron felices para siempre». Bueno, vale, sí que lo quería. Pero no tenía tiempo para ello.

Desesperada por cambiar de tema, me aferré a lo único que desviaría la atención de mí. —Mandy, ¿cómo está el bebé?

Mandy sonrió como la mujer más afortunada del mundo. Se frotó su enorme barriga y su anillo de diamantes casi me dejó ciega. Xander era un marido tan atento, con un toque de celos, que había insistido en comprarle a Mandy nuevos anillos de compromiso y de boda cuando se le hincharon los dedos con el peso del embarazo. Los estilos eran ligeramente diferentes, pero seguían siendo impresionantes con un gran solitario y dos finas alianzas de plata. Mandy nos contó que Xander no quería que nadie le pusiera pegas a Mandy cuando no pudiera llevar sus anillos. En los nueve meses de su embarazo, Mandy solo había engordado tres kilos, pero afirmaba que su peso se había desplazado y sentía todo hinchado.

Los niños desaparecieron de mi lista de planes de futuro

cuando también me di cuenta de que no podía estar mucho tiempo de pie. Me encantaba hornear demasiado como para dejarlo durante nueve meses. No es que importara. Algún día tendría que volver a tener sexo para quedarme embarazada.

—Tengo tantas ganas de conocer al bebé que no te lo puedes ni imaginar —dijo Mandy con efusión. Su humor cambiaba de emocionada y preparada a aterrorizada y sin preparación más rápido de lo que yo tardaba en hornear una tanda de pastelitos.

—¿Y todavía no sabéis lo que es? —preguntó Sam.

Mandy negó con la cabeza con una sonrisa cómplice que me hizo preguntarme si en realidad lo sabía, pero no quería decírselo a nadie. —Aunque tengo una corazonada. —Todas nos inclinamos hacia delante sin darnos cuenta mientras Mandy bajaba la voz. Todas miramos a nuestro alrededor por si alguien escuchaba antes de que Mandy continuara. —He estado increíblemente cachonda desde que me quedé embarazada, así que estoy bastante segura de que es un niño. Algo así como por el extra de testosterona que corre por mi sistema. Xander cree que estoy loca, pero no se da cuenta de lo excitada que estoy. Todo. El. Rato. Es frustrante.

Carrie se echó a reír y se dejó caer sobre Riley, que rio con ella. El resto de nosotras las miramos como si estuvieran locas. Cuando finalmente se recompusieron, Carrie se enderezó la camiseta y volvió a reírse.

—¿Qué os pasa a vosotras dos? —preguntó Claire.

—Creo que yo también podría estar embarazada de un niño —rio Carrie entre dientes—. En cuanto entramos por la puerta, le quito la ropa a Drew y me subo encima de él. Simplemente pensaba que era porque está buenísimo y no me canso de él. Riley y Connor casi nos pillan el otro día. No es que no supieran lo que se perdieron en cuanto abrimos la puerta.

Cuando Carrie y Drew estaban saliendo, ella tuvo un

susto de embarazo. En realidad, no, se quedó embarazada. Perdió al bebé solo unos días después de descubrir que estaba embarazada, pero quedó destrozada. Fue muy duro para Carrie, sobre todo porque lo del bebé ocurrió cuando ella y Drew estaban como separados.

Oírla bromear sobre estar embarazada me dejó sin aliento. Todas habíamos tenido cuidado de no bromear sobre el embarazo ni de hablar demasiado del de Mandy delante de Carrie. Creo que todas habíamos estado con pinzas a su alrededor, sin saber si un comentario desafortunado la hundiría en la miseria.

Al parecer, estaba mejor.

—Sí —rio Riley—, es imposible no saberlo cuando estábamos en el porche escuchándote gritar: «Sí, Drew, así, cariño». No fue casualidad que terminaras antes de que llamáramos a la puerta.

Carrie le dio un manotazo a Riley mientras el resto nos reíamos. —¿Por qué no me dijiste eso?

Riley se encogió de hombros y arqueó una ceja oscura. —Todos sabíamos lo que estaba pasando y de verdad que no quería una repetición mientras estuviéramos en la casa. Si supieras que ya te habíamos oído una vez, temía que lo arrastraras al baño durante las copas para un segundo asalto.

Carrie rio tan fuerte que se puso roja y asintió, dándole la razón a Riley, lo que hizo que el resto de nosotras riéramos aún más fuerte. Mandy se agarró la barriga e intentó calmar su respiración. —¿Estás bien? —le preguntó Claire.

—Oh, joder, sí. Sois la leche. Si un ataque de risa me pone de parto, estoy bastante segura de que será una buena forma de empezar. Me preocupa que sea algo horrible como que rompa aguas en medio de Target y un extraño tenga que asistir el parto en la sección de zapatos.

Addi y yo nos miramos y nos reímos por lo bajo al pensarlo. Oír a Mandy poner en palabras los pensamientos que habíamos tenido antes fue más divertido de lo que ninguna de las dos esperaba y nos provocó otro ataque de risa. Así eran la mayoría de las veces cuando estábamos todas juntas. Las ocho éramos ruidosas, escandalosas y nos encantaba reír.

A veces todavía me sorprendía formar parte del grupo. Al principio pensaba que me habían incluido solo porque se sentían mal si no me pedían que me uniera a ellas cuando siempre estaba cerca en sus salidas nocturnas. Cuando Claire empezó a salir con Aidan, vivía cerca y a veces venía a hablar conmigo, y con Lexi si estaba por aquí. Cuando Claire me invitó a la fiesta de su boda después de fugarse, todavía me pregunté si era una invitación por pena.

En la fiesta, Claire fue amable y simpática y tuve la oportunidad de hablar mucho más con Sam, Addi y Mandy. Después de eso, nos unimos más y dejé de cuestionar sus motivos. A menos que estuviera probando nuevos sabores de pastelitos. Entonces sabía que solo estaban ahí por el azúcar, no por mí. Y no me importaba.

—¿Qué tienes pensado hacer durante tu baja? —le preguntó Riley a Mandy.

Mandy se encogió de hombros y sacó la lengua. Parecía un perro en un caluroso día de verano. —Xander está paranoico. Le dije que quería dar un paseo por el barrio o seguir decorando la habitación del bebé o ir a visitar a mis padres. Se volvió loco. No quiere que haga nada a menos que él esté allí. Mañana cumplo 39 semanas, así que podría ponerme de parto en cualquier momento. Me cojo la baja después del viernes porque ya tengo ganas de dejar de trabajar.

—Deberías venir a pasar el rato aquí —le dije.

Mandy parecía una niña en la mañana de Navidad. —¿En serio? ¿No molestaría?

Descarté su preocupación con un gesto de la mano. —A veces se hace aburrido estar aquí sola. Además, puedo mantenerte a base de pastelitos y no estarás sola. Si no te deja ir a ningún sitio, seguro que se está volviendo loco con que estés sola todo el día mientras él trabaja.

Mandy puso los ojos en blanco. —No tienes ni idea. Ya ha cancelado prácticamente todo lo que tenía previsto para las próximas semanas y Drew está siendo un santo y cubriéndole en sus reuniones. Xander actúa como si el parto solo fuera a durar treinta minutos y luego vaya a estar cuidándonos a mí y al bebé durante semanas.

—Podría ser —ofreció Claire con ánimo.

Mandy se rio. —No es probable. La mayoría de los partos primerizos duran entre diez y catorce horas. Podría trabajar un día entero y yo todavía no habría terminado cuando él saliera del trabajo. No es que me escuche cuando se lo digo.

—Solo está preocupado por ti —intervino Carrie—. En la oficina está todo el rato de los nervios. Cada vez que suena el teléfono, se pone paranoico. Si le mandas un mensaje, sale corriendo por la puerta antes incluso de leerlo. A mí me parece adorable.

—Sí, ya verás. No será tan adorable cuando tu marido sea el pesado y el loco —refunfuñó Mandy. Observé a Carrie con atención para ver si las palabras de Mandy tenían el impacto que me temía. Cuando Carrie perdió al bebé, Drew estaba hecho un desastre, sobre todo porque Carrie no quería verlo ni hablar con él, pero el sueño de Carrie había sido tener hijos y se tomó la pérdida muy mal. Afortunadamente, Carrie no le dio importancia a los comentarios de Mandy sin inmutarse y yo traté de olvidarlo también. Quizá era la única que seguía tratando a Carrie con guantes de seda.

Por otro lado, sabía que a Mandy en secreto le encantaba la atención que recibía de Xander. Mandy nunca pensó que encontraría el amor antes de conocer a Xander. No la conocía entonces, pero había oído historias de las otras sobre lo decidida que estaba en contra de todo lo que tuviera que ver con el amor o los hombres, aparte de los rollos casuales. Xander apareció y la conquistó. Tuvieron algunos problemas que resolver al principio, pero prácticamente todo el tiempo que conozco a Mandy, ha estado locamente enamorada de Xander.

El sentimiento era muy mutuo.

—Simplemente ven a pasar el rato conmigo. Puedes ayudarme a hornear, desde una silla, y probarlo todo ese día. Xander puede incluso dejarte por la mañana si quiere para que no conduzcas, y luego recogerte al final del día.

—Creo que acabas de convertirte en su persona favorita. Le va a encantar esto. ¿Estás segura de que no molestaré?

Miré deliberadamente su enorme barriga y levanté una ceja como si estuviera considerando la pregunta seriamente. Addi resopló a mi lado y todas las demás ahogaron su propia risa antes de encontrarme con los ojos temerosos de Mandy. Dejé que una sonrisa se dibujara en mi cara y negué con la cabeza. —Probablemente no quepamos por la puerta al mismo tiempo, pero con el tamaño de mi culo estoy bastante segura de que le diría lo mismo a cualquiera, no solo a una mujer embarazada. Estarás bien, y nos divertiremos.

—Connor y yo podríamos pasarnos un día también. Nuestros horarios coinciden por la mañana y solemos tener alrededor de una hora en la que nos vemos —añadió Riley.

—¿No soléis pasar esa hora practicando todas esas cosas pervertidas sobre las que lees? —bromeó Carrie.

Riley le dio un manotazo en el brazo. —No leo cosas pervertidas. Y sí, pero podemos sacrificar una mañana por nuestra amiga.

Todas se rieron y prometieron intentar pasarse un día antes, durante o después del trabajo para ver cómo estaba Mandy. Ya habíamos hablado todas de llevarles cenas a Mandy y Xander durante un mes después de que naciera el bebé. Quien llevara la cena esa noche se comprometía a recoger magdalenas antes de ir a su casa para que también tuvieran el desayuno listo cada mañana.

Estábamos listas para recibir al primer bebé en nuestro grupo.

No mucho después de que terminara nuestra charla sobre bebés, todas tenían ganas de volver a casa con sus maridos. Kendall les pisaba los talones, dejándome sola de nuevo. Me puse a limpiar la tienda y a preparar las cosas para la mañana siguiente. Cerré la puerta principal con una sonrisita, preguntándome qué me depararía la mañana. Cogí un par de pastelitos antes de subir a prepararme para ir a la cama.

Solo yo, mis pastelitos y mis fantasías sobre Max.

———

4

A LA MAÑANA siguiente me levanté de nuevo antes de que sonara el despertador. Me duché, me puse mi conjunto habitual de camiseta y pantalones de chándal, sujetador incluido, e incluso me eché un poco de maquillaje. Sí, se me estaba yendo la olla.

Me había pasado la noche entera soñando con Max. Sueños tórridos, ardientes y sexis. Hacía demasiado tiempo que no echaba un polvo. No era algo en lo que quisiera pensar. La mayoría de mis encuentros sexuales dejaban algo que desear, normalmente uno o dos orgasmos, y en los últimos meses habían sido escasos y muy espaciados. Era hora de cambiarle las pilas al único hombre con el que había pasado tiempo últimamente, mi BOB.

En el piso de abajo, encendí las luces de la entrada, por si acaso. Mientras me mordía una uña, dudé de mi decisión, volví a apagar las luces y me retiré a la cocina.

Mi mente se quedó deliciosamente en blanco mientras horneaba las magdalenas, lo que me ahorró pensar en Max y revivir los sueños picantes que había tenido. Esperaba que se le 'olvidara' el café otra vez para poder verlo, pero sabía que las probabilidades eran escasas.

Cuando oí el quitanieves pasar por delante de la tienda, el corazón me dio un vuelco. Joder, me dio un vuelco. Me puse a debatir sobre lo que debía hacer y de inmediato me sentí como esas estúpidas adolescentes que odiaba cuando estaba en el instituto. A mis 31 años, no podía dejar que un hombre controlara mi vida, ni siquiera una pequeña parte de ella.

Con la cabeza de nuevo en su sitio, continué con mi rutina matutina, casi sin darme cuenta de que el quitanieves seguía dando vueltas por el aparcamiento cuando encendí las luces de la entrada y empecé a llenar la vitrina.

Tampoco me di cuenta de cuándo ese mismo quitanieves salió del aparcamiento y desapareció en la oscuridad de la madrugada.

Casi.

Qué desperdicio de sujetador.

Cuando abrí la tienda estaba de un humor de perros. Él nunca prometió volver ni hablarme de nuevo, pero aun así me lo tomé como un desprecio. Como si estuviera pasando de mí. Como si los cumplidos que me había hecho la mañana anterior fueran solo para conseguir su café y sus magdalenas.

Lo peor fue que piqué. Con todo el equipo.

En fin, otro más para el recuerdo. Solo me ha costado un poco de género y un trozo de mi orgullo. Nunca debería habérselo mencionado a Lexi. Ahora todas me preguntarían cada semana qué había pasado con él y si había vuelto. Con el tiempo, se rendirían. O eso esperaba.

Unas horas más tarde, giré la cerradura de la puerta y esperé a que los clientes empezaran a entrar.

Por suerte, no tuve que esperar mucho. Mi mañana fue relativamente ajetreada mientras llenaba tazas de café, despachaba magdalenas y me esforzaba por apartar de mi mente los pensamientos sobre el sexi conductor del quitanieves.

A las nueve y media, puntuales, mis clientes favoritos entraron abrigados con sus gruesos abrigos y bufandas. El señor y la señora O'Neill habían vivido en Winterville toda su vida. Se habían enamorado en el instituto y seguían queriéndose sesenta y dos años después. Venían todas las mañanas a por pastelitos y magdalenas.

—Buenos días, Charlie. ¿Cómo está hoy?

—Estoy genial, señora O'Neill —mentí mientras cogía su pedido habitual de una magdalena de arándanos y otra de plátano y nueces en un plato para que se las comieran allí y dos pastelitos de vainilla para llevar. Añadí una taza grande de café que compartirían y lo dejé todo en el mostrador entre nosotros—. ¿Qué tal están ustedes hoy?

—Estamos genial. Nuestra nieta pequeña nos llamó anoche y va a tener un bebé, así que estamos de celebración.

—¡Oh, qué emoción! Es Molly, ¿verdad? ¿Será su bisnieto número veintitrés o veinticuatro?

La señora O'Neill sonrió radiante. —El número veinticuatro. Molly está muy ilusionada. Ella y su marido decían que llevaban un tiempo intentándolo y empezaban a preocuparse de que no ocurriera. Sus padres, nuestro hijo Roger y su mujer Beth, están encantados.

El señor O'Neill permanecía de pie, orgulloso, detrás de su mujer, mirándola con tal expresión de amor que casi me dejó sin aliento. Por la forma en que se miraban y hablaban, el bebé podría haber sido suyo. Sentir esa alegría y esa emoción era algo que yo nunca había experimentado. Al ser hija única y no tener primos, la alegría de un bebé era algo que solo conocía por las películas.

Vivir el embarazo con Mandy fue lo más cerca que estuve de compartir la felicidad de alguien. Ver a los O'Neill llenos de esa alegría y saber que, después de seis hijos, catorce nietos y ahora veinticuatro bisnietos, su emoción no había disminuido era… embriagador, refrescante y descorazonador.

Yo quería ese amor en mi vida.

¡Eso significa dejar entrar a un hombre!

No me gustaba esa vocecita, pero sabía que tenía razón. El sexo era fácil porque se podía practicar sin emociones reales. Pero el amor… El amor requería confianza y sentimientos y todas esas cosas aterradoras de las que no estaba segura, aunque las deseara.

Tendría que conformarme con alegrarme por los demás, viviendo indirectamente a través de la alegría que me rodeaba. Aunque no pudiera tocarla ni sentirla, podía ser testigo de ella. Tendría que ser suficiente. Hasta que ¡Muérdeme! estuviera montado de nuevo. Entonces podría empezar a imaginarlo.

—Tienen que avisarme si hacen una fiesta. Me encantaría prepararle unos pastelitos.

Los O'Neill siempre buscaban una excusa para celebrar una fiesta. Cualquier pequeño detalle en su familia parecía ser un motivo de celebración. Habiendo crecido solo conmigo y con la abuela, incluso las ocasiones que la mayoría de la gente celebraría, como los cumpleaños y la Navidad, eran eventos pequeños e íntimos. Siempre éramos solo nosotras.

Formar parte de una familia, de algo más grande, podría haber estado bien. Pero la abuela lo hizo lo mejor que pudo. Me quiso de una forma que nadie más lo ha hecho. Me lo dio todo, y nunca me arrepentiría de la forma en que crecí porque siempre la tuve a ella.

—De hecho, estábamos pensando en hacer una pequeña fiesta este fin de semana. ¿Podría preparar algo antes? —preguntó la señora O'Neill con un gran atisbo de esperanza.

Sonreí, sabiendo que haría cualquier cosa por ayudar a

esa adorable pareja. Habían sido clientes desde que abrí y no había forma de que les dijera que no, pasara lo que pasara. —Por supuesto que lo haré. —Cogí un bloc de notas y un bolígrafo y los acribillé a preguntas. —¿Cuántos?

—No todos pueden venir, así que calculamos que seremos unas cuarenta personas.

—Vale, ¿cuántos niños?

El señor y la señora O'Neill contaron las familias que vendrían, discutiendo sobre qué niños estarían allí antes de volverse hacia mí. —Doce niños.

Asentí y anoté la información. —¿Alguna alergia o preferencia?

—Ninguna alergia. Ya sabe que querremos de vainilla, pero todos los demás tienen gustos un poco más sofisticados. Confiamos en su elección.

—Normalmente calculo dos pastelitos por adulto y uno por niño. Eso nos da sesenta y ocho pastelitos. ¿Le parece una cifra demasiado alta o demasiado baja?

La señora O'Neill se encogió de hombros y se giró hacia su marido. Él le sonrió de una manera que me dijo que solo hacía la fiesta porque ella quería. No le importaba cuántos pastelitos hubiera ni de qué sabores fueran. Solo quería hacerla feliz.

—Suena perfecto. ¿Le resulta más fácil si es un número par?

—No, a mí me viene bien lo que sea mejor para ustedes. ¿Quieren recogerlos el sábado por la mañana cuando vengan o la fiesta es el viernes?

—El sábado será perfecto, Charlie. Muchas gracias. No sé qué haríamos sin usted.

Le sonreí. —Yo no estaría aquí sin clientes como ustedes. Además, ya sabe que me encanta esto.

La señora O'Neill asintió. —Por cierto, ¿se ha enterado de

algo sobre ese local que estaba mirando? ¿Decía que estaba al otro lado de la calle? ¿Se va a trasladar allí?

Negué con la cabeza, todavía decepcionada por no haber conseguido el local que quería. —No, alguien firmó un contrato de alquiler antes de que yo hiciera una oferta.

—Oh, cielo, siento oír eso. ¿Qué va a hacer?

Me encogí de hombros. —Ojalá lo supiera, señora O'Neill. Sigo buscando. Tengo una cita esta tarde para visitar otros locales. Ese sitio era prácticamente ideal, pero encontraré algo perfecto. Solo espero que mis clientes estén dispuestos a seguirme adonde sea que tenga que mudarme.

—Ya sabe que lo haremos, querida. Si hay algo que podamos hacer, por favor, díganoslo.

—Gracias. Lo haré. Que aproveche.

—Siempre lo hacemos.

Cuando los O'Neill se alejaron del mostrador, volví a la caja registradora, donde me esperaba otro cliente. Ni siquiera levanté la vista antes de preguntar: —¿Qué le pongo?

—Hola, Charlotte. —Conocía esa voz. Había soñado con esa voz. Con las cosas sucias que esa voz me diría mientras nuestros cuerpos se unían de forma sudorosa y placentera.

Levanté la cabeza de golpe y me encontré con sus ojos. Me sorprendió ver ardor en su mirada, pero también arrepentimiento, o quizás culpa. No tenía ni idea de por qué. No era como si me debiera algo. Quizás había visto mi luz encendida esa mañana y pensaba que me enfadaría porque no había parado.

No importaba. Ambos teníamos trabajos que requerían madrugar y él no me debía nada.

—Hola, Max —dije con la mayor ecuanimidad que pude. Esperé que no oyera la forma entrecortada en que dije su nombre, o el anhelo que era evidente para mis oídos.

—He pensado en volver cuando la puerta estuviera abierta y no tuviera que entrar a la fuerza.

—¿Estaba bueno el café ayer? —pregunté, buscando cualquier excusa para hablar con él. Dios, era patética.

—La mejor taza que he probado nunca. Y esas magdalenas… Dios, estaban deliciosas. Casi llamo esta mañana solo para conseguir más, pero no quería molestarte. Otra vez.

No pude evitar que una sonrisa se extendiera por mi cara. Max llevaba una a juego y me miraba de una manera que no pude interpretar. —Supongo que hoy buscas lo mismo, ¿entonces?

¿Estaba coqueteando con él? No sabía decirlo. Sentía que sí, pero ¿cómo podía ser coqueteo el tomarle nota? Por otra parte, el sonido ronco de mi voz me hizo pensar que me estaba ofreciendo a mí misma en lugar de mis magdalenas. Tenía un michelín, pero estaba bastante segura de que a él no le interesaba eso.

Max examinó la vitrina con atención, sopesando sus opciones. Mientras él miraba los dulces, yo lo miraba a él. Su pelo corto y oscuro se rizaba sobre el cuello de la camisa y parecía un poco húmedo, como si acabara de ducharse. La chaqueta marrón que llevaba se abría por el centro, dejándome contemplar su ancho pecho. Me encantaba cuando los hombres llevaban camisas lo suficientemente ajustadas como para adivinar lo que escondían debajo.

Las mangas de su chaqueta se movieron cuando se agachó, dándome una idea deliciosa de lo voluminosos que eran sus brazos. Unos brazos que, en mis fantasías, podrían sostenerme de verdad.

¿Qué demonios me estaba haciendo este chico? Lo conocía desde hacía un día y ya estaba babeando y soñando con él. ¡Esa no era yo!

—Desde luego, quiero una taza de café y dos de esas magdalenas, pero creo que también tengo que añadir un pastelito de caramelo salado. Eso suena delicioso. —Me sonrió, haciendo que mis propios labios se curvaran en respuesta.

Llené su taza mientras hablaba y se la entregué antes de meter sus magdalenas en una bolsa y coger una caja para su pastelito. —Esos son mis pastelitos favoritos también. Y mis magdalenas favoritas.

Max sonrió cuando le entregué su pastelito. —Si tu pastelito favorito está la mitad de bueno que tu magdalena favorita, entonces sé que lo disfrutaré. ¿Te importa si me siento? —Señaló con la cabeza los taburetes en el extremo del mostrador.

Negué con la cabeza y le observé el culo mientras caminaba los pocos pasos hasta los taburetes. Cuando se sentó, me miró y me pilló observándolo. Sus mejillas se pusieron rosadas, pero parecía complacido de que lo estuviera mirando.

Me entretuve limpiando los mostradores, reponiendo las magdalenas y despidiendo a los O'Neill con la mano cuando se fueron. Cuando miré a Max, lo vi observándome. Sonrió y dijo: —Tan bueno como ayer. Aunque el café es un poco diferente.

Aprovechando la oportunidad, me acerqué a donde estaba sentado. Sin nadie más allí, podía hablar con él. Me dije a mí misma que haría lo mismo con cualquier otro cliente y que no era solo porque hubiera dominado mis sueños.

—Sí, guardo el bueno en la trastienda. A la mayoría de mis clientes no les gusta el café tan fuerte como a mí. Ayer te tocó mi cafetera personal, que siempre está supercargada. Básicamente, vivo a base de café.

Max sonrió de nuevo. Empezaba a preguntarme si era la persona más feliz del planeta o si le pasaba algo. Sonreía constantemente. Era una sonrisa estupenda, eso sí, una que le iluminaba los ojos y mostraba sus dientes perfectos. Un hoyuelo apareció en su mejilla derecha que lo hacía parecer aún más mono.

—Supongo que eso es lo que me pasa por venir con todo el mundo. Quizás uno de estos días consiga convencerte de que me pongas otra taza de tu café especial.

Me miraba fijamente a los ojos, acelerándome el pulso. No estaba segura de cómo responderle. Una parte de mí quería correr a la trastienda y traerle una taza en ese mismo momento, pero ya me había terminado mi cafetera y aún no había tenido tiempo de preparar otra. —Quizás mañana tengas suerte. Ahora mismo no tengo café preparado. Normalmente lo bebo a lo largo del día.

—No me importa esperar —dijo Max con una mirada seria.

Realmente quería mi café especial. Lástima que yo quisiera otra cosa de él.

En la cocina, preparé una cafetera nueva. Mientras esperaba a que terminara, contemplé mi atracción por Max. Sí, estaba bueno, fácilmente uno de los hombres más atractivos que había visto nunca. Su sonrisa me atraía, haciéndome confiar en él aunque no tuviera ninguna razón para hacerlo.

Había tenido muchas relaciones en el pasado. Un psiquiatra se lo pasaría en grande con mi necesidad de encontrar el amor, mi deseo de tener una relación. Pero los hombres en mi vida siempre eran temporales. Desde los primeros momentos de mi vida, esa había sido la verdad. La abuela me dijo que mi padre le dijo a mi madre que no quería saber nada de mí cuando se enteró de que estaba embarazada. Era un borracho, así que sé que estaba mejor sin él, pero aun así me dolía que no quisiera saber nada de mí.

Por supuesto, mi madre no era mucho mejor. Se quedó el tiempo suficiente para endosármela a la abuela, su madre, y desapareció. De vez en cuando recibía una tarjeta de cumpleaños o de Navidad suya o una llamada telefónica, pero nunca era de forma regular y siempre llegaba tarde. Cuando estaba en la secundaria murió de una sobredosis.

Nunca supe qué fue de mi padre. Y la verdad es que no me importaba.

A pesar de eso, sin embargo, buscaba constantemente a alguien que llenara ese vacío. El vacío que quería creer que mis pastelitos llenaban, pero que sabía que no lo hacían. Lo había intentado muchas veces con muchos hombres.

Pero ninguno encajó nunca.

Y ninguno se parecía a Max.

Quizás ese era el atractivo. Quizás era solo que era tan guapo que lo deseaba. Quizás era que la última vez que alguien había mantenido mi interés fue hace demasiado tiempo.

O quizás había algo diferente en Max.

5

Cuando Kendall llegó esa tarde, salí corriendo a reunirme con Elizabeth. Tenía muchas esperanzas puestas en los dos locales que iba a enseñarme. Si me encantaba alguno de los dos, buscaría sin dudarlo un apartamento de alquiler que estuviera cerca. Preferiría vivir en un piso anexo como el de ahora, pero con el poco tiempo del que disponía no podía ser tan exigente como lo había sido al elegir el local original de ¡Muérdeme!

Cuando aparqué frente al primer local, me interesó un poco. Estaba en una buena zona de la ciudad, en Icy Lane, en la misma calle que Sweet & Sassy y Thai This. Había bastante tránsito de gente a pie por la zona y podría funcionar. Si el interior era tan bueno como el exterior, podría ser un candidato muy a tener en cuenta.

Elizabeth aparcó detrás de mí y salió del coche con una sonrisa, con su melena rubia ondeando tras ella con el viento. Siempre vestía con mucho estilo, lo que me hacía sentir como una dejada con mis vaqueros y mi camiseta de ¡Muérdeme! Ese día llevaba una gabardina roja con pantalones negros y una bufanda negra y roja. —¿Qué te parece la ubicación?

Miré a lo largo de la calle. —La ubicación es estupenda. Hay bastante tránsito de gente por aquí. Mi única preocupación es que no hay aparcamiento. Tengo algunos clientes que no podrán caminar mucho para entrar en la tienda.

Elizabeth miró a lo largo de la calle. Se dio unos golpecitos en los labios con el dedo. —Vale, bueno, es algo a tener en cuenta. Entremos y ya veremos qué te parece el local antes de descartarlo por el aparcamiento.

Asentí y seguí a Elizabeth hasta la puerta. Introdujo un código, abrió la cajetina de seguridad y luego abrió la tienda. Empujó la puerta y me dejó pasar delante de ella.

No estaba segura de querer avanzar más.

El suelo estaba polvoriento, con un dibujo de baldosas de ajedrez enterrado bajo la suciedad. En medio de la pequeña sala había medio mostrador con los bordes deshilachados, haciéndome preguntar qué lo habría partido en dos. Las paredes eran de un color verde brillante que me recordaba al wasabi. Y no en el buen sentido.

—Vaya.

Elizabeth cerró la puerta detrás de nosotras, silenciando los sonidos del escaso tráfico y el silbido del viento en la calle. —Lo sé. Pero se puede pintar. Puedes cambiar el suelo. Y sin duda, limpiar. Intenta ver más allá de lo que queda y piensa en lo que este lugar podría llegar a ser.

Respiré hondo e inmediatamente me arrepentí cuando empecé a toser. Nunca había deseado tanto una botella de agua como en ese momento. —Vale, si consigo respirar, le daré una oportunidad.

Elizabeth me guio, pregonando las ventajas del espacio. La cocina era de un tamaño decente, pero no espectacular. Tampoco estaba segura de que fuera lo bastante grande para todos mis utensilios. —No es tan grande como esperaba.

Elizabeth asintió. —Me imaginaba que ese sería el problema. Sé que no es un espacio increíble, pero pensé que el tamaño lo descartaría por completo, por mucho que pudieras ver más allá del desastre.

Me reí. —Sí, esa es mi preocupación. De verdad que creo que es más pequeño que el que tengo ahora. Podría apañármelas con la cocina, pero el espacio de venta es muy justo.

Volvimos a la sala delantera y la medí a pasos. —Es casi dos metros más estrecho y un metro menos profundo. Estaba pensando en ampliar, así que ir a algo más pequeño no va a funcionar.

—Vale —dijo Elizabeth con una sonrisa—. Vamos a ver el otro local.

Asentí y salí detrás de Elizabeth. Le dije que la seguiría y me subí al coche. Serpenteó por las calles de Winterville, pasando por el instituto de Winterville donde enseñaba Addi y luego hacia Snowflake Street, cerca de St. John, donde se casaron Sam y Brady. Era una parte más tranquila de la ciudad, pero seguía siendo una zona agradable. Cuando Elizabeth se metió en un pequeño camino entre dos edificios, la seguí. Detrás había un diminuto aparcamiento con capacidad para unos veinte coches, como mucho.

Aparqué junto a Elizabeth y salí. —Hay aparcamiento —dijo Elizabeth con una sonrisa.

Le devolví la sonrisa. —Sí, hay aparcamiento. Pero ¿qué me dijiste en el otro sitio…? ¿Que no tomáramos una decisión basándonos en el aparcamiento?

Elizabeth se rio y señaló la puerta trasera. —¿Qué tal si empezamos por la cocina esta vez?

—Adelante.

Seguí a Elizabeth hasta la puerta y esperé mientras la abría y nos dejaba entrar.

La cocina era enorme. Mucho más grande que la anterior e incluso más grande que en la que trabajaba en ¡Muérdeme!

Había conexiones por todas partes que me permitirían tener más de un puesto de trabajo si alguna vez contrataba a alguien para que me ayudara.

—¿Qué te parece?

Me giré y la miré. —Es lo bastante grande. ¿Y la tienda?

Elizabeth arrugó la nariz y supe que la respuesta no me iba a gustar. —Bueno, vamos a verla. Me reservaré cualquier comentario hasta que sepa lo que piensas.

Sonreí con suficiencia, sabiendo que Elizabeth sabía exactamente lo que buscaba, así que si no decía nada, era poco probable que me entusiasmara, aunque la cocina estuviera bastante bien. Empujé la puerta hacia lo que sería la parte de la tienda.

Y me detuve en seco.

—¿Esto es todo?

Elizabeth se encogió de hombros. —Si estuvieras dispuesta a hacer solo comida para llevar, esto podría funcionar. Sé que ahora tienes mesas dentro, pero quería enseñártelo.

Negué con la cabeza. Había un mostrador en el que cabrían un montón de productos, pero no había sitio para que los clientes se sentaran. No es que fuera un espacio pequeño, es que no había absolutamente ningún sitio. Desde el cristal de la cristalera hasta el mostrador había cosa de un metro veinte, espacio apenas suficiente para que estuvieran de pie dos personas.

—No puedo hacerlo. Todos los martes mis amigas se reúnen en ¡Muérdeme! Somos diecisiete cuando vienen todos sus maridos. Aquí no caben ni cuatro personas, mucho menos diecisiete.

—Lo sé. Es que ahora mismo no hay mucho en el mercado. Es un momento horrible para el sector inmobiliario, así que no hay mucho disponible. Hace seis meses podría haberte enseñado dos locales al día durante una o dos semanas.

Suspiré. —No puedo esperar a la próxima primavera. Tengo cuatro semanas. Y ninguna opción.

~

EL RESTO de la semana no reveló ningún otro espacio al que pudiera mudarme. No tenía ni idea de qué iba a hacer, y se me estaba acabando el tiempo a toda prisa.

Aunque mi carrera y todo lo que había construido se estaba desvaneciendo, no podía negar que sentía una pequeña emoción cuando Max volvía cada día de esa semana, incluso el sábado. Siempre pedía lo mismo, incluyendo una taza de mi café de la trastienda, aunque conseguí que probara algunos pastelitos diferentes. Cuando vino el sábado por la mañana, se negó a probar nada más porque el que más le gustaba era el de caramelo salado.

Que viniera mejoró mi semana ligeramente, pero aun así me repetí que no podía involucrarme con él. Tenía demasiadas cosas en la cabeza con ¡Muérdeme! como para preocuparme por un hombre, aunque fuera un maromo delicioso al que quería cubrir de glaseado y devorar como si fuera el mejor magdalena de la ciudad.

El domingo tuve que admitir que echaba de menos verlo, pero era solo porque era fácil hablar con él. Como empresario, entendía lo mucho que me había volcado en mi negocio. Me envidiaba por tener el domingo libre, ya que él no se tomaba un día de descanso si estaba nevando. El sábado compró dos magdalenas y un magdalena de más para poder pasar el domingo sin mí, según sus palabras, y casi me permití creer que se refería a mí, no a mis dulces.

El lunes por la mañana me desperté sonriendo, lista para que Max pasara de nuevo por allí.

Cuando bajé esa mañana, encendí las luces de la tienda por si Mandy aparecía antes de que abriera y me puse a trabajar, o por si pasaba Max. Antes de que me diera cuenta, había salido el sol y era hora de abrir la puerta principal.

A los pocos minutos de abrir, Mandy y Xander entraron abrigados con abrigos, bufandas y guantes. —Gracias por dejar que Mandy se quede contigo, Charlie. Significa mucho para mí.

Le sonreí a la expresión de ansiedad en el rostro de Xander y supe que lo que Carrie había dicho la otra noche era cierto. Estaba hecho un manojo de nervios por el bebé. Xander estaba loco por Mandy y su bebé iba a ser mimado hasta la saciedad, e iba a ser precioso.

—Va a ser divertido. Y ya sabes que te llamaré a la primera señal de cualquier cosa. Además, estaré encantada de cerrar y llevarla corriendo al hospital si es necesario.

En lugar de parecer aliviado como yo esperaba, Xander palideció un poco y su mirada se desvió hacia Mandy. Ella le puso una mano en el brazo en un gesto tranquilizador. —Cariño, todo irá bien. Estoy en buenas manos con Charlie y sabes que te llamaré en cuanto crea que pueda estar pasando algo. Quiero que estés ahí, así que, por favor, no te preocupes.

Xander me miró de reojo y luego volvió a mirar a Mandy. La sujetó la cabeza con firmeza y la besó con fuerza en la boca, deteniéndose en sus labios mientras susurraba palabras que no pude oír. Fue algo dulce a juzgar por la sonrisa en el rostro de ella y las lágrimas en sus ojos mientras asentía y le besaba de nuevo, dulce y amorosamente. Una punzada de celos atravesó mi corazón ante la cercanía que compartían, el amor que había entre ellos.

Mandy era una mujer afortunada.

Xander me dio las gracias de nuevo y luego nos dejó a

Mandy y a mí a solas a regañadientes. —Te adora —dije lo obvio.

—El sentimiento es mutuo. Te agradezco mucho que me dejes pasar el rato aquí. Se habría vuelto loco si me hubiera puesto de parto estando sola en casa. Saber que estaré contigo o con él le ha hecho sentirse mucho mejor. Aunque no lo pareciera —añadió ella con timidez.

Le resté importancia a sus preocupaciones con un gesto de la mano. —Está bien. Solo que no quiere que tengas el bebé sin él. Es adorable lo mucho que te quiere.

—Sí, me quiere. Tengo suerte.

—Mucha suerte. Todas la tenéis.

—Tú también la tendrás, Charlie. Encontrarás a alguien que te mire como nuestros maridos nos miran a nosotras.

—Sí, sí. No cuento con ello. Vosotras tenéis suerte, pero yo ahora mismo tengo demasiados líos como para preocuparme por los hombres. ¡Todavía no he encontrado un nuevo local para ¡Muérdeme!

—¿Qué vas a hacer?

Me encogí de hombros. —No tengo ni idea. Me estoy poniendo nerviosa. No quiero cerrar, pero cuanto más tardo, más tiempo parece que voy a estarlo. Empiezo a temer que sea un cierre permanente.

—Seguro que encuentras algo. Aunque no me imagino no venir aquí cada semana.

Asentí y miré a mi alrededor, al lugar que era mi hogar. Había elegido con esmero cada pequeño detalle de ¡Muérdeme!, desde los tonos rosa pálido de la pared, el expositor de la entrada, hasta el mostrador y los taburetes. Las mesas, las sillas y cada taza que tenía eran cosas que yo misma había elegido.

Se me llenaron los ojos de lágrimas al pensar en empaquetarlo todo o venderlo. No quería ver quebrar a ¡Muérdeme!, pero no estaba segura de poder encontrar una forma de salvarlo.

—Solo espero poder salvarlo.

Mandy me dio una palmadita en la mano, pero antes de que pudiéramos profundizar en nuestra conversación, entraron unos clientes. Mandy se acomodó en uno de los taburetes y le di un magdalena de terciopelo rojo guiñándole un ojo. Ella le hincó el diente mientras yo atendía a mis primeros clientes.

Le hice compañía a Mandy entre cliente y cliente. Los O'Neill entraron a las nueve y media y volví a disculparme con Mandy para atenderlos.

—Oh, Charlie, muchas gracias por tu ayuda durante el fin de semana. La fiesta fue maravillosa. A todo el mundo le encantaron tus pastelitos, como siempre —dijo la señora O'Neill con efusividad.

—Me alegro mucho de que fuera bien. ¿Cómo está Molly?

—Está bien. Un poco de náuseas matutinas, pero nada grave. Por desgracia, ahora mismo le cuesta comer muchos dulces, pero aparte de eso dice que está bien. Sale de cuentas en julio, así que todavía es pronto.

La señora O'Neill miró a Mandy, que estaba al final del mostrador, y le sonrió. —Oh, querida, estás preciosa.

Sonreí ante la evidente sorpresa de Mandy y las presenté. La señora O'Neill se sentó junto a Mandy y le hizo un sinfín de preguntas sobre su embarazo mientras el señor O'Neill pagaba el desayuno.

Cuando estaban terminando, Riley y Connor entraron de la mano. Pidieron sus magdalenas y ocuparon las sillas que el señor y la señora O'Neill habían dejado libres. Riley me abrazó por encima del mostrador cuando me uní a ellas para charlar unos minutos.

—Me alegro de que hayáis podido uniros a nosotras —le

dije en broma a Riley, recordando la sugerencia de Carrie de la semana anterior. Riley se sonrojó y miró a Connor, que parecía no tener ni idea, pero esa mirada me dijo que se habían tomado un ratito esa mañana para divertirse antes de venir.

Me eché a reír y Mandy y Riley se unieron a mí, mientras Connor parecía totalmente confundido. —¿Qué me he perdido? —preguntó él.

—Nada, cariño. Absolutamente nada. Tú siéntate ahí y ponte guapo —bromeó ella. Se había convertido en una broma entre ellos que él era demasiado guapo para ella, así que le decía que se pusiera guapo. Riley era preciosa, con sus intensos ojos marrones, su pelo rubio oscuro y sus curvas generosas. Tenía un aire atrevido con el piercing en el labio inferior y una mariposa posada sobre un ancla tatuada en el antebrazo izquierdo.

Siempre había envidiado a Riley por su estilo personal. Casi siempre llevaba vaqueros, pero los combinaba con una camiseta que se había hecho ella misma. Una vez le pregunté y me dijo que le costaba encontrar ropa que le gustara de su estilo, así que aprendió a coser y empezó a hacerse su propia ropa. Y se le daba de maravilla.

Connor se tomó bien la broma y le selló los labios con un beso posesivo que dejó claro a todo el mundo en la sala quién le había puesto el anillo en el dedo.

Entró otro cliente y fui a atenderlo. Después de cobrarle el mollete de beicon y huevo y el café, se dejó caer en un asiento y miró a su alrededor. Sus ojos se posaron en Mandy, Riley y Connor, y los entornó. Inmediatamente pensé lo peor de aquel tipo, creyendo que estaba juzgando a Connor por estar allí con nosotras. Antes de que pudiera decirles nada a los demás, la voz del tipo interrumpió.

—¿Connor Lee? Me sonaba que eras tú.

Connor se giró y vio al tipo sentado solo. Sonrió y apretó el hombro de Riley antes de acercarse a la mesa. Connor le estrechó la mano al otro tipo y se sentó en la silla vacía mientras hablaban. Vi que Connor hizo un gesto con la cabeza hacia Riley y el tipo la miró con algo que solo podría describir como aprobación.

¿Acaso el mundo entero se había vuelto loco?

Claro que sabía que Riley era genial, pero los tíos buenos no solían acabar con mujeres como nosotras. Todavía me desconcertaba que mis amigas hubieran encontrado hombres guapísimos que además eran dulces, cariñosos y se interesaban por mujeres que no eran de tipo modelo y diminutas.

No pude contemplar mi universo desequilibrado por mucho tiempo porque entró Max. Sin decir ni una palabra a mis amigos, desaparecí en la trastienda y volví con una taza grande de café para Max, y luego cogí sus magdalenas y su magdalena sin esperar a que los pidiera. Se los entregué en la caja.

—¿Disfrutaste de tu día libre ayer? —me preguntó mientras me daba el dinero.

Arrugué la nariz. —Supongo. Fue bastante tranquilo, pero con lo ocupada que estoy durante la semana, la tranquilidad se agradece.

Max sonrió. —La tranquilidad se agradece, sí. Ojalá pudiera decir lo mismo. Tuve que trabajar temprano, pero pasé el resto del día ayudando a mi hermana.

—¿A qué se dedica tu hermana?

—Eh, está abriendo su propia tienda. Me tuvo pintando, colgando estanterías y montando librerías. Fue un día agotador.

—Pero está muy bien por tu parte que estés dispuesto a ayudarla.

Max asintió. —Es más pequeña que yo, así que básicamente he estado cuidando de ella toda mi vida. Haría cualquier cosa por ella.

Sentí un poco de envidia de la hermana de Max. Yo

quería a alguien así en mi vida, a quien poder llamar y que viniera corriendo a ayudarme. Claro que podía llamar a cualquiera de los chicos, pero sabía que ayudarían a sus esposas mucho antes que a mí.

Max echó un vistazo al final del mostrador y vio a Mandy y a Riley todavía hablando. —Esas son mis amigas, Mandy y Riley, y el marido de Riley está sentado en esa mesa con su amigo. Si quieres, puedes unirte a nosotros.

Max me sonrió, pero noté que estaba un poco incómodo. —No pasa nada. Tengo algunas cosas que hacer hoy. Te veo mañana, Charlotte. Gracias.

Desapareció por la puerta principal y me pregunté qué demonios había pasado. Perdida en mi confusión, no me di cuenta de que Riley y Mandy me observaban hasta que Riley exclamó: —¡Joder, le gustas un montón!

—¿Quién? ¿Max? No. Solo es un chico majo. Empezó a venir la semana pasada.

Riley y Mandy intercambiaron una mirada, una mirada que me decía que pensaban que estaba siendo obtusa.

—Si le pusieras más caliente, habría dejado un rastro de fuego —añadió Mandy.

—Sois unas exageradas. Los chicos no me miran así. Solo le gustan mis pastelitos.

—Sí, le gustan —se rio Riley. Mandy se unió, riéndose a mi costa, y puse los ojos en blanco. Limpié el impecable mostrador para tener algo que hacer. Sí, esperaba que tuvieran razón; Max estaba bueno con B mayúscula, pero no tenía tiempo para preocuparme por él. Quería interpretar su continuo aprecio por mis dulces, pero simplemente no podía.

Dejé de lado la insistencia de mis amigas y me concentré en lo que tenía que hacer el resto del día. O al menos lo intenté. Mi mente no paraba de divagar por escenas con Max. Él arrinconándome contra el expositor. Inclinándose para besarme. Sintiendo sus manos en mi cuerpo.

No. Eso no pasaría. Nunca se acercaría más allá de los breves roces que intercambiábamos cuando le entregaba sus magdalenas con pepitas de chocolate, su magdalena, su café y el cambio cada mañana.

Connor volvió al lado de Riley cuando su amigo salió por la puerta principal. Se inclinó y le plantó un beso justo en los labios. Se detuvo un poco más de lo que la mayoría de los hombres lo harían, asegurándose de que ella supiera que solo tenía ojos para ella. La decepción y los celos me desgarraron por dentro, emociones que odiaba sentir, especialmente hacia una de mis mejores amigas.

—Connor, sácanos de una duda. Riley y yo creemos que al tío que acaba de irse le molaba Charlie, pero ella dice que estamos locas. ¿Tú qué crees? —preguntó Mandy. Su barriga de embarazada se estiraba hasta el mostrador que tenía delante, tan redonda y perfecta como uno de mis pastelitos.

—¿Qué tío? —preguntó Connor, mirando hacia la puerta principal de mi tienda. El triunfo y la decepción me recorrieron por un segundo. Entonces Connor dijo: —Ah, ¿te refieres al que se ha dejado la polla en tu bolsillo trasero? Sí, estoy bastante seguro de que al hombre quitanieves le molas, Charles.

Le saqué la lengua. Odiaba equivocarme, pero más que eso odiaba que mis amigos acabaran de cambiar mi relación con Max. Teníamos un rollo fácil y divertido. No había ninguna presión, pero de repente no podía ni respirar pensando en lo que le diría a la mañana siguiente. Mierda, ¿por qué me habían hecho eso?

6

—¿EL tío de la quitanieves? —preguntó Riley con voz sorprendida—. ¿Ese era el tío de la quitanieves?

—Sí —respondió Connor por mí—. Llevaba el dibujo de una quitanieves en la espalda de la chaqueta. ¿Por qué?

Riley me dedicó su sonrisa de suficiencia. Su gemela apareció en la cara de Mandy. Estaba en un aprieto.

—¿Es el chico que Lexi mencionó la semana pasada? ¿Al que le diste magdalenas gratis y te invitó a comer?

—¿El que te vio sin sujetador? —añadió Mandy.

—Hala, Charles. Necesito oír esa historia. ¿Le enseñaste las tetas?

—¡NO! —grité. Eché un vistazo rápido a mi alrededor y me sentí aliviada de que solo estuviéramos nosotros. Ninguno de mis otros clientes necesitaba oír todo aquello—. ¡Madre mía, estáis sacando las cosas de quicio! Se pasó la semana pasada antes de que abriera —le expliqué a Connor—, y me pidió un café porque no había tomado ninguno esa mañana. Estaba despejando el aparcamiento y me dio pena, me preocupaba que condujera algo tan grande sin estar completamente despierto. Le di café y magdalenas y no le cobré porque no me apetecía liarme con la caja registradora. Me envió el almuerzo para agradecerme el desayuno. Ha venido todos los días desde entonces a por su desayuno. No hay nada más que contar.

Los tres intercambiaron una mirada. Conocía esa mirada. Era la que yo le dedicaba a Lexi cuando estaba haciendo el idiota. La que le decía que tenía que sacar la cabeza del hoyo y ver lo que tenía justo delante.

Odiaba ver esa mirada dirigida a mí.

—Charles, está colado por ti —declaró Connor—. Un tío no mira a una mujer como él te miraba a ti a menos que sueñe con desnudarla.

—Connor, te agradezco que intentes ayudar, pero los tíos no me miran así. Le gusta venir aquí porque le gustan las magdalenas y los pastelitos, no porque le guste yo.

—Cariño, escucha. Puede comprar magdalenas y pastelitos en Wegman's. Y de los buenos. No tan buenos como los tuyos, pero buenos al fin y al cabo. Si solo viniera por las magdalenas y los pastelitos, no vendría todos los días. La única gente que viene por aquí tan a menudo viene por ti, no por la comida.

Odié la manera en que mi corazón floreció al pensar que Max venía a Mordisquitos por mí. No quería que me gustara. No tanto. Que me gustara solo me llevaría al dolor más tarde. No tenía tiempo para una relación cuando mi sueño pendía de un hilo. Si nos liábamos, acabaría dejándome cuando no pudiera pasar mucho tiempo con él. Lo mejor para mí sería meterlo firmemente en la zona de clientes y mantenerlo fuera de las zonas de amigos o algo más que amigos.

—No puedo pensar en él. Da igual si le gusto o no, no voy a meterme en eso. Tengo demasiadas cosas de las que preocuparme con salvar Mordisquitos. —Recogí las tazas y los platos vacíos y los dejé en el fregadero, luego limpié el mostrador para mantener las manos ocupadas.

—¿Has encontrado un sitio nuevo? —preguntó Riley, aferrándose a mi cambio de tema sin pensárselo dos veces. Como empresaria, sabía que entendía lo devastador que podía ser cerrar mi negocio, aunque fuera temporalmente. El negocio de Riley siempre estaba amenazado por las librerías más grandes, pero ella resistía.

Negué con la cabeza. —Estuve mirando un par de sitios la semana pasada, pero uno era demasiado pequeño y el otro no tenía espacio para sentarse, aunque tenía una cocina genial. No sé qué voy a hacer. Me quedan tres semanas.

—¿Quieres que preguntemos por ahí? ¿A ver si alguien sabe de algún local comercial que esté disponible ahora?

Asentí. Odiaba meter a mis amigos en medio de mi desastre, pero era hora de aceptar que no podía hacerlo sola. Estaba viendo cada día cómo mi sueño se iba a pique. Necesitaba taponar la fuga. —Si os enteráis de algo, le echaré un vistazo. Tengo un agente inmobiliario que me está ayudando, pero es que no hay mucho disponible. Estoy empezando a perder la esperanza de encontrar algo. Es prácticamente seguro que no lo encontraré antes de fin de año.

—Nos pondremos a ello, Charles. Connor tiene un montón de contactos y yo veo a muchísima gente cada día. Entre los dos hablaremos con toda la gente que podamos. No vamos a quedarnos de brazos cruzados viendo cómo te hundes.

—Gracias, Riley. Parece que me vendrá bien toda la ayuda posible.

~

EL RESTO del día Mandy y yo estuvimos barajando ideas y mirando los anuncios inmobiliarios. Al día siguiente fue prácticamente una repetición del primero, excepto que Max saludó a Mandy. A ella le cayó bien y se aseguró de decirles a todas en nuestra noche de chicas lo mono que era y lo colado que creía que estaba por mí.

Después de su interminable interrogatorio, que evité tanto como pude, finalmente conseguí cambiar de tema otra vez, pero no podía dejar de pensar en Max. Cada día que venía me gustaba un poco más. Protagonizaba mis sueños y también había asumido un papel estelar en mis fantasías privadas. Se estaba volviendo demasiado. Tenía que encontrar una manera de quitármelo de la cabeza para poder centrarme en salvar mi casa y mi negocio.

La tercera mañana, Mandy entró con cara de muerto. Se notaba que apenas había dormido. Tenía los ojos enrojecidos, la piel pálida, y el pelo a medio recoger en una coleta. Xander me lanzó una mirada que decía que estaba preocupado y yo le devolví otra para tranquilizarlo, asegurándole que lo llamaría si no mejoraba. Pareció aliviado al saber que cuidaría de su mujer, pero aun así se resistía a dejarla. Ella finalmente consiguió echarlo por la puerta e inmediatamente apoyó la cabeza en el mostrador.

—¿Estás bien? —le pregunté cuando Xander se fue.

—Me encuentro fatal, la verdad. Apenas he dormido en toda la noche. Este bebé por fin ha crecido lo suficiente como para que me duela la espalda todo el tiempo. Llevo un día con ardores, de lo que te culpo a ti, ya que he estado comiendo tantos pastelitos deliciosos, y siento como si hubiera engordado otros cinco kilos esta semana. De nuevo, culpa tuya.

—Haces que el embarazo parezca maravilloso. No me extraña que no todo el mundo se esté lanzando a la oportunidad —la vacilé.

Mandy gimió. —No ha estado mal hasta el último día o

así. Supongo que este pequeñín está empezando a prepararse para su llegada.

Sonreí pensando en Mandy sosteniendo a su bebé por primera vez. Iba a ser una madre genial, cariñosa y entregada. Podía visualizar la imagen de su pequeña familia, perfecta y feliz en su hogar. Era tan marcadamente distinto a la forma en que yo me había criado. Sí, la abuela me quería y nunca lo dudé. Pero siempre deseé tener una madre y un padre que se quisieran y que me quisieran a mí más que a nada en el mundo.

El bebé de Mandy y Xander tendría lo que yo siempre había querido. Mandy y Xander también tenían esas cosas, aunque la infancia de Mandy no fuera perfecta ni de lejos. Su hermano fue cruel con ella cuando eran pequeños y siempre se sintió como una extraña en su propia familia, aunque sabía que sus padres la querían. Su bebé tenía suerte, de una manera que yo nunca había tenido. Tenía un lugar al que pertenecía, un lugar donde sería querido incondicionalmente.

Si alguna vez tenía hijos, les demostraría ese mismo amor.

Aunque Mandy no se encontraba muy bien, aceptó una magdalena. Se la comió despacio mientras yo atendía a los clientes que entraban a cuentagotas. Los O'Neill se sentaron junto a Mandy y le preguntaron por su embarazo y cómo se encontraba. Mientras hablaban, entró Max y yo me aparté para atenderlo.

Cuando traje su café de la trastienda, miré a Mandy. Se había puesto blanca y se agarraba al borde del mostrador. La señora O'Neill estaba inclinada sobre ella, hablándole en voz baja. Le di a Max su café, cogí sus magdalenas y su magdalena mientras observaba a Mandy. —¿Está bien? —preguntó él mientras le entregaba la bolsa y la caja.

—No estoy segura. ¿Tienes un minuto?

Max asintió y yo fui al otro extremo del mostrador.

—Oh, Charlie, Mandy tiene que ir al hospital ya. Está de parto y probablemente a punto de empujar. Yo no me demoraría nada, tienes que llevarla ahora mismo, cariño.

Se me cayó el alma a los pies y el pánico se apoderó de mí. No tenía ni idea de qué hacer. Estaba completamente paralizada viendo a mi amiga mientras otra contracción le desgarraba el cuerpo. Se agarró de nuevo al mostrador y se apoyó en la señora O'Neill, que aguantó firme a pesar de su avanzada edad.

—¿Está segura? —conseguí decir finalmente—. Hace un minuto no estaba de parto —supliqué, esperando que la señora O'Neill se equivocara, sabiendo mientras decía las palabras que no podía ser. La señora O'Neill tenía seis hijos propios y un montón de nietos y bisnietos. Si alguien sabía de partos, era la señora O'Neill.

—Ha estado de parto toda la noche, Charlie. El dolor de espalda que sentía eran dolores de parto y los ardores eran el aviso de su cuerpo. Ahora sus contracciones son más fuertes y necesita ir al hospital. Va a tener este bebé en unas horas, si no antes.

Max pareció entrar en acción, dando las gracias a los O'Neill y acompañándolos a la puerta con la promesa de que los llamaría más tarde. Me preguntó dónde estaba mi coche y si tenía toallas en el local. —Vivo arriba, así que sí, hay toallas. Pasando la cocina y subiendo las escaleras del fondo.

—Quédate con Mandy. ¿Tus llaves también están arriba?

—¿Eh?

—Las llaves, Charlotte. ¿Dónde están las llaves de tu coche?

Mi cerebro patinó al darme cuenta de lo que me preguntaba. —Mierda, mi coche no es lo bastante grande. Tengo un cupé. Ni siquiera podrá entrar en el asiento de atrás. Bueno, si consigue entrar, no saldrá. Necesitamos a Xander.

—¿Quién es Xander?

Mandy me apretó el puño y gimió mientras el dolor la desgarraba de nuevo. Fui vagamente consciente de que solo habían pasado un par de minutos desde su última contracción. Iba a tener a su bebé, pronto. No había tiempo para ir a por Xander.

—Xander es el marido de Mandy.

—No podemos esperar a que llegue. Tenemos que irnos ya. Cierra.

Max nos guio hacia la puerta principal y la cerré con llave detrás de nosotras. Nos montamos en el Explorer de Max, yo detrás con Mandy y Max conduciendo directo al hospital. Conducía con una mano y marcaba en el móvil de Mandy con la otra.

—¿Xander? —dijo Max al móvil de Mandy, y luego hizo una pausa—. Sí, me llamo Max. Soy un amigo de Charlotte y estoy llevando a tu mujer al hospital ahora mismo. Estaba en Mordisquitos esta mañana cuando nos hemos dado cuenta de que está de parto. —Esperó, escuchando a Xander. Podía oír su voz fuerte desde el asiento de atrás, aunque no entendía lo que decía Xander—. Al parecer, bastante avanzado. —Hizo otra pausa—. No podíamos esperar a que llegaras. Nos vemos en el hospital.

Max colgó y pidió el nombre del médico de Mandy. En el siguiente semáforo buscó el número en su móvil y llamó a la consulta, diciéndoles que íbamos de camino al hospital. —¿Hay alguien más a quien tengamos que llamar? ¿Sus padres? —preguntó Max cuando colgó.

Mandy negó con la cabeza. —Puedes llamar a Claire y a todas, pero no hace falta que estén allí ahora. Vámonos ya al... ¡AAAH! —Mandy aulló y me agarró del brazo, apretando.

La sujeté y dejé que lo superara. Parecía tan desgraciada, pero sabía que necesitaba que alguien estuviera ahí para ella. Max me salvó la vida llevándonos. Yo nunca habría sido capaz de conducir mientras Mandy sufría las contracciones sola.

Se detuvo en la entrada de urgencias y puso el coche en punto muerto. Rodeó el coche y ayudó a Mandy a salir, llevándola casi en brazos a Urgencias. En el mostrador explicó lo que pasaba y ayudó a acomodarla en una silla de ruedas. Xander irrumpió por las puertas mientras hablábamos con el personal del mostrador. Corrió hacia Mandy y le besó la frente antes de que desaparecieran con una enfermera.

—Llama a tus amigas, yo voy a aparcar el coche.

Max desapareció y yo me giré hacia el mostrador. —¿Adónde la llevarán? —le pregunté a la mujer que nos había ayudado a registrar a Mandy.

—A la cuarta planta. Hay una sala de espera allí arriba. ¿Quiere que le diga a su novio adónde va?

Negué con la cabeza, sin corregir su error, y me dirigí hacia la puerta para empezar a hacer llamadas.

Para cuando Max volvió, ya me había puesto en contacto con casi todo el mundo. Drew le contó a Carrie lo que pasaba en cuanto Xander se fue, y ella ya estaba de camino y él la seguiría pronto. Carrie llamó a Riley y a Sam para cuando yo también conseguí hablar con ellas. Addi no podía escaparse del colegio, pero prometió pasarse después del trabajo. Lexi también prometió venir después del trabajo, pero Claire ya estaba de camino.

—¿Sabes dónde está? —preguntó Max cuando colgué con Claire.

—Sí, está en la cuarta planta. No sé cómo darte las gracias por tu ayuda. No creo que lo hubiera conseguido si no hubieras estado ahí.

—Ha sido un placer. ¿Hay algo que pueda hacer por ti?

Negué con la cabeza, no muy dispuesta a que se fuera, pero sabiendo que no había ninguna razón para que se quedara. Alguien me llevaría a casa más tarde, así que ni siquiera lo necesitaba para eso.

Pero quería que se quedara. No podía explicarlo, pero no quería estar sola. Sabía que no pasaría mucho tiempo antes de que mis amigas invadieran el hospital, cada una con su marido. Por primera vez en mi vida, no quería ser la única que no tenía un hombre en quien apoyarse.

—¿Quieres, eh... quieres que me quede? —preguntó Max.

—No —dije demasiado rápido—. O sea, seguro que tienes otras cosas que hacer hoy además de quedarte sentado en la maternidad esperando a que una desconocida dé a luz.

Max sonrió y se acercó un poco más a mí. Parecía que quería decir algo, como si hubiera algo más en el aire. —¿Hay algo que pueda hacer por ti en tu tienda? Nos fuimos con prisa. ¿Desenchufar una cafetera? ¿Apagar las luces? ¿Algo?

—Mierda —dije en voz alta—. Ni siquiera lo había pensado. Lo he dejado todo encendido. Joder, si ni siquiera he cerrado la puerta de atrás. Tengo que ir...

—¿Confías en mí?

7

¿CONFIANZA? ¿Confiaba en él? Apenas confiaba en mí misma. Lo había conocido hacía una semana. Sin embargo, por alguna razón, me encontré susurrando: —Sí.

Extendió la mano. —Dame las llaves. Lo revisaré todo y pondré un cartel en la puerta para que tus clientes sepan que volverás a abrir mañana.

—Kendall.

Enarcó las cejas a modo de pregunta. —¿Quién?

—Kendall. Es una estudiante de último año de instituto que trabaja para mí por las tardes. Sin embargo, no tiene llaves porque yo siempre estoy allí.

Max hizo una pausa y se frotó la barbilla. El sonido de sus dedos rozando la barba incipiente despertó mi cuerpo de una forma extraña. El calor me invadió y mis pezones se endurecieron como si esperaran el mismo trato, el mismo roce de sus dedos.

Cerré los ojos y respiré hondo para concentrarme en cualquier otra cosa que no fuera aquel asalto a mis sentidos y me alegré cuando oí que se detenía. Hasta que abrí los ojos.

—¿Charlotte? ¿Estás bien? —su mano se cernió sobre mí, a menos de un par de centímetros de mi brazo. Nos habíamos ido tan deprisa que no había cogido una chaqueta y podía sentir el calor que irradiaba su palma. Como no le contesté enseguida, su mano se posó en mi brazo. La electricidad recorrió mi brazo y se extendió por todo mi cuerpo.

Me sobresalté por el contacto y Max se apartó con una expresión de dolor en los ojos. —Lo siento. Yo... Es que me has asustado. Estoy bien. Solo intento pensar qué hacer con Kendall.

—¿Por qué no la llamas y le cuentas lo que ha pasado? Déjale un mensaje. Seguro que lo entiende y lo más probable es que se alegre de tener una tarde para pasarla con sus amigas.

Sonreí porque sabía que tenía razón. Las amigas de Kendall solían pasarse por la pastelería por las tardes para charlar, pero sus padres la obligaban a trabajar. Estaba ahorrando para la universidad, así que odiaba quitarle un turno, pero también sabía que le vendría bien una tarde libre.

—Tienes razón. La llamaré. Pero puedo ir contigo a ¡Muérdeme!, encargarme de todo y coger mi coche. Así podrás terminar lo que sea que tuvieras que hacer hoy.

Max negó con la cabeza. —La verdad es que no tengo nada que hacer. Las carreteras están bien, así que estoy libre por hoy. No me importa. Además, puedes quedarte aquí y coordinarte con tus amigas.

—¿Estás seguro? —la verdad es que no quería que se fuera. Era agradable tenerlo a él para apoyarme durante unos minutos. Pero yo no podía ir a ningún sitio, y él estaba dispuesto.

—Totalmente. Solo necesito tus llaves.

Saqué las llaves del bolsillo y se las entregué. Nunca antes le había dado las llaves a nadie, ni siquiera a una amiga íntima. Nadie había entrado jamás en mi casa sin que yo estuviera allí y acababa de darle a Max mis llaves sin dudarlo demasiado.

¿Cómo podía confiar ya en él?

No tuve tiempo de pensar en ello. Después de un rápido mensaje a todas nuestras amigas, subí a la cuarta planta para ver cómo estaba Xander. Le envié un mensaje para hacerle saber que estaba en la sala de espera y que me avisara si necesitaban algo.

Xander me respondió enseguida.

A Mandy le vendría bien una amiga ahora mismo. ¿Podrías venir a la habitación 437?

Sorprendida de que quisiera que hubiera alguien más allí, me levanté y seguí las señales hasta la habitación de Mandy. Llamé y esperé a que Xander respondiera antes de entrar. Una cortina colgaba entre la puerta y la habitación, así que los llamé antes de pasar al otro lado.

Mandy estaba tumbada de espaldas en una cama de hospital elevada. Parecía agotada en los pocos minutos que habían pasado desde la última vez que la había visto. Llevaba un camisón de hospital y tenía máquinas pitando a su alrededor. Xander le sostenía la mano y le hablaba, y por la expresión arrugada de su cara supe que estaba sufriendo otra contracción.

Cuando el dolor amainó, Mandy me dedicó una sonrisa atontada. —Gracias por traerme aquí. Y a Max. El médico ha dicho que tardará un poco, pero se alegran de que esté aquí.

—Sabes que haría cualquier cosa por ti. Ya he llamado a todo el mundo y la mayoría están de camino. ¿Necesitas algo más?

—No, yo... —Mandy se interrumpió con un gemido mientras agarraba la mano de Xander y se aferraba con fuerza. El dolor arrugó su cara y me desgarró el corazón.

Quería quitarle el dolor, pero sabía que no podía hacer nada. Mandy era fuerte. Estaría bien.

—Lo siento. Van a mandar al anestesista para que me ponga la epidural. Creía que podría hacerlo sin ella, pero estoy demasiado agotada para concentrarme en otra cosa que no sea el dolor. Después de eso, el médico dice que pasarán unas horas hasta que pueda empujar, ya que solo estoy dilatada de unos ocho centímetros.

—Supongo que la señora O'Neill se equivocó un poco, ¿eh?

Mandy me sonrió débilmente. —Tenía razón, sin embargo. Ni siquiera sabía que estaba de parto hasta que ella me lo dijo. Me habría quedado sentada allí hasta romper aguas.

—Me alegro de que estemos aquí. —unos golpes en la puerta hicieron que todos miráramos. Un hombre con una bata blanca de laboratorio rodeó la cortina y se presentó como el Dr. Carter, el anestesista. —Me voy para que te la pongan y quizá descanses un poco. Les contaré a todos lo que pasa. Xander, avísame si puedo hacer algo por ti.

Xander me apretó la mano antes de que saliera por la puerta y volviera a la sala de espera. Oí una voz familiar y frenética y me apresuré hacia el mostrador.

—¡Claire! Mandy está bien.

—Oh, Charlie, gracias a Dios —dijo mientras se apartaba del puesto de enfermería. Se desplomó contra Aidan y él la rodeó con el brazo con fuerza. —¿Dónde está?

Claire y Mandy se conocían de toda la vida, así que comprendía su preocupación. Si alguna de nosotras iba a perder los papeles, sin duda sería Claire.

—Acabo de estar allí. El médico le está poniendo la epidural ahora. Le he dicho a Xander que me avisara si necesitaban algo, pero estoy segura de que a ella le gustaría verte.

Claire se encogió y arrugó la nariz. —¿Cuánto se tarda en poner una epidural? No quiero ver eso.

Sonreí comprensiva y me encogí de hombros. —¿Quizá podrías esperar fuera de la habitación hasta que salga el médico? O podrías mandarle un mensaje a Xander para que te avise cuando terminen.

Aidan la tomó de la mano y la condujo a la sala de espera. —¿Por qué no les damos la oportunidad de descansar y que Xander nos avise cuando quieran vernos?

Claire siguió dócilmente a Aidan hasta un asiento. Sam y Brady entraron antes de que yo hubiera llegado a un asiento y los puse al día. Carrie, Riley y Connor fueron los siguientes, asegurando que Drew llegaría pronto, y luego Lexi y Mike. Con todo el mundo sentado y ansioso, miré alrededor de la sala. Addi estaría allí en cuanto terminaran las clases del día y estaba segura de que Joey vendría con ella. Todas mis amigas tenían a sus hombres en los que apoyarse, con los que hablar de lo preocupadas que estaban. Yo estaba sentada entre ellas, rodeada, pero aun así, sola.

Ojalá Max se hubiera quedado.

Una hora después de haber llegado, empecé a sentirme inquieta. Me dolía el culo de estar tanto tiempo sentada y empezaba a tener hambre. La cafetería del hospital no sonaba muy apetecible, pero como no tenía otras opciones, estaba casi segura de que tendría que ir allí.

Hasta que me di cuenta de que no tenía el bolso ni dinero.

Mierda.

Dentro de sus propias parejas, oí que los demás empezaban a hablar de la comida. Sam quería pizza, Claire quería una hamburguesa y Lexi quería sopa. Todos empezaron a hacer planes sobre dónde ir y a coordinarse para que alguien se quedara atrás para mantener a todos informados del progreso de Mandy.

—Yo me quedaré —les dije—. No tengo coche ni dinero para ir a comer. Id vosotros y yo os avisaré si pasa algo.

—¿Mandy vino en ambulancia? —preguntó Claire, palideciendo ante la pregunta.

—No, nos trajo Max. Me dio un ataque de nervios y luego nos dimos cuenta de que mi coche no sería lo bastante grande y no creímos que tuviéramos tiempo de llamar primero a Xander, así que Max nos trajo. Una de mis clientas dijo que Mandy tendría el bebé en una hora, así que ella y yo nos asustamos un poco, pero Max se encargó de todo.

—¿Max? ¿El de la quitanieves? —asentí, odiando el brillo en los ojos de Lexi—. ¿Dónde está?

—Volvió a ver cómo estaba ¡Muérdeme! y dijo que regresaría. Supongo que volverá en un rato, pero puede que le haya surgido algo.

Podía leer los pensamientos que rebotaban en sus cabezas, pero decidí ignorar las miradas que me dedicaban todas. No quería su compasión, y sentía que estaba peligrosamente cerca de lo que estaba pasando.

—Id a comer. Os avisaré si sale Xander o si Mandy tiene el bebé.

Todos murmuraron su agradecimiento y se dirigieron poco a poco hacia los ascensores. Lexi se me acercó. —¿Saliste corriendo sin coger el bolso? —asentí y puse los ojos en blanco ante mi estupidez—. ¿Quieres que te traigamos algo?

—Qué va, no me vendría mal saltarme una comida o seis. Estaré bien.

Lexi me observó, conociéndome mejor que las demás, y supe que podía ver la verdad detrás de mis palabras. —Charlie, me das pastelitos gratis todo el tiempo. Lo menos que puedo hacer es invitarte a comer.

Finalmente asentí, aunque me costó. Odiaba dejar que la gente hiciera cosas por mí. Llevaba tanto tiempo sola que me había acostumbrado a cuidar de mí misma y a no pensar que nadie más pudiera participar en ello. En solo unos días había aceptado que Riley y Connor me ayudaran a encontrar un local para ¡Muérdeme!, le había pedido a Max que se ocupara de mi pastelería y tenía a Lexi invitándome a comer.

Me estaba viniendo abajo.

Pero me sentía un poco aliviada de tener a otros a mi lado. De tener a alguien en quien apoyarme. O a varios.

Sola en la silenciosa sala de espera, miré a los demás. La mayoría parecían ser padres de una madre o un padre de parto, esperando la llegada de un nieto. Unos pocos eran más jóvenes, quizá hermanos o amigos, pero en un día de diario la sala estaba tranquila.

Agradecida de tener el móvil en el bolsillo cuando salimos corriendo, lo saqué y empecé a buscar en Pinterest nuevas recetas que pudiera probar. Guardé algunas cosas nuevas para probarlas si alguna vez tenía tiempo libre, y luego busqué opciones de recetas saludables.

Definitivamente estaba perdiendo el juicio.

La abuela me regañaría por el mero hecho de considerar recetas saludables. Casi podía oír su voz diciéndome: —Charlotte, no merece la pena comerse un magdalena si no puedes disfrutarlo. Y no puedes disfrutarlo si está lleno de un montón de cosas que no son comida de verdad.

Antes de adentrarme más en el camino de lo saludable, cerré la aplicación y me guardé el móvil en el bolsillo. No pude evitar preguntarme si Max había vaciado mi caja registradora y se había largado con todas mis cosas. Llevaba fuera el tiempo suficiente como para que, si solo había ido a comprobar que la pastelería estaba bien y a cerrar, ya debería haber vuelto.

No, negué con la cabeza. Max no haría eso. No lo entendía, pero confiaba en él. No me haría eso. Había llevado a Mandy al hospital y había mantenido la calma cuando yo estaba perdiendo los papeles. Max no me estafaría. Quizá había recibido una llamada.

Oh, Dios, esperaba que no hubiera tenido un accidente.

Todavía preocupada por la desaparición de Max, no reconocí la sinfonía de voces que se acercaba hasta que estuvieron casi encima de mí. Levanté la vista y vi a Connor con los brazos llenos de cajas de pizza y otra pila detrás de él.

Llevada por Max.

8

EL ALIVIO que sentí fue abrumador. Casi rompí a llorar al tener la prueba de que Max estaba bien. Y de que mis miedos de que fuera un ladrón eran infundados. De verdad que podría ser uno de los buenos. Como Xander, Connor y los demás.

Me preguntaba cómo había conseguido Connor que trajeran tantas pizzas tan rápido y me levanté de un salto para ayudar a los chicos a dejar las cajas en la mesita de centro de la zona en la que habíamos estado sentados.

Connor se giró hacia Max y le dio una palmada en la espalda. —Esto es genial. Gracias, tío, en serio.

Los miré alternativamente, más confundida de lo que debería, e intenté comprender lo que pasaba. —¿Las has comprado tú? —le pregunté a Max.

—Sí —dijo sin aliento—. Supuse que tendríais hambre. Por lo poco que oí de vuestras llamadas, me di cuenta de que estabais contactando con siete u ocho personas y luego preguntabais por más. No podía adivinar cuántos ibais a ser, así que pedí un montón y esperé que fuera suficiente. Eh..., también llamé al puesto de enfermeras para asegurarme de que se podía subir comida y les prometí que les llevaría pizza. Hay cinco para las enfermeras y quince para nosotros.

—Vaya, Max, eso es... Vaya. Gracias, de verdad. —Estaba asombrada.

Max se sonrojó de una manera totalmente adorable e intentó ocultarlo repartiendo pizzas a todo el mundo. —Eh..., he pedido un surtido variado, así que debería haber algo que le guste a todo el mundo. —Hizo una pausa y se acercó a mí —. Charlotte, ¿cuál es el apellido de Mandy?

—Carlson. ¿Por qué?

—Quería decirles a las enfermeras por quién estamos todos aquí y que las pizzas son de parte de Mandy. Serán mucho más amables con ella y probablemente harán un poco la vista gorda.

Sonreí ante su considerado engaño. Cuando llevó las cajas a las enfermeras, Lexi y Riley me rodearon, sobresaltándome y recordándome que no estaba sola.

—Es mono.

—Y un encanto. No me puedo creer que haya hecho esto por nosotros —dijo Lexi con entusiasmo.

—Sí —dije, dándome cuenta del tono soñador de mi voz. Sacudí la cabeza para deshacerme de pensamientos que no me hacían falta y me volví hacia mis amigas, todavía confundida—. ¿Cómo sabíais quién era?

—No lo sabíamos —dijo Lexi—. Reconoció a Connor y a Riles cuando salíamos. Dijo que se los habías señalado el otro día.

—Sí, es verdad. Aunque me sorprende que os haya reconocido. No saludó ni nada.

—Nosotras también nos quedamos un poco de piedra. No sabía quién era, porque solo lo había visto un segundo, pero dijo que era amigo tuyo. Tenía tus llaves y dijo que acababa de venir de ¡Muérdeme!, así que le creímos. Además, llevaba veinte pizzas y estoy bastante segura de que a ninguna nos importaba quién era mientras estuviera dispuesto a darnos de comer.

Me reí con Lexi y Riley, sabiendo el hambre que teníamos todas y que probablemente decían la verdad. Max se unió a nosotras de nuevo y me guio hasta la pizza, cogiéndome un plato y asegurándose de que me sentara con un trozo.

Después de que acabáramos con las pizzas, compartiéndolas con las demás familias que esperaban, nos acomodamos de nuevo en nuestros asientos, con Max sentado justo a mi lado. —¿Hay algo que pueda hacer por ti? —me preguntó mientras me devolvía las llaves.

—No, estoy bien. ¡Gracias de nuevo por volver a ¡Muérdeme! ¿Estaba todo bien?

Asintió. —Sí, la cafetera estaba encendida y tus hornos también, pero estaban vacíos. Lo apagué todo y fregué los platos. Espero que no te importe, pero subí al piso de arriba.

Me irritó la idea de que Max hubiera estado en mi apartamento.

—Hace frío fuera, así que quería cogerte una chaqueta y vi tu bolso arriba, así que lo cogí también.

Mis hombros se relajaron y le sonreí. Se preocupaba por mí. Y por mis amigos. Apenas me conocía y, sin embargo, se preocupaba, actuando como si yo le importara. Me descolocó y me conmovió más de lo que quería admitir.

Max se levantó de un salto. —Voy a por tus cosas a la furgoneta. No quiero dejarlas ahí, por si acaso.

Se fue y volvió antes de que tuviera mucho tiempo para pensarlo. Claire recibió un mensaje de Xander diciendo que Mandy iba a empezar a empujar, así que iba a llamar a sus padres. Claire le envió un mensaje a Addi para informarle de cómo iba todo. Max se acomodó de nuevo en el asiento a mi lado con mi bolso y nuestras chaquetas enredadas en el asiento al otro lado de él.

El agotamiento se apoderó de mí ahora que todo estaba

hecho. A Mandy todavía le quedaba mucho trabajo, pero el estrés de la mañana y la ansiedad por que Max tuviera mis llaves me habían dejado de repente agotada. Eché la cabeza hacia atrás para apoyarla en la pared a mi espalda y cerré los ojos, contenta de que hubiera alguien para mí y de que estuviéramos todos juntos. Mis amigos hablaban a mi alrededor, pero yo me limité a descansar, dejando que sus voces se desvanecieran hasta que me dormí.

Los sonidos volvieron a llegar a mí en cuestión de segundos, o eso me pareció. Estaba cómoda, con la cabeza reposando suavemente sobre algo, y me pregunté si Max habría puesto mi chaqueta detrás de mí. Oí a Lexi hablar cerca y la voz de Max pareció retumbar a través de mí cuando le respondió. Sonreí y me moví en mi asiento, acurrucándome en esa agradable sensación.

—Huy, puede que se esté despertando —dijo Lexi en voz baja.

—Mmm —retumbó Max—. Pero lo necesitaba. Su cafetera estaba llena, así que sé que no ha podido tomar mucho esta mañana.

—Charlie vive de café. Últimamente también se está estresando mucho. Esperaba que tener a Mandy con ella la ayudara a relajarse, pero parece que hoy ha sido peor. Gracias por ayudar esta mañana.

Mi cabeza se inclinó ligeramente antes de que Max dijera: —Me alegro de haber podido ayudar. Me gusta.

La pausa de Lexi fue más reveladora que cualquier otra cosa. —Tú también nos gustas a todas. A Charlie también. Pero sé bueno con ella o te las tendrás que ver con todas nosotras.

Max se rio entre dientes y yo sentí tanto como oí su asentimiento. —Lo entiendo.

Sintiéndome culpable por escuchar a escondidas su conversación, giré el cuello y me estiré. La cabeza se me fue hacia delante y me sujeté antes de caer. Una mano me agarró el hombro mientras mis ojos se abrían de golpe y vi a Max.

Cerca.

Demasiado cerca.

Oh, mierda. Me había quedado dormida en su hombro.

—Lo siento mucho, Max. No pretendía quedarme dormida... eh, encima de ti.

Sonrió mientras Lexi se alejaba de nosotros. —No te preocupes. Espero haber sido una buena almohada.

El calor me subió por las mejillas cuando me guiñó un ojo. Asentí con timidez y decidí que necesitaba alejarme un minuto. —¿Cómo está Mandy?

—Todavía no hay noticias. Supongo que sigue empujando. ¿Claire? —preguntó mientras la señalaba. Asentí que tenía razón y continuó—: Dijo que podría tardar un rato o que podrían ser solo unos minutos. Como no hemos sabido nada, suponemos que será un poco más.

Me froté las manos por las piernas y me levanté. —Creo que voy a dar un paseo, para intentar despejarme un poco.

Max se puso de pie a mi lado. —Creo que voy contigo.

¿Cómo podía decirle que quería dar un paseo para alejarme de él? ¿Que estaba empezando a pensar en él como uno de nosotros, y eso me estaba descolocando? ¿Y afectando mi resistencia?

Empezamos a caminar por el largo pasillo en silencio. Mis pensamientos rebotaban en mi cabeza. ¿Por qué seguía allí? ¿Qué sacaba de esto? ¿Era de verdad un tipo tan agradable? ¿Por qué no tenía nada mejor que hacer? ¿Iba a esperar que le diera comida gratis? ¿Solo lo hacía por la comida gratis?

—Oh, ¿cuánto te debo por las pizzas?

Max negó con la cabeza. —Nada.

Entrecerré los ojos, mirándolo. —Has comprado veinte

pizzas. No puedo dejar que lo pagues tú solo. Has sido un salvavidas hoy.

Max extendió la mano y me cogió la mía, apretándola suavemente. —Quería ayudar. Te has portado genial conmigo y era lo mínimo que podía hacer.

Su sonrisa era contagiosa y me encontré devolviéndosela. Sus ojos castaños oscuros brillaban y el hoyuelo de su mejilla me guiñó un ojo. Nunca en mi vida me había derretido por un hombre guapísimo, pero en ese momento lo entendí. Mis rodillas se ablandaron y mi corazón palpitaba en mi pecho. Por la forma en que me miraba, pensé que iba a besarme. Sus ojos se oscurecieron mientras bajaba la mirada a mis labios.

Nerviosa, me mordí el labio inferior y Max inspiró bruscamente. Se inclinó hacia mí y, con suavidad, me colocó un mechón de mi pelo oscuro y ondulado detrás de la oreja, provocándome un escalofrío. Su lengua rosada se asomó para humedecerse los labios y no pude negar lo atraída que me sentía por él. Quería besarlo con cada fibra de mi ser.

Un fuego lento comenzó en mis entrañas, anticipación. Con cada corta respiración nos acercábamos más y más el uno al otro hasta que pude sentir el roce de su aliento en mi cara como una suave caricia. Mis ojos se cerraron y mi rostro se inclinó hacia el suyo.

Entonces me empujaron, Max se abalanzó contra mí y ambos nos tambaleamos, cayendo hasta que mi cabeza golpeó la pared a mi espalda.

Max fue empujado contra mí, su cuerpo presionado contra el mío, dándome una sacudida de placer. Su aliento se abanicó sobre mi pelo, apartando los mechones mientras yo intentaba averiguar qué demonios había pasado.

Oí unas voces mientras tres personas corrían con una camilla por el pasillo. Se me encogió el estómago al pensar en una mujer de parto que necesitara ser llevada tan deprisa por un pasillo y recé una breve oración por la mujer y su hijo.

Mi cerebro finalmente se puso en marcha y recordé dónde estábamos y por qué.

—¿Estás bien? —preguntó Max, acunándome la cabeza.

—Sí, estoy bien. Lo siento. Se me había olvidado dónde estaba.

—A mí también —murmuró Max—. Eh, ¿seguimos caminando?

Asentí, aliviada de que estuviera dispuesto a dejar pasar el momento, aunque estaba decepcionada. Hacía mucho tiempo que no tenía un momento así, un momento en el que quisiera besar a alguien con tantas ganas. Quizá nunca. Casi podía sentir sus labios sobre los míos, y sentí la pérdida de su beso como un dolor físico. Como un peso que iba a llevar conmigo.

Max volvió a cogerme la mano y me llevó por el pasillo, alejándonos de la sala de espera. —¿Por qué abriste una pastelería?

La pregunta me hizo sonreír, como siempre. La alegría que me producía la repostería no se podía explicar, pero sí se podía sentir. —Mi abuela. Ella me crio y me enseñó a hornear. Solía decirme: «Todo en la vida se puede resolver con una magdalena». Se lo debo todo.

—Seguro que está muy orgullosa de ti. ¿Seguís estando muy unidas?

La tristeza me inundó como siempre que pensaba en mi abuela. —Falleció hace once años.

Max volvió a apretarme la mano. —Lo siento, Charlotte. No quería...

—No pasa nada. Sé que no querías. No creo que esto se haga más fácil nunca.

Caminamos uno al lado del otro durante unos minutos, sin decir nada. El silencio con Max era cómodo, fácil. No me preocupaba por llenarlo con cháchara innecesaria, simplemente disfrutaba de estar juntos.

—¿Cuál es tu recuerdo más feliz de ella?

Me sorprendió que preguntara. La mayoría de la gente evitaba el tema una vez que mencionaba que había fallecido, pero Max era diferente. Y me lo recordaba con frecuencia.

—Supongo que tendría que ser nuestra última Navidad juntas. Se había puesto enferma, solo era la gripe, pero como tenía setenta y tantos años, la gripe la golpeó fuerte. Acabó en el hospital unos días y estaba tan débil cuando salió que no pudo prepararnos la cena. Me había enseñado a hacer repostería, pero nunca me ha gustado mucho cocinar. Mi abuela, todavía en la cama, me dijo que no me preocupara por la cena de Navidad y que simplemente preparara unas magdalenas.

Max se rio y yo sonreí al recordarlo. —Mi abuela nunca hacía nada de forma normal, siempre le daba su toque personal. Entró en la cocina conmigo e inventamos nuestra propia receta de magdalenas navideñas. Me fue guiando para hacer una versión de magdalena red velvet y un glaseado de menta. Con el bizcocho rojo y el glaseado blanco, y los bastones de caramelo triturados por encima, era como tener la Navidad en la boca.

Caminamos un poco más, yo perdida en mi recuerdo y Max dejándome recordar sin presionarme. —Comimos demasiadas magdalenas y nos quedamos dormidas juntas en su cama. Cuando me desperté a la mañana siguiente, mi abuela, que siempre compraba a última hora, no tenía ningún regalo para mí. Se sintió fatal, pero le dije que no me importaba. Para mí era un regalo suficiente que estuviera allí y no en el hospital. Yo tenía algunos regalos para ella, pero se negó a abrirlos hasta que ella también hubiera ido de compras. Celebramos nuestra segunda Navidad en Nochevieja. Fue nuestra propia celebración especial.

—Suena como una Navidad estupenda. No me imagino la

vida sin mi abuela, mi madre y mi hermana. La Navidad no es tan divertida si no tienes con quién compartirla.

Asentí, sintiendo la conocida punzada de soledad. Desde que murió mi abuela, nunca había tenido a nadie con quien compartir las fiestas. Lexi tenía su familia, así que incluso cuando nos hicimos amigas, pasaba las fiestas sola. A todos nuestros otros amigos les pasaba lo mismo. Mi pastelería estaba cerrada en vacaciones, así que tampoco tenía a mis clientes para hacerme compañía, para ayudarme a olvidar lo sola que estaba.

Dejando a un lado mi pena, dije: —Háblame de tu familia.

Una sonrisa cruzó el rostro de Max antes de que empezara a hablar. El amor que sentía por las mujeres de su vida era evidente en sus ojos. —Mi padre murió cuando yo era pequeño y nos quedamos solos. Mi madre se mudó con mi abuela para ahorrar dinero. Tuvo que volver a trabajar, pero le costó encontrar algo que pagara bien y tuviera un horario decente. Abby y yo pasamos mucho tiempo con nuestra abuela de pequeños. Se parece mucho a tu abuela, nos enseñó a cocinar y a hornear, pero a los dos se nos dio un poco mejor la cocina. A Abby le encanta la repostería, pero también es una gran cocinera. Mi madre y mi abuela siguen viviendo juntas, pero Abby se mudó conmigo hace unos meses. Acababa de salir de un divorcio complicado y no quería volver a casa, así que acepté acogerla.

—Oh, qué amable por tu parte.

Se encogió de hombros como si no fuera para tanto. —Haría cualquier cosa por ella. Además, quería montar un nuevo negocio y necesitaba ahorrar dinero. Vosotras dos os llevaríais bien.

—Parece genial. ¿Qué negocio está intentando montar?

Max dudó lo suficiente como para que lo mirara. Parecía incómodo y no sabía si no sabía cómo explicarlo o si no quería decírmelo.

—Es una pastelería, pero no como la tuya —añadió rápidamente—. Ella hace más panes y diferentes productos de repostería como tartas, empanadas y galletas. Ni siquiera ofrece magdalenas.

—Max, no te preocupes. Hay muchas pastelerías por aquí. Sé que tengo competencia. Solo espero que haya suficiente para todos.

Oí a mis amigas hablar antes de que Max tuviera la oportunidad de responder. Vitoreaban y hablaban todas a la vez. Corrí a la sala de espera y agarré el brazo de Lexi. —Mandy ha tenido una niña. La están trasladando a una sala de recuperación y luego podremos ir a verlas. Xander ha dicho que todo ha ido bien. Y van a ponerle tu nombre, Charlie.

9

—¿Qué? —jadeé. No podría haberme quedado más de piedra ni aunque me hubieran dicho que la abuela había entrado por la puerta preguntando por mí. Adoraba a Mandy y a Xander, pero jamás habría pensado que le pondrían mi nombre a su hija. Nunca pensé que nadie fuera a hacerlo.

—¿Cómo se llama? —preguntó Max, radiante.

—Elise Marie. Elise es el segundo nombre de Charlie —le explicó Lexi a Max—, y Marie es el segundo nombre de la madre de Xander. Claire dijo que nunca habrían superado el embarazo de Mandy sin ti, Charles, así que querían homenajearte con el nombre de Elise.

Se me saltaron las lágrimas al oír las palabras de Lexi. Sentí que tenía una familia por primera vez desde que murió la abuela. Estas amigas, las siete mujeres a las que había llegado a considerar mis mejores amigas, no eran realmente amigas. Eran mis hermanas. Mujeres en las que podía confiar y que estarían ahí para mí, pasara lo que pasara.

A Mandy le dio un antojo loco por el dulce durante el embarazo. Al principio mandaba mucho a Xander a ¡Muérdeme! a por un magdalena o dos, antes de rendirse y empezar a comprarlos por docenas. Me di cuenta de que Xander la ayudaba a comérselos cuando él también empezó a engordar unos kilitos.

Cuando llevaba unos cuatro meses de embarazo, decidí ahorrarle el viaje a Xander y empecé a llevarles pastelitos. Kendall le dejaba una caja a Mandy en el trabajo y otra a Xander para que tuvieran para cuando llegaran a casa. Algunas noches, Mandy decía que los pastelitos eran lo único que cenaba. ¡Conocía esa sensación!

Max me pasó el brazo por los hombros y le sonrió a Lexi.

—Es un detalle muy bonito por su parte. ¿Ha ido todo bien?

Lexi asintió y miró de reojo el brazo de Max a mi alrededor. En ese momento no me importaba lo que pensara. Estaba radiante y nada podía aguarme la fiesta.

—Mandy está cansada, pero Xander ha dicho que todo ha ido bien, aunque ha tardado más de lo que esperaban. Ah, y Addi y Joey llegarán pronto.

Asentí, todavía un poco atontada, y dejé que Max me guiara hasta nuestros asientos. Me dejé caer en la silla, sintiendo inmediatamente la pérdida de su calor a mi alrededor. ¿Cómo era posible que me hubiera sentido tan cómoda con él y me hubiera acostumbrado tanto a él en tan poco tiempo? No era que fuera un cliente, ni siquiera la forma en que nos habíamos conocido, era otra cosa. Algo que no sabía explicar. Como si lo conociera de toda la vida, aunque solo llevara una semana.

—Es un honor muy grande. Parece que tus amigas están tan fascinadas contigo como yo. Eres una mujer increíble, Charlotte.

Me sonrojé ante su cumplido e intenté restarle importancia. Nunca se me había dado bien aceptar halagos, excepto los de mi repostería. Al ser una extensión de la abuela, sabía que era buena. Estaba copiando su trabajo con el mío y nadie podía negar el talento que tenía. Pero para cualquier otra cosa... me costaba aceptar que la gente fuera sincera. Era difícil sentarse y pensar que lo que me decían era verdad.

Aunque nadie me había dicho nunca que era increíble.

Cuando Mandy por fin se acomodó, nos hacinamos todos en su habitación, demasiado pequeña, para ver al bebé. Todas me dejaron cogerla primero y era la personita más perfecta que había visto en mi vida. Me miró con una sonrisa soñolienta. Apenas me di cuenta de que Max nos estaba haciendo fotos, pero no me importó. Estaba enamorada, completamente loca de amor por Elise.

—Si alguna vez necesitáis una canguro, por favor, llamadme —le dije a Mandy mientras le pasaba a Elise a Claire.

Mandy me sonrió y Xander se inclinó para besarle la frente. —Lo haremos, sin duda.

Mientras Elise pasaba de brazo en brazo, sorprendí más de una mirada de anhelo de mis amigas e igual número de miradas de deseo de los hombres de sus vidas. Algo me decía que no tardaría en haber otro bebé entre nosotras. Quizá unos cuantos.

Mandy empezó a bostezar mientras el cielo exterior se oscurecía. Elise estaba acurrucada contra el pecho de Xander, profundamente dormida. Las miradas que se lanzaban decían que estaban más que felices y que les costaría mantener las manos quietas hasta que pasaran las seis semanas de rigor de Mandy.

La mayoría salimos juntos, apiñándonos en un ascensor para bajar al garaje. La mano de Max descansaba en la parte baja de mi espalda, y su calor penetraba en mi chaqueta para calentarme. Cuando salimos al frío, Lexi preguntó: —Charles, ¿quieres que te llevemos a casa?

—La llevo yo —dijo Max antes de que yo tuviera la oportunidad—. Quiero decir, eh, no me importa. Si a Charlotte le parece bien.

—Gracias —le dije en voz baja, sonriendo para mis adentros, y abracé a Lexi.

Ella susurró: —Llámame luego —, luego me soltó y se fue con Mike.

Max me llevó hasta su Expedition, me sujetó la puerta mientras subía al vehículo y la cerró detrás de mí. Lo observé mientras rodeaba el coche por delante y me pregunté por qué sentía la necesidad de cuidar de mí. Durante todo el día había estado haciendo de todo, desde llevar a mi amiga al hospital, cerrar mi tienda y comprar comida para todos. Había estado a mi lado, apoyándome como siempre había querido que alguien hiciera.

Y eso me estaba descolocando por completo.

El viaje de vuelta a mi casa fue silencioso. De repente no sabía qué decirle a Max. Habíamos pasado mucho tiempo juntos, pero la mayor parte había sido con el resto de mis amigos. La única vez que estuvimos solos fue cuando salimos a dar un paseo y casi nos besamos.

No podía dejar de pensar en la forma en que me miró antes de que me estampara contra la pared. Mi cuerpo volvió a calentarse con el recuerdo. Había querido besarlo. Joder, todavía quería. Pero ni loca iba a iniciar yo algo. Max probablemente solo se estaba dejando llevar por el momento o algo así. Era imposible que un hombre como él quisiera algo conmigo.

Max aparcó en una plaza frente a ¡Muérdeme! y apagó el motor. Sentí que le debía algo por su ayuda y me encontré preguntándole: —¿Quieres subir? Puedo hacer una cafetera de café recién hecho y seguro que quedan magdalenas y pastelitos, ya que he cerrado muy pronto.

—Me encantaría —sonrió Max, mostrando aquel adorable hoyuelo.

Max me siguió a través del escaparate a oscuras hasta la cocina, después de que cerrara la puerta principal con llave.

Encendí las luces y dejé la puerta entornada para poder coger unos magdalenas y pastelitos de la vitrina. —¿Qué te apetece?

Max gimió y se me encogió el estómago al darme cuenta de cómo había sonado mi pregunta. Me di la vuelta para mirarlo y casi me abrumó la mirada salvaje y hambrienta de sus ojos. Me deseaba. Podía verlo, casi olerlo en el aire pesado y cargado de azúcar que nos rodeaba.

Sus ojos se clavaron en los míos y supo que yo lo había visto. Avanzó hacia mí como un depredador, lentamente, como si se acercara a su presa. En cierto modo, supongo que lo era, pero me dejó de piedra. No podía pensar, sin embargo, no con esa mirada en sus ojos, con esa exigencia... esa necesidad.

Sin detenerse, sin hacer una pausa, sin darme la oportunidad de cuestionarlo, Max caminó hacia mí hasta que nuestros cuerpos se tocaron, hasta que estuvimos alineados de la forma más íntima posible, hasta que sus labios se estrellaron contra los míos.

Su beso fue más suave de lo que esperaba, dado su acercamiento. Me había mirado como si fuera a devorarme, pero su beso fue ligero y delicado, como mojar un dedo en el cuenco del glaseado en vez de coger una cucharada. Lo justo para saber que quería más.

Max ladeó la cabeza y me acarició la mejilla. Su lengua rozó mis labios cerrados y estos se entreabrieron como si hubieran estado esperando una buena razón, permitiéndole entrar y dejarle tomar lo que quisiera. Cuando su lengua tocó la mía, mis hornos internos pasaron de precalentar a gratinar en un segundo. No me cansaba de él y él parecía sentir lo mismo.

Las manos de Max's estaban por todas partes a la vez, como si no pudiera tocarme lo suficiente. Me quitó la chaqueta de los hombros y mis manos quedaron atrapadas en las mangas. Luché por liberarme, finalmente soltando las manos mientras sus besos asaltaban mis sentidos. Su boca se movió de la mía a mi cuello y clavícula, besos de boca abierta que dejaban un ardiente rastro de deseo en mi piel.

Cuando sus manos se unieron a la fiesta y me ahuecaron los pesados pechos, casi perdí el control. Gemí con fuerza, mi cuerpo anhelaba su tacto, y arqueé la espalda hacia sus manos. Sonrió contra mi piel mientras sus pulgares provocaban mis pezones hasta endurecerlos y convertirlos en duros picos. —¿Podemos subir? ¿Para darle un buen uso a esa gran cama rosa tuya?

Asentí, incapaz de articular palabra de lo excitada que estaba. Max podría haberme pedido casi cualquier cosa y yo habría accedido. Seis meses era demasiado tiempo sin sexo, sobre todo cuando un solo toque de un casi desconocido me convertía en un charco de gelatina en el suelo.

Aunque fuera el hombre más sexi que había visto en mi vida. Quizá también el más dulce.

En mi apartamento, Max no perdió el tiempo y volvió a conectar conmigo. Encendió la luz de la cocina, que dejó el resto del apartamento en una tenue penumbra. Yo habría preferido que no hubiera luces, cualquier cosa para ocultar mi cuerpo con curvas, pero quería verlo. Si era tan guapo con ropa, sabía que sería un dios sin ella.

Max me guio más allá del salón hasta la zona del dormitorio de mi estudio y se plantó frente a mi cama, frotándome las manos por los brazos. Me preparé para el discurso, ya sabes, el de «no debería estar haciendo esto y tengo que irme». Ese en el que intentaría decepcionarme con delicadeza. El que iba a cabrearme y a dolerme como el infierno a partes iguales.

—Eres tan guapa —susurró en su lugar. De piedra, le lancé una mirada extrañada. Esto iba a ser un rollo de una noche, lo sabía. Un tipo como Max no estaría con alguien como yo, y no pasaba nada. Sin embargo, los cumplidos no solían formar parte del trato en los rollos de una noche. Estaba cambiando las reglas. Y no me gustaba.

Sin reconocer sus palabras, me incliné para volver a presionar mis labios contra los suyos. Me dejó dirigir el beso durante unos segundos antes de retomar el control. Su lengua apretó en mi boca y acarició la mía con movimientos largos y firmes. Sus caderas se frotaron contra las mías al mismo ritmo y sus manos me ahuecaron el culo, sujetándome contra él.

Con cada movimiento, me acercaba más y más a estallar. Aún llevábamos toda la ropa puesta e iba a correrme antes siquiera de haber llegado a lo bueno.

Necesitaba verlo, sentirlo, antes de perder el control por completo. Mis manos se colaron bajo su camiseta y mis dedos acariciaron los marcados músculos de sus abdominales. Sus besos se ralentizaron y sus caderas se detuvieron mientras lo tocaba, desviando su atención de cualquier otra cosa. Cuando tiré de su camiseta, se apartó de mí para quitársela por la cabeza.

Era tan despampanante como me había esperado. Sus abdominales ascendían hasta unos pectorales perfectos en forma de media luna con pezones planos ocultos entre un vello pectoral lo suficientemente abundante como para darle un aire rústico. Sus hombros se arqueaban sobre el pecho y descendían hacia los bíceps, tríceps y cualquier otro tipo de -ceps que pudiera haber, todos tensos mientras yo lo evaluaba.

Quería recorrerle todo el cuerpo con la lengua. Se me había quedado la boca abierta, pero no podía hacer nada para evitarlo. Era increíble y, por una noche, era mío.

Lentamente, mis dedos recorrieron todos sus músculos; mis ojos devoraban la visión de su piel olivácea contra mis pálidas manos. Mientras delineaba cada músculo, este saltaba, como si estuviera haciendo un pequeño baile de la alegría justo debajo de la piel. Dios sabía que mi cuerpo estaba bailando su propio baile de la alegría, y la fiesta parecía haber empezado entre mis piernas.

Cuando mis manos volvieron a sus abdominales no pude parar, aunque lo hubiera intentado, cosa que no hice. Tenía que seguir, descubrir cómo era el resto de él al tacto, a la vista. Levanté la vista hacia sus ojos llenos de lujuria y lo observé mientras le desabrochaba los vaqueros y luego le bajaba la cremallera. Inspiró hondo y cerró los ojos cuando mis dedos lo rozaron a través de los bóxeres, provocándome un escalofrío.

Sus vaqueros se deslizaron por sus piernas sin ayuda y él se los quitó de una patada, quedándose en bóxeres y calcetines. Y con una erección que luchaba por liberarse. Encontrándome de nuevo con sus ojos, metí los dedos en los bordes de sus bóxeres y los deslicé un poco hacia abajo, luego metí la mano y se la envolví.

Dios santo, el hombre era enorme. Mis bragas se humedecieron, la expectación crecía en espiral dentro de mí mientras lo imaginaba llenándome. Lo acaricié con suavidad, agarrándolo lo justo para arrastrar la piel suave con la palma de mi mano, y gemí al sentir cómo temblaba en mi mano.

Max gimió de nuevo y estampó su boca contra la mía. Su lengua se hundió en mi boca, exigente y necesitada. Sus dientes chocaron contra los míos mientras intentaba acercar más nuestras bocas, hundir más su lengua en mí. Me dolían las mejillas de tanto abrir los labios, pero no me importaba.

Acaricié a Max mientras nos besábamos y sus caderas se unieron al movimiento, moviéndose contra mí y ayudándome a marcar un ritmo que él disfrutaba. Pulsó en mi mano y yo esperé, sabiendo que no tardaría mucho.

Entonces, desapareció.

Max se apartó de mí bruscamente y se llevó la cabeza a las manos. —Joder, no puedo hacer eso. Lo siento, Charlotte.

La decepción y la rabia crecieron en mi interior. ¿Estaba en mi dormitorio, casi desnudo, y decidía que le entrara un puto ataque de conciencia? ¿Pero qué coño?

—Creo que deberías irte —dije en voz baja, rabiando con tanta ira que no confiaba en usar mi voz normal sin mostrarla.

Max giró sobre sus talones y me encaró, con el rostro nublado por la confusión. —¿Qué?

—Si no puedes hacerlo, entonces deberías irte.

Intentó alcanzarme, pero lo esquivé y retrocedí unos pasos. —Charlotte, no me refería a eso. No quería correrme así. Quería que tú también disfrutaras. Primero. Tú siempre deberías ser la primera.

Como no dije nada, volvió a acercarse a mí, pero esta vez me quedé quieta, esperando ansiosamente su contacto. Podía ver en sus ojos que estaba siendo sincero y que también quería que yo disfrutara. Me atrajo hacia él y me besó de nuevo, y como una drogadicta, una sola dosis y ya estaba enganchada.

Antes de que me diera cuenta de lo que estaba haciendo, Max me había desnudado. Nos hizo girar de nuevo hacia la cama y me besó hasta que estuve tumbada boca arriba. Se cernió sobre mí, el vello de sus piernas rozando la parte superior de mis muslos. Recorrió mi cuerpo con sus besos, por el cuello, más allá de la clavícula, hasta las curvas de mis pechos. Tomó uno con la mano y se lo llevó a los labios, repasando mi piel con la lengua antes de introducir mi pezón erecto en su boca.

Arqueé la espalda y un gemido se escapó de mis labios. Max me sonsacó gemido tras gemido antes de dirigir su atención a mi otro pecho, donde repitió la deliciosa tortura. Cuando se hubo saciado, continuó su camino descendente, besando la parte inferior de mis pechos, los relieves de mi estómago y mis muslos sin espacio entre ellos.

Cuando intentó separar mis muslos, cerré las rodillas con más fuerza que una caja fuerte. Max rio suavemente y dijo: —Por favor, Charlotte. He probado tus pastelitos, pero me muero por probar tu dulzura.

—Max, nunca he… No sé.

Sus ojos se encontraron con los míos por encima de mi cuerpo con curvas y todo lo que vi en su mirada fue pura necesidad. Me deseaba. Y me deseaba de esa manera. Ningún chico con el que había estado se lo había pensado dos veces antes de aventurarse ahí abajo con otra cosa que no fuera su polla. Tener la cara de Max ahí abajo era… Joder, ¿a quién quería engañar? Ponía más que el infierno.

Una lenta sonrisa se extendió por sus labios mientras mis piernas se separaban y su mirada se apartaba de la mía para observarme. Nunca me había parado a pensar mucho en mi aspecto ahí abajo. Me mantenía depilada porque no me gustaba la sensación de no estarlo, pero ¿le gustaría a Max?

¿Me importaba?

Una pasada de su lengua caliente contra mí y todas mis preocupaciones se desvanecieron. Mi cuerpo cobró vida bajo su tacto. Mi cabeza nadaba en el éxtasis al que me llevaba, el mundo giraba cada vez más rápido hasta que sentí esa innegable contracción en lo más profundo de mis entrañas que me decía que estaba a punto de deshacerme de la forma más gloriosa.

Max me sujetó las piernas y ahuecó las manos bajo mi culo, acercándome más a él. Los límites de mi cerebro se oscurecieron hasta que Max deslizó uno o dos dedos dentro de mí. Todo explotó en un caleidoscopio de colores tan brillantes que me pregunté de dónde venían. Mi cuerpo zumbaba mientras los colores danzaban ante mis ojos, el caleidoscopio giraba y cambiaba una y otra vez hasta que me derrumbé sobre la cama.

Max se quitó los bóxeres y nos protegió a ambos antes de

que yo pudiera volver a ver con claridad. Fui vagamente consciente de que la cama se movía con sus movimientos y de que su boca volvía a subir por mi cuerpo. Cuando volvió a besarme, fue un beso lento y suave que encajaba con cómo me sentía. Agotada pero ansiosa por más.

Nuestro beso se intensificó mientras Max alineaba su cuerpo con el mío. Lo sentí duro contra la cara interna de mi muslo y estaba más que preparada para él. Cuando su lengua danzó en mi boca, envolví una pierna alrededor de la suya e incité su movimiento.

Él rio contra mis labios. —Un poco ansiosa, ¿no?

No pude evitar reír con él. —Más que un poco.

Max se alineó conmigo y embistió dentro en un solo movimiento rápido. Mi cuerpo se estiró a su alrededor y acogió la sensación de plenitud extra al tenerlo allí. No llegué a ver bien lo grande que era, pero a juzgar por el más que un puñado y por cómo se sentía dentro, era de la variedad extra-grande. Dios, qué bien sentaba.

Hasta que empezó a moverse.

Oh, Dios santo, «bien» no se le acercaba ni de lejos a cómo se sentía. Delicioso, espectacular, sensacional, increíble, trascendental. Eso se acercaba mucho más.

—¿Todo eso? —susurró Max cerca de mi oído—. ¿Delicioso, espectacular, sensacional, increíble y trascendental? Ese es el mejor cumplido que me han hecho nunca. Y aún no hemos terminado.

Oh, mierda. —¿Lo he dicho en voz alta?

—Sí —dijo Max, su aliento caliente haciéndome cosquillas en la oreja. Hincó los dientes en el lóbulo de mi oreja y envió una sacudida de placer por todo mi cuerpo—. Y tienes razón. Es todo eso y más.

Max me chupó el cuello mientras sus caderas se movían contra las mías. Apreté las piernas con fuerza a su alrededor, deseando poder enganchar los tobillos. Mientras sus labios se movían hacia mis pechos, mi corazón se aceleró y mi cuerpo se tensó. Juntó mis pechos con una mano y mordisqueó ambos a la vez, enviándome de nuevo al precipicio.

Mientras yo gritaba su nombre, Max me embistió profundo y con fuerza. Mi cama tembló, el mundo se estremeció, y mientras yo me corría de nuevo, él estaba ahí conmigo, gruñendo mi nombre antes de tomar mis labios en un beso enérgico que los dejaría magullados y con ganas de más.

Max se desplomó sobre mí, su peso hundiéndome en el gastado colchón. Su aliento era cálido contra mi cuello y su corazón latía contra mi propio ritmo acelerado.

Quería quedarme así para siempre, envuelta en su aroma masculino y embriagador, con la sensación de su cuerpo sobre el mío.

Al cabo de unos minutos, salió de la cama y se dirigió al baño. Me tapé con una sábana, sin saber cómo iba a actuar cuando volviera y no dispuesta a quedarme allí, expuesta y vulnerable, si iba a ponerse la ropa y esfumarse.

Cuando regresó a mi cama, empezó a recoger su ropa. Su camiseta, sus pantalones, sus bóxeres, incluso sus botas, todo desapareció de mi suelo en un montón en sus manos. Si no me sintiera un poco dolida, me habría reído de lo ridículo que se veía con sus calcetines negros, uno subido hasta la pantorrilla y el otro caído alrededor del tobillo, sosteniendo un montón de ropa.

Luego empezó a recoger mi ropa. La mía fue a parar al montón con la suya. Dejó todo en el borde de mi sofá y luego se acercó a la cama, todavía solo con los calcetines puestos.

Sin esperar invitación, Max apartó la sábana del otro lado de la cama y se metió conmigo. Se acurrucó contra mí, rodeó mi cintura con su brazo grande y fuerte y me arrastró con él al centro de la cama. —Tengo que ir a por mi quitanieves antes de que la nieve empeore, pero todavía no estoy listo para irme —susurró contra mi hombro.

Asentí y sentí cómo mi cuerpo se relajaba contra el suyo, el sueño tirando de mí hasta que me dejé llevar, calentita y satisfecha. Y más feliz de lo que había estado en mucho tiempo.

10

Me desperté a la mañana siguiente sola y con frío. La almohada en la que había estado durmiendo Max estaba fría, lo que me indicaba que llevaba un rato fuera. Aunque había dicho que tendría que irse, no pude evitar una sensación de desolación.

Sacudiéndome la melancolía, me duché, me vestí y bajé para empezar el día. Me permití dormir un poco más, ya que me había sobrado mucho del día anterior mientras estuvimos en el hospital. Aun así, no podía pasar un día entero sin hornear. Me pondría inquieta y ansiosa.

Abajo, puse la cafetera y escuché el zumbido de las batidoras mientras preparaba la primera tanda de magdalenas. Cuando la quitanieves pasó por delante de mi ventana, me obligué a no encender las luces ni a esperar a que llamara a la puerta. Max había conseguido lo que quería. Lo más probable era que no volviera a verlo.

Para cuando estuve lista para abrir, ya me había puesto de bastante mala leche. Sobre todo, estaba cabreada conmigo misma por haberme acostado con él. Si a eso le sumaba las emociones del día, entre que Mandy se puso de parto en

¡Muérdeme!, que luego le puso mi nombre a la niña y lo increíblemente atento que estuvo Max todo el día, para cuando volvimos a mi apartamento ya no sabía ni dónde tenía la cara. Creo que en ese momento me habría acostado con cualquiera.

No, sabía que no era verdad. Era algo más que mis emociones. Era Max. Cada día que entraba en ¡Muérdeme!, pasaba un rato hablando conmigo. Era un buen tío. Un tío con el que me gustaba sentarme a charlar. Un tío que nunca pensé que se marcharía en mitad de la noche sin siquiera decírmelo.

Sí, había dicho que tendría que irse. Pero ¿tenía que irse en mitad de la noche y ni siquiera despertarme para decirme que se iba? Lo único que le faltó fue dejarme dinero en la mesilla de noche.

Di un golpe con mi taza de «Puedo con todo a base de sarcasmo y tacos» en la encimera y el café se derramó por el borde. El líquido marrón oscuro se extendió por mis encimeras blancas, irritándome incluso mientras lo veía suceder.

No podía soportarlo. No era el tipo de mujer que pierde los estribos por un tío. Max era solo un tío. Tuvimos sexo. Un sexo increíble, alucinante, que te cambia la vida, pero seguía siendo solo sexo. Podía volver a tenerlo, con otra persona. Él no era el único hombre que me haría sentir tan bien.

Solo porque nunca me hubiera pasado antes no significaba que fuera especial. Que él lo fuera.

No, Max era solo un tío.

Mis primeros clientes tenían la prisa habitual, cogían sus magdalenas y su café para llevar y se iban al trabajo. Se hicieron las nueve y media sin darme cuenta y el señor y la señora O'Neill entraban por la puerta para guarecerse del frío.

—Charlie, me alegro mucho de que haya vuelto. ¿Cómo está su amiga?

Saqué el móvil y busqué las fotos que les había hecho a Mandy y a Elise. Se lo di a la señora O'Neill y ella le hizo carantoñas a la bebé y me hizo una docena de preguntas. Cuando le dije que le habían puesto el nombre por mí, se le humedecieron las comisuras de los ojos y los míos se humedecieron de nuevo también.

—Qué regalo más precioso, Charlie. Es una niña preciosa. ¿Llegó el marido de su amiga?

—Sí, Xander llegó justo después de nosotras. Mandy tardó un poco más de lo que esperábamos, pero le fue bien. Estábamos todos allí esperando cuando Elise llegó por fin. Fue… increíble.

La señora O'Neill me devolvió el teléfono y me miró con un brillo de complicidad en los ojos. Me temí lo que fuera que fuera a salir de su boca a continuación. —¿Qué tal el joven que estuvo aquí ayer? ¿Fue un buen ayudante?

No pude reprimir una sonrisa ante su expresión esperanzada. La señora O'Neill llevaba años intentando emparejarme con sus nietos solteros. Por supuesto, en el tiempo que la conocía todos se habían casado, pero ella estaba más interesada en mi vida amorosa que yo la mayor parte del tiempo.

No era como si pudiera decirle que Max había pasado la noche conmigo. Tampoco podía admitir lo dolida que estaba porque se hubiera ido. Peor aún era tener que actuar como si no hubiera pasado nada, como si Max solo nos hubiera llevado al hospital y no fuera el hombre que me había hecho creer, durante unas horas, que podía ser la primera persona a la que alguien busca al entrar en una habitación. Como si pudiera ser lo primero en la vida de alguien.

—Max fue muy amable.

—¿La cuidó bien, cariño?

—Sí, señora O'Neill —respondí con sinceridad, sonriendo

con suficiencia al pensar en lo bien que me cuidó Max anoche.

—Espero que la llame, Charlie. Era una monada. —Me guiñó un ojo y arqueó las cejas, haciéndome reír y asustándome solo un poquito.

Les cobré los magdalenas y los pastelitos y negué con la cabeza mientras se sentaban cerca de la ventana. Los observé sentados en el rincón, cogidos de la mano y hablando en voz baja. Una sensación de anhelo me recorrió, una contra la que llevaba años luchando.

Ahora que a ¡Muérdeme! le iba bien, mi mente había empezado a divagar.

No podía divagar. No podía permitírmelo. Si mi mente divagaba para incluir otras cosas en mis sueños, solo acabaría decepcionada. No tenía tiempo para un hombre. Tenía demasiadas cosas entre manos. Incluso cuando encontrara un nuovo local para ¡Muérdeme!, iba a tener que volver a levantar el negocio. Era probable que no volviera a la normalidad y a ganar lo suficiente para sentirme cómoda hasta dentro de un año o más.

Antes de ponerme aún más nerviosa, me fui a la parte de atrás para empezar una nueva tanda de pastelitos para la tarde. La señora O'Neill se despidió a gritos cuando se marcharon y yo los saludé con la mano desde la puerta de la cocina y luego volví para terminar la masa. Justo cuando metí los pastelitos en el horno, oí el tintineo de la campana sobre la puerta principal, que me avisó de que había alguien.

Me limpié las manos en el delantal y me aparté el pelo de la cara antes de abrir la puerta.

Y me quedé helada.

Max estaba apoyado en el mostrador con un aire de estar en su salsa y de que le importaba todo un bledo. Llevaba la chaqueta abierta de nuevo, revelando una camiseta negra que me dio ganas de arrastrarlo escaleras arriba para el segundo asalto. Sus ojos se encontraron con los míos y me sonrió como si yo guardara todos los secretos del mundo y él estuviera dispuesto a hacer cualquier cosa para sacármelos. Sin embargo, sabía que su sonrisa no estaba vacía. Podía ver el brillo en sus ojos, la chispa que me decía que su sonrisa era real, sincera y solo para mí.

Y que no había malinterpretado lo que habíamos compartido apenas unas horas antes.

Cuando su mirada se desvió de la mía para recorrer mi cuerpo, casi dejé de respirar. En cuestión de segundos, sus ojos capturaron los míos de nuevo y vi el deseo en ellos, lo que disparó la temperatura de mi cuerpo a la estratosfera mientras mi control se desvanecía.

—Hola —exhalé mientras me obligaba a alejarme del umbral de la puerta para colocarme en el lado opuesto del mostrador. Intenté imitar su pose informal, pero nada de lo que sentía era informal.

—Buenos días, de nuevo. —Max sonrió y se le marcó el hoyuelo. —Aunque probablemente no te acuerdes de la primera vez que te di los buenos días, porque estabas roncando.

—No ronco —protesté.

Max se inclinó hacia delante como si fuera a compartir un secreto. Me besó suavemente detrás de la oreja, provocándome un hormigueo por todo el cuerpo, y luego susurró: —Sí que roncas. También acaparas las sábanas. Me he despertado con el culo al aire y helado, y cuando he intentado recuperar algo de manta, has tirado con tanta fuerza que casi acabo encima de ti. No es que me hubiera importado repetir.

Mis mejillas se encendieron al instante y agaché la cabeza para ocultárselo, pero él lo vio de todos modos. Un dedo se deslizó bajo mi mandíbula y me levantó la cara hacia la suya.

—Dejarte esta mañana ha sido doloroso.

—Bueno, ya has vuelto. ¿Quieres lo de siempre? —Me aparté del mostrador, lista para prepararle el desayuno. No tenía ni idea de cómo manejarlo. A nosotros. ¿Había un nosotros? ¿Por qué había vuelto?

—¿Me acompañas? —preguntó con los ojos esperanzados y suplicantes. Pensé en mis pastelitos en el horno, volví a mirar sus ojos de chocolate y supe que haría cualquier cosa que me pidiera.

—Por supuesto —dije, arrancándole otra sonrisa y un guiño de su hoyuelo. Una vez empaquetados sus pastelitos y magdalenas, se los entregué y fui a la parte de atrás a por su café. Cuando volví, estaba de pie junto a la caja registradora.

Exhalé un rápido suspiro de alivio. Nunca sabía si debía cobrarle a alguien cuando estábamos liados. Por otra parte, no sabía si Max y yo estábamos liados. Así que, ¿su intención de pagar significaba que todavía solo me veía como alguien que le daba pastelitos o simplemente era respetuoso con mi negocio?

Mierda. Era confuso.

Le cobré el pedido y pasé su tarjeta, luego lo seguí desde mi lado del mostrador hasta el final, donde se sentó en uno de los taburetes. Yo me apoyé contra el mostrador, sintiendo la esquina clavándose en mi cadera. Me moví hasta que estuve más o menos cómoda y luego miré a Max.

Justo cuando cerraba los ojos y la boca para darle un bocado a un mollete. Se me hizo la boca agua al verlo y me di cuenta de que aún no había comido nada. Cogí uno del expositor y me uní a él para desayunar.

—Hacía mucho tiempo que no desayunaba con una mujer —murmuró Max. Su mirada se perdió y me pregunté en quién estaría pensando, un poco celosa de quienquiera que le pusiera esa expresión melancólica en la cara. —He echado de menos tener a alguien con quien comer.

—Creía que habías dicho que tu hermana vivía contigo. —Evité el tema de Max y una novia. La verdad es que no quería oír hablar de ninguna ex. Sabía que era una locura porque Max y yo no seríamos más que un gran recuerdo, pero aun así no quería imaginarlo con otra mujer.

—Sí, así es, pero con nuestros horarios, apenas nos vemos. Además, sus magdalenas no son ni de lejos tan buenos como los tuyos, pero no se lo digas.

Sonreí ante su cumplido y agradecí que no volviera a sacar el tema de la mujer con la que estaba pensando en desayunar. Había llegado a conocer un poco a Max en la última semana, pero nunca había dicho nada sobre una novia. Supongo que debería haberle preguntado antes de que acabáramos en la cama juntos.

—Será nuestro secreto —susurré en plan conspirador.

Él me sonrió y se inclinó. —Quiero besarte otra vez. Con todas mis fuerzas.

Solté el aire de golpe. El mollete que estaba a medio camino de mis labios se quedó congelado en el aire. Mi cuerpo, que por fin había conseguido controlar, volvió a arder como un infierno. Mis labios hormiguearon anticipando el beso que él estaba desesperado por darme.

Max me hizo una seña con el dedo y me acerqué, la distancia entre nosotros desapareciendo lentamente. Cuando estábamos a menos de un par de centímetros, Max sonrió y susurró: —Tan dulce.

Sus labios se posaron en los míos en un instante, suaves a pesar del choque de nuestras bocas. Me provocó con pequeños besos sobre la superficie de mis labios antes de trazar la unión con su lengua. Mi cuerpo se encendió, listo y dispuesto a repetir la actuación de la noche anterior.

El mostrador se me clavó en el vientre mientras intentaba

acercarme más a Max, pero no me importó. Su mano se enredó en mi pelo y tiró de mí hacia él. Estaba maldiciendo el mostrador que nos separaba hasta que Max gruñó, rompiendo nuestro beso. Se sentó en el borde y pasó los pies a mi lado, luego tiró de mí de nuevo hacia él. Una mano me ahuecó el culo y me guio entre sus piernas, donde su erección se frotó contra mi estómago.

Un gemido se deslizó de su garganta, me atravesó directamente y se instaló entre mis piernas. El calor y la necesidad se acumularon mientras nos besábamos. Las manos vagaban, las lenguas danzaban y mi cerebro se deslizó a un lugar muy lejano. No me importaba dónde estábamos ni qué hora era. Estaba desesperada por Max.

El tintineo de la campana sobre la puerta principal sonó en el fondo de mi mente, pero no lo registré. No fue hasta que oí un carraspeo que empecé a salir de la niebla inducida por Max en la que estaba felizmente sumida.

Max parecía tan reacio a volver a la realidad como yo, pero cuando finalmente levanté la vista y vi a Sam de pie al otro lado del mostrador sonriéndome, me aparté de Max de un salto, como si me hubieran pillado con las manos en la masa.

Unos minutos más y estoy segura de que mis manos habrían ido a por su tarro de caramelos.

—¡Sam! —prácticamente grité—. ¿Qué haces aquí?

Max se mantuvo de espaldas a ella y una mirada hacia abajo confirmó la erección que lucía. Hice un gesto hacia la parte de atrás y dije: —Max, ¿por qué no te sirves una taza de café recién hecho?

Max captó la indirecta y desapareció sin decir palabra a Sam.

—Bueno, veo que las cosas van bien. Ya era hora de que te divirtieras un poco.

—No es eso. Es solo que... —Me callé. Jolín, no sabía qué

era. Todo lo que sabía era que me estaba divirtiendo mucho con Max y que probablemente habría estado gritando su nombre si Sam no hubiera aparecido. Debería darle las gracias por interrumpir. Si hubiera entrado cualquier otra persona, podría haber sido desastroso para mi negocio. Como profesional, no podía comportarme así en horario de apertura en medio de mi tienda.

Fuera del horario de trabajo era barra libre.

—Sé exactamente cómo es. Brady y yo también éramos así. Claro que nosotros normalmente íbamos a su despacho para una «reunión» antes de empezar a tontear, pero oye, no pasa nada si eres exhibicionista.

—¡No lo soy! —protesté con vehemencia.

—¿Ah, no? —preguntó Sam con las cejas arqueadas—. Entonces, ¿por qué tienes el delantal torcido y la camisa medio quitada?

Mi cara se puso roja como un tomate y me arreglé la ropa, sin ser consciente de que Max me había destrozado tanto el atuendo. Con el delantal recto y la camisa abotonada y metida por dentro, me enfrenté a Sam mientras Max salía de la parte de atrás con una taza de café. Sin erección.

—¿Qué puedo hacer por ti, Sam? —pregunté dulcemente, preguntándome por qué se dejaba caer durante el día. Sam siempre venía a la noche de chicas, pero rara vez se pasaba a menos que ocurriera algo.

—Solo quería hablar contigo sobre Mandy y Xander. Estaba, ehm, pensando en hacer algo por ellos y quería saber tu opinión —dijo Sam, mirando de reojo a Max.

Max se percató de la vacilación de Sam y se disculpó. Se inclinó para besarme la mejilla antes de salir por la puerta y no pude evitar sentirme frustrada. Su meneo en el mostrador me había dejado con ganas de más, pero Max no dijo que me vería pronto ni que me llamaría ni nada.

Sí, por eso odiaba las citas.

Aparté a Max de mi mente, asentí hacia el final del mostrador y cogí un magdalena de limonada y frambuesa para Sam. El magdalena y el mollete de Max que no se había comido seguían al final, así que los tiré a la basura y tiré su café antes de dejar la taza de gato que decía «¿Te sientes juguetón/a?» en el fregadero para lavarla más tarde.

—¿Qué pasa con Max? —preguntó Sam.

—Eh, eh, no vas a evitar el motivo por el que estás aquí señalando mis mierdas. ¿Qué pasa contigo?

Sam respiró hondo y vi el miedo en sus ojos. Se le llenaron de lágrimas y me pregunté qué demonios podría haberle pasado para hacer llorar a la fuerte, dura e independiente Sam.

—La he cagado a base de bien y solo necesito hablar con alguien —gimoteó.

11

—Vamos, Sam, no puede ser para tanto. ¿Qué ha pasado? —dije mientras se cubría la cara con las manos.

—Es para tanto y peor. Ay, Charlie, creo que mi matrimonio se va a acabar. Brady no me va a perdonar nunca.

El pánico se apoderó de mí mientras mi mente daba vueltas a todas las cosas que podrían haber pasado. Brady adoraba a Sam y yo sabía que ella lo quería de la misma manera. No podía imaginar que hubiera hecho algo tan terrible, pero estaba claro que ella pensaba que sí.

Lo primero que pensé fue que lo había engañado. Me dieron ganas de abofetearla. Si yo tuviera un hombre como Brady, jamás miraría a otro, y mucho menos me acostaría con uno. ¿Cómo había podido?

Dejé a un lado mi enfado con ella, clavándome las uñas en las palmas de las manos para recordarme que debía mantener la boca cerrada, y me obligué a calmarme. —Cuéntame qué ha pasado —la animé.

—Estoy embarazada —susurró Sam, sin atreverse siquiera a decirlo en voz alta.

Oh, mierda. ¿Por qué la gente se pensaba que una pastelería era como un bar? No quería saber estos secretos. ¿Sam no solo había engañado a Brady, sino que se había quedado embarazada de otro? Se me nublaba la vista solo de pensar en lo dolido que estaría Brady.

—Oh, Sam. ¿Por qué lo has hecho?

—¡No era mi intención! —exclamó—. No ha sido a propósito. Simplemente ha pasado.

—¿Quién es el padre? —pregunté, preguntándome si era alguien que conocíamos y temiendo lo que iba a decir.

Sam levantó la cabeza de golpe y sus intensos ojos marrones me fulminaron con la mirada. —¿En serio me estás preguntando eso? ¡Es de Brady!

Negué con la cabeza, confusa y completamente descolocada. —Espera, ¿no lo has engañado?

—¿Por qué coño iba a engañarlo? Quiero a Brady. ¿Por qué has pensado que lo había engañado?

—Vale, un momento… ¿Por qué te estás poniendo así si no lo has engañado? ¿Por qué crees que le molestaría ser padre?

Sam volvió a cubrirse la cara con las manos y me miró por debajo de las pestañas. —Brady tuvo una infancia muy dura, ya lo sabes. Siempre le ha preocupado parecerse a su padre y dijo que no estaba preparado para tener hijos y que quizá nunca lo estaría.

—Pero tú siempre has querido tener hijos.

Sam asintió. —Lo sé. Es lo único por lo que discutimos. He estado intentando convencerlo de que será un buen padre porque no se parece en nada al suyo, pero no me escucha.

Se me rompió el corazón por Sam y Brady. Nunca había visto ni oído que Brady fuera otra cosa que amable y compasivo con todo el mundo. Ser el dueño de un gimnasio le daba muchas oportunidades para ser un capullo, pero no lo era. No tardaba en echar a los clientes que no se respetaban entre ellos, y siempre estaba animando a todas las personas con las que se cruzaba.

Que un hombre tan maravilloso pudiera pensar que no sería un buen padre me dejó de piedra. Pero, claro, los demonios de nuestra mente suelen ser más poderosos que los ángeles que se nos presentan.

—¿Crees que dará por hecho que lo has hecho a propósito?

Sam asintió. —Sé que lo hará.

—¿Tienes alguna idea de cómo te has quedado embarazada? Supongo que si está tan obsesionado con no tener hijos, estaréis usando algún anticonceptivo.

—Claro. Tomo la píldora y a veces también usamos preservativo. Odia usarlos, así que le he asegurado que me tomo la píldora y que no tiene por qué usarlos si no quiere. Ahora supongo que debería haberle dicho que siguiera usándolos.

Sam se derrumbó. Dejó las gafas con la montura roja sobre el mostrador y lloró con la cabeza apoyada en los brazos cruzados. Rodeé el mostrador y le acaricié su interminable melena castaña, tratando de calmarla. Sabía que no estaría bien hasta que hablara con Brady, pero también sabía que no sería tan malo como temía. Brady sabría que no lo había hecho a propósito y querría a su hijo tanto como a Sam.

La campanilla de la puerta sonó y entró una pareja mayor que había venido de vez en cuando. La mujer le dirigió a Sam una mirada de compasión antes de que yo me acercara a atenderlos.

Sam se recompuso delante de los desconocidos y fue capaz de ofrecerles una sonrisa llorosa cuando pasaron a su lado para sentarse. Su conversación en voz baja nos sirvió de ruido de fondo, pero Sam seguía reacia a decir mucho.

—¿Puedo hacerte una pregunta, Sam? —Ella asintió—. ¿Por qué estás aquí hablando conmigo y no con Addi?

Addi y Sam eran mejores amigas desde hacía más de una década. Yo quería mucho a Sam, pero desde que la conocía era obvio que Addi era siempre la primera persona a la que acudía con cualquier cosa. No pude evitar preguntarme por qué había venido a mí con algo tan gordo.

La tristeza inundó el rostro de Sam e hizo una ligera mueca. —Ya sabes que Addi y Joey están intentando tener un bebé. Llevan intentándolo unos meses y no han tenido suerte. No creo que pudiera contarle esto y hacerle saber lo difícil que es para mí estar embarazada cuando ella tiene un marido que la apoya y no hay manera.

Se me encogió el corazón. La noticia de Sam tenía el potencial de arruinar las dos relaciones más importantes de su vida. No solo Brady cuestionaría cómo se había quedado embarazada, sino que Addi estaría celosa de ella. No envidiaba la situación de Sam ni un poquito.

—¿Qué crees que debería hacer? —gimoteó Sam.

—Habla con él. Siéntalo y dile que te has quedado embarazada y que no sabes cómo. Él es tan responsable de este bebé como tú. Si te hace sentir mal por quedarte embarazada, entonces dile exactamente lo que piensas de eso. Que yo sepa, nunca te has andado con rodeos.

Sam irguió la espalda y casi me sonrió. Delante de mis ojos, pasó de ser un mar de lágrimas a la mujer fuerte y orgullosa que conocía y quería. —Tienes razón. La gente se queda embarazada por accidente todo el tiempo. No lo he hecho yo sola y no puede hacerme sentir culpable por ello. Voy a ir ahora mismo a decírselo. Y si no le gusta… pues que le den por culo.

Sonreí a mi amiga. Sam había vuelto. La abracé por encima del mostrador y le deseé suerte antes de que saliera por la puerta con el aspecto de la mujer que conocía y quería.

Ese bebé era un niño con suerte.

Con Sam ya fuera, volví a centrar mi atención en el resto del día. Me pregunté cuándo volvería a ver a Max y esperé no tener que esperar demasiado. Solo pensar en él me hacía sonreír, incluso mientras me decía a mí misma que no me encariñara demasiado.

AL DÍA SIGUIENTE, Elizabeth llamó para hablar de un nuevo local que quería enseñarme de inmediato. Estaba en el límite superior de mi presupuesto, pero las fotos que me envió eran maravillosas. Podría apañármelas, pero solo si conseguía trasladar mi cocina y empezar a trabajar rápidamente. Cuanto más tiempo estuviera sin negocio, menos podría permitirme, incluso con mis ahorros.

Cuando apareció Kendall, le dije que salía un momento y me escabullí por la puerta de atrás antes de enfrascarme en una conversación con nadie más. Una de las amigas de Kendall entró mientras me iba y supe que todo iría bien. Jessica había ayudado algunas veces cuando estábamos hasta arriba. Si conseguía un buen local, estaba pensando en contratar a Jessica también. Pero primero tenía que encontrar un sitio.

Aparqué delante del escaparate y sentí que el corazón se me llenaba de esperanza. La ubicación era perfecta. A la derecha había una inmobiliaria y un popular restaurante para almorzar. A la izquierda había un buen sitio para cenar, una tienda de Verizon, una peluquería y una tienda de deportes local al final. Sería un lugar estupendo para ¡Muérdeme!, con mucho tránsito peatonal y mucha visibilidad.

Salí del coche cuando vi llegar a Elizabeth, quitándome una mancha de glaseado de los vaqueros y alisándome el pelo con las manos para domarlo con el viento. Le di la mano enguantada a Elizabeth, preguntándome cómo podía llevar tacones y pantalones azules de raya diplomática con este frío, y sonreí cuando nos hizo pasar. El local era grande, diáfano y absolutamente perfecto.

Escuché a medias a Elizabeth mientras me contaba todo sobre el espacio. Recitó detalles sobre los metros cuadrados, el tamaño de las salas, las comodidades de la propiedad y un posible apartamento en el piso de arriba. Mientras Elizabeth hablaba, me imaginé cómo distribuiría la tienda. Mi vitrina expositora recorrería el lado derecho del espacio con la caja registradora en la esquina del fondo. Otro mostrador iría a lo largo de la parte trasera casi hasta la pared opuesta con asientos.

Unas mesas llenarían la zona central, de diferentes tamaños y formas, ninguna a juego, pero todas cohesionadas. Mantendría los mismos colores rosa, blanco y marrón y el diseño general que ya tenía, pero me divertiría eligiendo más mesas y sillas. Quizá podría convencer a Lexi para que me ayudara de nuevo.

—¿Qué le parece? —preguntó Elizabeth, rompiendo mi sueño de trabajar allí.

—Me encanta. Sinceramente, es perfecto. ¿Podemos ver el apartamento?

—Por supuesto —dijo Elizabeth con una sonrisa de complicidad. Cualquier agente inmobiliaria que se precie entendería que ya me había convencido y que ver el apartamento era solo un paso más para firmar en la línea de puntos.

—El apartamento es de dos dormitorios y puede incluirse en el alquiler del local. Tiene una entrada exterior independiente, por lo que se puede alquilar a otra persona si no le interesa, pero obtiene un gran descuento si alquila ambos espacios juntos.

—Sí, necesitaría un apartamento. Está vacío ahora, ¿supongo?

Elizabeth asintió mientras abría la puerta del apartamento. —El anterior inquilino se mudó el fin de semana pasado. También alquilaba el local de abajo, pero su negocio no fue tan bien como esperaba y se va a mudar a un sitio más pequeño. Para ser un apartamento encima del negocio, la verdad es que tiene un buen tamaño.

Entré en el piso y me quedé asombrada. Si Elizabeth pudiera ver dónde vivía, me diría que el sitio era una mansión, ya que, en comparación, básicamente lo era. La cocina era casi el doble de grande que la mía actual y el salón era de un tamaño similar, pero el dormitorio dejaba al mío en ridículo. ¡Y había un segundo dormitorio! El cuarto de baño estaba bien, con una combinación de ducha y bañera y un tocador completo en lugar del lavabo de pedestal que yo tenía.

Era increíble.

—Estoy definitivamente interesada, pero necesito investigar algunas cosas antes de tomar una decisión final. ¿Cuándo estará disponible?

—Tengo que comprobarlo —dijo Elizabeth—. Acaba de salir al mercado y sabía que sería algo que querría ver. Volvamos abajo y podemos hablar de todos los detalles y fijar una cita para volver a vernos. Una vez que haya hablado con el propietario.

Seguí a Elizabeth de vuelta por la enorme cocina (lo suficientemente grande para dos o quizá tres puestos de trabajo) y salimos a la parte delantera. —¿Qué era este lugar antes?

—Era una cafetería. Ofrecían algunos postres para acompañar, por lo que tengo entendido, pero se especializaban en cafés gourmet.

Quería preguntar más sobre el negocio anterior y por qué no tuvieron éxito, pero sabía que era mi miedo al éxito, o era al fracaso, lo que me hacía querer analizar el otro negocio y convencerme de que no funcionaría.

Elizabeth y yo hablamos unos minutos más y salí con algunos papeles sobre el contrato de alquiler y más detalles sobre el local. Conduje a casa con una enorme sonrisa en la cara y mucha esperanza. Quería ese local. Con locura. Me resultaba fácil verme viviendo en el apartamento de arriba y trabajando en la cocina de abajo. El lugar tenía espacio más que suficiente para expandirme. Estaba un poco más cerca del centro de la ciudad y, con los restaurantes del complejo, podía contar con que mis ventas aumentarían.

Quizá podría llegar a un acuerdo con uno, o ambos, restaurantes para venderles mis pastelitos.

Las ideas fluían por mi cabeza y bailaban a mi alrededor mientras conducía a casa. Con cada kilómetro me emocionaba más y más. Sabía que tenía que llamar a mi contable y mirar mi presupuesto antes de hacer ningún movimiento, pero era posible que pudiera mudarme a la nueva tienda en unas pocas semanas.

Si lograba sacarlo adelante.

Ay, Dios, de verdad esperaba que funcionara.

Mi teléfono sonó con un mensaje de Sam mientras salía del coche. Me había preocupado por ella desde nuestra conversación del día anterior, pero no quería llamarla y agobiarla. Sabía que me llamaría o pasaría a verme si me necesitaba.

Dentro de la cocina, subí directamente a mi apartamento para dejar mis cosas. Me apoyé en el mostrador para leer el mensaje de Sam. Sonreí al leerlo.

> Brady está encantado. Está nervioso, pero muy emocionado por tener un bebé. Gracias por la charla de ayer. Ahora tengo que pensar cómo decírselo a Addi. :(

Me sentía mal por Sam, que se preocupara por compartir su buena noticia con su mejor amiga, pero entendía que sería difícil. También lo sentí por Addi, preocupándome por ella y por cómo se lo tomaría.

Y si eso afectaría a nuestro grupo.

Era egoísta por mi parte preocuparme por cómo su relación me afectaría, pero no podía evitarlo. Nunca había estado tan unida a nadie en mi vida, excepto a mi abuela, como a mis siete amigas. Incluso sus parejas se habían convertido en amigos míos, gente con la que contaba. Mandy tenía una niña, Sam iba justo detrás de ella y, con suerte, Addi y Carrie irían por el mismo camino pronto. Sabía que solo era cuestión de tiempo que el resto de mis amigas fueran madres.

Y luego estaba yo.

No por primera vez me pregunté si mi interés por Max se debía en parte a que todas mis amigas parecían seguir adelante sin mí. Lexi y yo solíamos hablar casi a diario y ahora hablábamos una vez a la semana. Traer a las demás a mi mundo me había mantenido ocupada, pero no tenía a esa persona especial. A la que podía llamar para cualquier cosa, que me ayudaría y me aconsejaría sobre cualquier cosa. Lexi tenía a Mike, Sam a Brady, Mandy a Xander, Carrie a Drew, Riley a Connor, Addi a Joey y Claire a Aidan. Todas me tenían a mí y, hasta cierto punto, yo las tenía a ellas, pero siempre iba en segundo lugar después de otra persona.

Antes de dejarme llevar demasiado por mi fiestecita de autocompasión, le envié una respuesta a Sam y me guardé el teléfono en el bolsillo antes de volver a bajar a ¡Muérdeme! para ayudar a Kendall y cerrar por hoy.

12

AL DÍA SIGUIENTE, recibí noticias de Elizabeth. El local seguía disponible y estaban dispuestos a firmar un contrato de alquiler conmigo, dejándome la propiedad en espera, ya que sabían que estaba interesada tanto en la tienda como en el apartamento.

Pero no podían entregármelo hasta un mes después de la fecha en la que yo necesitaba entrar.

Pasé la semana intentando decidir qué iba a hacer, pero firmé el contrato porque sabía que era el lugar perfecto para mí.

Aunque tuviera que cerrar durante un mes.

Cuando hablé con Lexi sobre el tema, me sugirió que pidiera una prórroga de mi contrato actual para poder mudarme directamente de un sitio al otro. Llamé a la oficina del nuevo propietario y tuve suerte de que no se rieran de mí.

Vuelta a empezar.

La semana siguiente, Mandy trajo a Elise a nuestra noche de chicas. En cuanto entró con el arrullo que le había hecho Riley metido bajo la chaqueta, todas nos enternecimos y corrimos hacia ella.

—Oh, es tan preciosa —gimió Sam.

—No me puedo creer que la hayas traído —chilló Carrie.

—¿Puedo cogerla? —preguntó Addi.

—Claro —dijo Mandy mientras se sentaba con cuidado. Claire la ayudó a quitarse el abrigo y luego Mandy metió la mano para sacar el diminuto bultito que era Elise. Xander entró justo cuando Addi acurrucaba a la bebé contra su pecho.

A Addi se le saltaron las lágrimas al mirar a Elise. Yo me quedé a salvo detrás del mostrador, deseando poder consolarla. Su dolor era palpable, pero lo ocultaba bien tras sus sonrisas para la bebé.

Xander rodeó la mesa, dando besos en las mejillas y abrazando a todo el mundo antes de reunirse conmigo en el mostrador.

—Me sorprende que las hayas dejado salir esta noche —bromeé con el sobreprotector de Xander.

Él puso los ojos en blanco, pero me sonrió. —Ya sabes cómo es mi mujer. Dios la bendiga, pero es más terca que una mula. No estaba dispuesta a perderse la primera noche de chicas de Elise.

Me reí al imaginar la discusión que Xander había perdido antes de que vinieran a ¡Muérdeme! Amaba a su mujer más que a nada, pero sabía que ese amor significaba que ella ganaba la mayoría de sus discusiones. Se consideraba afortunado de tenerla, y lo era. Mandy era una de las personas más amables y cariñosas que había conocido.

Xander pidió sus pastelitos, una taza de café descafeinado para él y un chocolate caliente para Mandy. Antes de poder reunirme con todos, ayudé a Kendall con los siguientes pedidos y luego me senté en la apretada mesa donde estaban mis amigos.

—Charlie, le debo muchísimo a Max por haberme llevado

hasta allí. ¿Tienes su número o su dirección para que podamos enviarle algo?

Xander asintió a la vez que Mandy, antes de que su mirada se desviara hacia Elise, acurrucada en los brazos de Riley. Connor la miraba con tanto amor que casi se me partía el corazón. Yo quería que alguien me mirara como él miraba a Riley, como todos mis amigos eran vistos por sus maridos.

Respiré hondo y expulsé el dolor de mi pecho. Yo nunca tendría lo que todos ellos tenían. Simplemente, no podía ser. Lo sabía, y desearlo solo haría que doliera más. Amar a alguien, y dejar que me amara, significaba dejarlo entrar.

Pero Max… Quizá podría… ¡No! No podía pensar en eso. Por muy genial que pareciera, no me permitiría ponerlo en una categoría diferente. No ahora. Quizá cuando ¡Muérdeme! estuviera a salvo de nuevo. Quizá.

—La verdad es que no tengo su número, Mandy. Pero si vuelve a venir, puedo pedírselo —ofrecí. Max no había vuelto desde la mañana en que Sam nos pilló morreándonos en la encimera. Decir que me molestaba ni siquiera empezaba a describir cómo me sentía.

Razón de más para mantenerlo firmemente en la categoría de «eso no va a pasar».

—¿Te acuestas con él, pero no tienes su número de teléfono? —preguntó Sam desde el otro lado de la mesa.

—¿Cómo sabías que me había acostado con él? —solté sin pensar.

Ella me sonrió con aire de suficiencia, con un brillo en los ojos. —Me lo acabas de decir tú. No me puedo creer que nos lo hayas estado ocultando. Sabía que por la forma en que os estabais devorando algo pasaba. ¿Es bueno?

Connor, Xander y Joey pusieron los ojos en blanco y se taparon los oídos, protestando ante cualquier respuesta que se me pudiera ocurrir. Me reí de ellos, pero sabía que Sam no se rendiría. Tampoco los demás, que estaban sentados embelesados. —Fue solo una vez y no lo he vuelto a ver desde la mañana que estuviste aquí.

Sam me miró entornando los ojos, probablemente intentando leerme la mente. Sam tenía una extraña habilidad para saber lo que la gente estaba pensando. No sabía cómo lo hacía, pero cada vez que una de nosotras intentaba guardarse algo, Sam era capaz de adivinar qué era y sacarlo a la luz.

Nunca me habían dirigido esa mirada perspicaz. Y no me gustaba ni un pelo.

—Estás disgustada, ¿a que sí? Estabas empezando a abrirte a él y entonces desapareció. Mierda, y es todo por mi culpa.

Negué con la cabeza. —Tú no hiciste nada. Cualquiera podría haber entrado y habernos interrumpido. Sinceramente, me alegro de que fueras tú y no una de mis clientas de ochenta años.

—Sí, pero se fue y no ha vuelto. Tiene que ser por mi culpa —argumentó Sam, con la voz llena de arrepentimiento.

Suspiré profundamente, sabiendo que Sam se equivocaba. La desaparición de Max no tenía nada que ver con ella, sino todo que ver conmigo. Me sentía como una maga con los hombres, siempre haciéndolos desaparecer, pero sin saber nunca cómo lo hacía.

—Tengo un don, Sam. No tiene nada qué ver contigo. Los hombres simplemente no se quedan a mi lado. Nunca lo han hecho, nunca lo harán. No quiero sonar a cliché, pero no eres tú, soy yo.

Los demás se rieron, pero vi la expresión de Lexi por el rabillo del ojo. Ella sabía más de mi pasado que los demás, así que sabía que vería más allá de mi broma. Sin embargo, evité mirarla directamente porque ella podía leerme. Vería el dolor en mis ojos y la pena en mi corazón. Lexi querría hacer lo que mejor se le daba: arreglarlo.

—Aun así me siento mal, Charlie. ¿Has visto su quitanieves?

Asentí, deseando de repente que la conversación sobre Max y yo quedara atrás. No quería hablar de él, ni pensar en él, ni soñar con él. Quería pasar página como con todos los demás, pero peor. Porque, dijera lo que dijera, había empezado a imaginar que Max era diferente. Por primera vez en muchos años, me permití creer que un chico podría ser alguien que me viera como una persona digna de su afecto.

Y estaba aprendiendo de nuevo que ninguno de ellos era diferente. No conmigo.

—Max ha estado quitando la nieve cuando ha nevado, pero no ha entrado y no he hablado con él. ¿Qué tal si hablamos de otra cosa?

—¿Ya has encontrado un local nuevo? —preguntó Claire.

—Sí. He firmado un contrato de alquiler, pero no puedo entrar hasta finales de enero.

—¿Y qué vas a hacer hasta entonces?

Me encogí de hombros. —No lo sé. Es un sitio estupendo, pero no dejo de preguntarme si estoy tomando la decisión equivocada. Cerrar un mes va a ser duro.

—¿No tienes un evento importante en enero? ¿Cómo vas a llevarlo a cabo?

Negué con la cabeza. —No lo sé. He estado intentando pensar en algo. Sin una cocina industrial, dudo que pueda hacerlo todo, pero no conozco a nadie que tenga una.

—¿Y si usamos nuestras cocinas? —sugirió Carrie—. Yo puedo ayudarte. Podemos hacer una hornada en casa de cada una.

Negué con la cabeza. —No creo que sea suficiente. Necesito hornear doscientos pastelitos. En el mejor de los casos, en una cocina doméstica puedo hacer veinticuatro a la vez. Serían como seis horas horneando.

—O tres en mi casa y tres en la tuya —ofreció Carrie.

Me reí. —Ni siquiera sé dónde voy a vivir ese mes. El local tiene un apartamento que voy a coger, pero no puedo entrar en él. Estaré sin casa durante un mes.

—Ven a vivir con nosotras —ofreció Lexi—. Y usa nuestra cocina. Sabes que siempre eres bienvenida.

—Nuestra casa también —asintió Claire.

—O en la nuestra —ofreció Mandy.

—Charles, sabes que no vamos a dejar que vivas en el coche —protestó Lexi. —Puedes quedarte unos días en casa de cada una si crees que vas a molestar. Sé que te preocupa interrumpir nuestras vidas, pero tú harías lo mismo por nosotras. Déjanos ayudarte.

—Vale, me lo pensaré —les prometí a todas antes de esbozar una sonrisa forzada y centrarme en Mandy. —Mandy, ¿qué tal tu primera semana como madre?

Tras intercambiar una mirada de complicidad, todas aceptaron mi cambio de tema. Mandy se lanzó a contar historias sobre Elise y cómo había sido la vida con una recién nacida. Yo conectaba y desconectaba, sonriendo con las demás y haciendo ruiditos cuando Elise se despertó y le dedicó una sonrisa desdentada a Riley.

Vi a Sam mirar a Addi un par de veces y a Addi secarse lágrimas imaginarias cuando Mandy nos contó lo mucho que quería a Elise. Deseé con todas mis fuerzas ayudarlas a las dos, pero no sabía cómo. Era duro ver la distancia entre Addi y Sam, pero me alivió que nadie más se diera cuenta. No creía que Addi supiera todavía el secreto de Sam, pero algo las estaba alejando en lugar de acercarlas. Me hizo preguntarme qué otros secretos guardaba nuestro grupo.

El teléfono sonó mientras Kendall hablaba con un chico al que yo había visto unas cuantas veces. Se notaba que le gustaba y no me importó dejarlos hablar, así que me metí en la cocina y cogí el teléfono.

—¡Buenas noches, ¡Muérdeme! ¿En qué puedo ayudarle?

—¿Charlotte? —Su voz suave me acarició el oído y me recorrió entera hasta instalarse en lo más hondo de mi ser. Odiaba lo rápido que reaccionaba a él, y con qué intensidad.

—Sí, soy Charlotte —respondí, sin querer ceder en lo más mínimo.

—Soy Max —dijo, y luego hizo una pausa, como si me estuviera esperando.

—¿En qué puedo ayudarte? —fingí indiferencia.

Soltó un largo suspiro. —Supongo que me merezco esto, ¿eh? Te llamaba para decirte que siento no haber pasado últimamente. Es que he estado…

—Max, no me debes ninguna disculpa. Eres un cliente. Espero que estés contento con el servicio de aquí, pero no tienes ninguna obligación de venir todos los días. Tengo muy pocos clientes tan fieles.

Casi podía sentir la tensión a través del teléfono. Sabía que le jodería que lo tratara como si no me importara, pero ni loca iba a dejar que apareciera para un polvo rápido cuando estuviera aburrido. No necesitaba ser la gorda que tenía a su disposición. Me respetaba más a mí misma.

—Por favor, Charlotte, no digas que solo soy un cliente. Esperaba ser algo más que eso a estas alturas.

—¿Qué quieres que te diga, Max? —casi me quejé, perdiendo mi fachada de apatía.

—Quiero que digas que te parece bien que ayudara a mi hermana con su tienda y no pasara a verte. Quiero que digas que no hay otros hombres lo bastante fieles como para venir todos los días. Quiero que digas que me has echado de menos tanto como yo a ti. Quiero que digas que para ti soy más que un cliente. Quiero que digas que puedo ir a verte esta noche, porque si me quedo un día más sin verte creo que me volveré loco.

Se me ablandaron las rodillas y me dejé caer al suelo, con la espalda contra la pared de la cocina. Dios, sabía perfectamente qué decir para que cediera. ¿Había estado ayudando a su hermana? ¿Cómo podía enfadarme por eso? Como le había dicho a Mandy, yo no tenía su número y él no tenía el mío, así que no podría haberme avisado de lo que pasaba.

Excepto que…

—¿Por qué no me has llamado antes? —pregunté, sintiendo que la ira volvía a crecer dentro de mí. Él sabía dónde trabajaba, dónde pasaba la mayor parte del tiempo. Y obviamente tenía el número de la tienda. ¿Por qué no había llamado?

—Quería hacerlo, de verdad. Fue una de esas cosas en las que pasaba el dedo por encima de tu nombre una y otra vez y no dejaba de disuadirme a mí mismo. Cada día me prometía que te vería al día siguiente, pero entonces Abby necesitaba algo y me veía absorbido ayudándola.

—¿Y por qué ahora?

Max exhaló con fuerza. —De momento ya ha terminado. Está esperando que le entreguen parte del equipo y no hay nada que podamos hacer hasta que llegue. Con suerte, los repartidores lo instalarán para que pueda respirar de vez en cuando. Me ha dado tanta caña que apenas he tenido fuerzas para llegar a la cama por la noche y quedarme dormido. Una noche me quedé frito en la mesa mientras cenaba.

No pude evitar la risita que se me escapó de los labios. Me gustaba que pudiera hacerme reír incluso cuando quería estar enfadada con él. Pero no podía negar que era un detalle que estuviera ayudando a su hermana. Lexi me ayudó cuando monté ¡Muérdeme! y yo habría aceptado cualquier ayuda que me hubieran ofrecido. Abby tenía suerte de tener a Max.

—Vale, supongo que puedo perdonar eso. ¿Le va todo bien?

Max dudó y me pregunté por qué no quería hablarme de la tienda. Sentí que se me encogía el corazón y, en silencio, le deseé lo mejor, suponiendo que Max no tenía mucha confianza en las habilidades de su hermana. —Sí, supongo que las cosas van bien. Entonces, ¿crees que puedo ir a verte esta noche?

Sonreí y supe que iba a ceder. Max se estaba convirtiendo en mi criptonita. Solo tenía que sonreír, o reír, o decir mi nombre con esa voz sexi, y yo estaba perdida.

—¿A qué hora pensabas pasarte?

Oí un movimiento antes de que dijera: —Bueno, puedo estar allí en unos cinco minutos si te apetece. Aunque no quiero interrumpir si todavía estás trabajando.

—No pasa nada, me llevo bastante bien con la jefa. Además, los martes mis amigos se reúnen aquí para pasar el rato. Kendall todavía está trabajando, así que puedo pasar tiempo con ellos. Ah, por cierto, Mandy y Xander me pidieron tu número. Quieren darte las gracias por tu ayuda de la semana pasada. Están aquí esta noche con Elise si quieres verlos.

La pausa de Max fue casi imperceptible, pero existió. Cuando volvió a hablar, su voz no era tan alegre como antes. —Suena genial. Yo, eh, estaré allí pronto.

Colgué con Max preguntándome por qué estaba nervioso después de haber estado tan ansioso por verme. Quizá no le gustaban mis amigos. O no le gustaban los bebés. Fuera como fuese, había algo que hacía que Max se mostrara receloso, y no pude evitar pensar que era algo importante.

—¿Va todo bien? —me preguntó Lexi cuando volví a la mesa.

—Sí, eh, era Max, en realidad. Viene para acá.

—Oh, qué bien —exclamó Mandy—. —Así podemos verlo y darle las gracias.

Sonreí ante el entusiasmo de Mandy y volví a evitar la mirada cómplice de Lexi. Por supuesto, Sam también seguía allí. Ambas eran demasiado perspicaces, pero esperaba que

Max llegara antes de que se dieran cuenta de lo que me preocupaba.

¿Qué podía decirles? Creía que Max odiaba a mis amigos o a los niños. Ambas opciones pondrían a todo el mundo en vilo. Y no sabía si era verdad. Hacer que todas se sintieran incómodas con Max solo conseguiría que él se mostrara aún más raro.

No lo entendía. Había estado bien con todo el mundo en el hospital. Aquel día evitó a Riley, a Connor y a Mandy, pero nos compró pizza a todas después de llevar a Mandy al hospital. No tenía ningún sentido.

Antes de que pudiera seguir preocupándome, Max entró por la puerta. Sonrió cuando nuestras miradas se encontraron y su hoyuelo me guiñó un ojo. Le pidió algo a Kendall y se unió a nosotras después de que ella le diera un magdalena y una botella de agua.

—Max —exclamó Mandy cuando él estuvo junto a la mesa. Se levantó de un salto y le echó los brazos al cuello, abrazándolo con fuerza. —No puedo agradecerte lo suficiente tu ayuda para que naciera Elise.

—Oh, en realidad no hice nada —balbuceó Max mientras le devolvía el abrazo a Mandy con torpeza. —Solo te llevé al hospital.

—Sí, pero también mantuviste a este grupo hambriento alimentado y te metiste a las enfermeras en el bolsillo. Durante toda mi estancia no dejaron de darme las gracias por la cena de pizza y por ser tan amable con ellas. ¡No tuve el valor de decirles que no habíamos tenido nada que ver!

Xander sentó a Mandy en su regazo cuando ella fue a volver a su asiento y le indicó con un gesto a Max que se sentara en la silla que ella había dejado libre. Entre nosotros estaban Lexi, Sam, Riley y Connor. Me miró mientras se sentaba y pude ver el miedo en sus ojos, aunque no sabía por qué.

—Me alegré de poder hacer algo para ayudar. Charlotte es maravillosa y me ayudó cuando estaba en un apuro, así que lo menos que podía hacer era ayudar a sus amigas.

Me sonrió mientras hablaba, y pude sentir el calor de su mirada por todo mi cuerpo, como una manta que me envolvía. El resto de mis amigas se desvanecieron mientras yo miraba a Max y supe, sin la menor duda, que iba a pasar la noche conmigo.

Otra vez.

13

Elise bostezó con ganas, luego se estiró en mis brazos y sentí que se me hinchaba el corazón. Quería tener uno. Más de lo que jamás había deseado nada. Nunca me había planteado la idea de tener un hijo. Después de lo horribles que fueron mis padres, no había pensado mucho en ello, pero mientras sostenía a esa dulce niñita en mis brazos no pude negar el deseo de tener uno propio.

—Creo que va siendo hora de llevaros a casa —le dijo Xander a Mandy en voz baja. La miré y vi que se le cerraban los ojos mientras asentía y luego bostezaba igual que su perfecta niñita.

Me costó soltar a Elise, no deseaba otra cosa que subir con ella en brazos y abrazarla para siempre, pero sabía que Mandy sentía lo mismo.

—Si alguna vez necesitáis una canguro, avisadme —ofrecí, sabiendo que mi vida era la más aburrida de todas y que era la que con más probabilidad tendría tiempo libre. Al menos hasta que avanzaran las cosas con mi traslado.

—Lo haremos —dijo Mandy mientras se levantaba. Se ató el fular para Elise y luego se inclinó para coger al bebé. Besé a Elise en la cabeza y la levanté con cuidado para ponerla en los brazos de Mandy, para que pudiera meter al bebé en el fular. Elise parecía tan a gustito acurrucada contra su mamá que supe que yo también sería una madre porteadora.

Si es que alguna vez llegaba a ser madre.

Los demás se levantaron para despedirse de Mandy, Xander y Elise y luego empezaron a recoger las mesas. Todas tenían que trabajar por la mañana y sabía que estaban deseando llegar a casa con sus hombres.

Lexi parecía estar remoloneando, limpiando un poco más despacio que las demás. Sabía que quería hablar conmigo, probablemente sobre Max. Él estaba de pie a un lado, dejando que mis amigas se despidieran entre ellas sin meterse en medio, pero también sin que pareciera que las estaba evitando. Tenía que averiguar qué problema tenía Max con ellas. Y averiguar qué le pasaba a Lexi.

Cuando las demás estaban distraídas, me acerqué a ella. —¿Todo bien? —dije en voz baja mientras intentaba aparentar que la ayudaba a recoger.

Sus ojos se desviaron hacia Max y luego hacia mí, y vi preocupación en ellos. Sabía lo que venía, pero no podía hacer nada para detenerlo. —Estoy preocupada por ti. ¿Estás segura de él?

Mi mirada se desvió hacia Max y lo encontré observándonos. Me había estado observando la mayor parte de la noche. No sabía si era en plan «no puedo apartar los ojos de ti» o en plan «eres un desastre tan grande que no puedo dejar de mirar».

Realmente esperaba que fuera lo primero.

—¿Por qué estás preocupada? —le pregunté a Lexi, preguntándome adónde quería llegar con esas preguntas.

—Tú bromeas, pero sé que eres una romántica. Si Max va a jugar contigo, entonces no es el indicado para ti. Te mereces algo mejor.

Resoplé, no estaba lista para hablar de Max con Lexi. No tenía ni idea de en qué punto estaban las cosas, ni hacia dónde iban. Explicárselo a Lexi no iba a acabar bien porque no tenía respuestas a las preguntas que me estaba haciendo.

A decir verdad, me estaba preguntando lo mismo que ella. No sabía si iba a entrar y salir de mi vida y esperar que yo estuviera feliz de tener a un tío tan bueno cada vez que pudiera. Una relación así normalmente no me molestaría, pero la idea de tenerla con Max me dolía.

—Es que no quiero que sufras —continuó Lexi, interpretando mi silencio como lo que era: mi incapacidad para tranquilizarnos a ninguna de las dos. —Nunca has mirado a nadie como miras a Max y eso me pone nerviosa. Él puede romperte de una forma que nunca he visto, pero que puedo imaginar.

Lexi tenía razón y ambas lo sabíamos. Mis sentimientos por Max se dirigían a la zona de «confiar y que te destrocen». Si me permitía confiar completamente en él, tendría el poder de destrozarme. Irreparablemente.

—No crees que sea lo bastante buena para él, ¿verdad? —pregunté en voz baja, expresando mi miedo más profundo. Me pasé los primeros veinte años de mi vida intentando ser lo bastante buena para personas que, en mi cabeza, sabía que no eran lo bastante buenas para mí, pero a las que deseaba con todo mi corazón. Perdí esos veinte años anhelando a personas a las que nunca les importaría. Personas a las que no les importaba que siempre sacara buenas notas y me portara bien de pequeña. Pensaba que quizá, solo quizá, si era lo bastante buena, mi madre y mi padre volverían.

Quizá me visitarían si vieran que era buena.

Quizá me querrían si vieran que era buena.

Quizá me amarían si vieran que era buena.

Nunca funcionó.

En cambio, debería haber querido más a la abuela. No le

dije lo suficiente cuánto la quería. Cuánto significaba para mí. Lo agradecida que estaba de que me acogiera. Lo feliz que me hacía.

No le dije nada de eso. Y entonces, un día, se fue y ya no pude decírselo. Después de intentar ser lo bastante buena para mis padres y fracasar cada día, la única persona que me había querido murió sin saber nunca que yo jamás sentí la necesidad de ser lo bastante buena para ella, porque ya lo era. Me quiso a pesar de todo, sin lugar a dudas.

Max era demasiado bueno para mí. Lo sabía en el fondo de mis entrañas. No quería admitirlo ni pensar en ello. Quería aferrarme a cualquier parte de él que pudiera tener durante el tiempo que me lo permitiera. Por eso no quería estar cerca de mis amigas. Por eso venía a visitarme al trabajo. Por eso no me pedía salir. Lo que Max y yo teníamos, a sus ojos, era sexo. Nada más. Nada menos.

Ojalá fuera tan fácil para mí.

Lexi me agarró del brazo, sacándome de mi ensimismamiento, y la miré a sus ojos tristes. —Nunca he dicho eso, Charlie, y tampoco lo creo. Tendría suerte de tenerte. Me preocupa que te hagan daño por lo mucho que te gusta, no porque crea que es un capullo. Que conste que aún no me he decidido. En el hospital parecía genial, pero esta noche ha estado callado y no parecía que quisiera estar aquí. Estoy intentando entenderlo.

Oír a Lexi expresar mis propias preocupaciones me hizo cuestionármelo todo. Max era genial cuando estábamos solos, pero en cuanto mis amigas entraban en escena, no estaba segura de nada.

—Ten cuidado, nada más —susurró Lexi mientras me atraía hacia ella para darme un abrazo. Asentí contra su mejilla y parpadeé para contener las lágrimas que empezaban a acumularse en mis ojos. Maldita sea, no podía llorar. No lo haría. Disfrutaría de una última noche con Max y luego me aseguraría de que supiera que no pasaba nada si seguía adelante con quienquiera que lo mereciera.

Porque definitivamente no era yo.

Todas desaparecieron después de mi charla con Lexi. Kendall fue justo detrás de ellas y entonces Max y yo nos quedamos solos.

—Antes que nada, tengo algo para ti. —Me giré y lo vi sosteniendo un trozo de papel. Lo dejó en la encimera e incliné la cabeza, extrañada. —Mi número de teléfono. No quiero que pienses que no quiero volver a estar en contacto contigo, así que lo dejo aquí. Espero que lo uses.

—Vale —dije en voz baja, apartándome de la intensa mirada de sus ojos. Me descolocó. Si solo estaba por el sexo, ¿por qué me daría su número? Y más aún, ¿por qué darme el suyo y no pedirme el mío? Si solo quisiera sexo, necesitaría una forma de llamarme cuando estuviera listo, no al revés.

Quizá me equivocaba.

—Estás increíble —me dijo desde el otro lado de la habitación, sacándome de mis pensamientos. Estaba de espaldas a él y me mordí el labio para detener la réplica sarcástica que tenía en la punta de la lengua.

En lugar de eso, alegué: —Estoy hecha un desastre.

Sus brazos me rodearon la cintura y me giraron para que lo mirara. —Si eres un desastre, eres un desastre precioso. —Se inclinó y hundió la nariz en mi cuello, inhalando profundamente. —Dios, cómo he echado de menos tu olor. Tu sabor... —Su lengua salió disparada y me lamió la garganta. Mi cabeza cayó hacia atrás por sí sola y un gemido se escapó de mis labios. —La forma en que suenas. Has embrujado mis sueños. No me canso de ti.

—Pues menos mal que doy para mucho.

Se echó hacia atrás y me fulminó con la mirada, con los ojos ardiendo en llamas. —Espero de verdad que no estés insinuando que te sobran kilos.

Resoplé. —No lo insinúo, más bien lo admito sin rodeos. —Me encogí de hombros—. —Mi abuela siempre decía que estaba «esponjosa» como una magdalena perfecta, no gorda. De todos modos, significan lo mismo.

Max me acunó la cara con tal ternura que casi no pude sostenerle la mirada. —Por favor, no digas eso de ti. Eres fabulosa y no dejes que nadie te convenza de lo contrario. El peso es un número, pero no uno que determine quién eres. Además, lo único que significa es que podré pasar un poco más de tiempo besando hasta el último centímetro de tu piel.

Su boca volvió a posarse sobre mí, con besos de boca abierta en mi mandíbula, mi cuello, la parte interior de mis antebrazos… Era el paraíso, simplemente sensual, y me estaba excitando más de lo que nunca me había excitado un simple beso.

Las palabras de Lexi amenazaron con abrirse paso, pero las hice a un lado, deseando una noche más con Max y su dulzura antes de centrarme en mudarme de ¡Muérdeme! y olvidarme de los hombres.

Otra vez.

Los brazos de Max volvieron a rodearme la espalda y me apoyó en el mostrador. Estaba despatarrada para su placer. Aunque mientras su boca se movía sobre mí, empecé a preguntarme qué placer le preocupaba más. Sus caderas buscaron las mías y se movieron contra mí, haciéndome sentir exactamente cuánto me deseaba.

Antes de que nos pillaran en la tienda de nuevo, lo empujé hacia atrás. Entrecerró los ojos, confundido, pero levanté un dedo para que esperara. Eché el cerrojo de la puerta principal y luego lo agarré de la solapa de su chaqueta y lo arrastré detrás de mí hasta mi piso.

En cuanto entramos en mi piso, Max empezó a desnudarse. Sus botas salieron despedidas en direcciones opuestas hacia la cocina. Su chaqueta cayó sobre el borde de mi sofá.

Su camisa aterrizó en la mesita de centro. Luego sus manos se posaron sobre mí, quitándome la camiseta por la cabeza antes de lanzarla por encima del hombro.

Sus manos estaban cálidas sobre mi piel desnuda, calentándome con un solo roce. Su boca continuó el rastro que dejaban sus manos, esta vez empezando en mi clavícula y avanzando hacia el sur, hasta la parte superior de mis pechos. Una mano se afanaba con los corchetes de mi sujetador de talla grande mientras la otra me provocaba el pezón a través del algodón.

Maldita sea, ¿por qué no me había puesto algo más sexi?

Ah, claro. Porque había habido un silencio de radio por su parte durante una semana y había gastado toda mi ropa interior mona esperando a que apareciera. Si tenía algún problema con el simple algodón, podía besarme el culo.

Uy, y hablando de culo, alargué la mano y le agarré el suyo. Cada centímetro de ese hombre era delicioso. Mis centímetros favoritos intentaban hacerme un agujero en el ombligo. Me froté contra él, intentando que se diera prisa. Si de verdad pretendía besar cada centímetro de mi piel, tardaría un mes en recorrerla toda, sobre todo con lo lento que iba. Pero sería el mejor mes de mi vida.

El corchete de mi sujetador cedió por fin y su boca cubrió mi pezón antes de que tuviera la oportunidad de sentir el aire fresco. Max me levantó el pecho, abarcando más de mí y succionando con fuerza. Su lengua se arremolinó alrededor de la punta y yo grité, desesperada por liberarme. Max metió su pierna entre las mías y frotó su muslo contra mí, arrancándome otro gemido.

No pude evitar que mi cuerpo se moviera sobre su pierna, cabalgándolo como si fuera mi propio potro salvaje. Mientras su boca trabajaba mis pezones, juntándolos y provocándolos al mismo tiempo, arqueé la espalda y me dejé llevar, sintiendo cómo la fricción de su pierna contra mi cuerpo me daba exactamente lo que más necesitaba. Mi cuerpo se tensó y Max me agarró los muslos, atrayéndome completamente hacia él, soportando mi peso con el suyo, y moviéndome sobre él. Mis pechos se desprendieron de su boca con un chasquido y sus labios estaban sobre los míos justo cuando grité mi orgasmo.

—Joder, Charlotte. Ha sido lo más sexi que he visto en mi vida. Por favor, nena, no me digas que ya has acabado. Necesito sentir eso.

Mi respiración era fatigosa y no podía responderle. Max no esperó una respuesta. Nos desnudó a los dos antes de que la cabeza me dejara de dar vueltas. Desenrolló un condón a lo largo de su miembro mientras nos guiaba a la cama, besándome todo el tiempo.

Max se arrastró sobre mí, colocándose entre mis piernas. Estaba lista para él, anhelando sentirlo deslizarse dentro de mí y unirnos de nuevo. Me miró, sosteniendo mi mirada mientras se deslizaba dentro de mi cuerpo. Mis caderas se lanzaron hacia las suyas, encontrándose a medio camino, y todo mi cuerpo sintió como si sonriera cuando sus ojos se pusieron en blanco y maldijo entre dientes.

—Dame un minuto, Charlotte. Voy a correrme antes de tiempo.

Me quedé quieta unos quince segundos antes de mover las caderas, instándolo en silencio a que se pusiera en marcha. Sus ojos se abrieron de golpe para ver mi sonrisa de suficiencia. Soltó una risa ahogada antes de que lo hiciera de nuevo, esta vez haciendo que sus ojos se cerraran segundos antes de que él tomara el control.

Su boca saqueó la mía mientras su cuerpo se movía. La embestida de su ser dentro de mí, tanto su lengua como su erección moviéndose en sincronía, me estaban volviendo loca. Le respondí con todo lo que tenía, mis caderas moviéndose hacia arriba para encontrar las suyas y mi lengua luchando con la suya.

Max rompió nuestro beso y se apoyó en la palma de su mano, mirándome. Los ojos de Max se sintieron atraídos por mis pechos mientras rebotaban con el movimiento de nuestros cuerpos. Sus ojos se oscurecieron aún más antes de inclinarse y capturar un pezón entre sus dientes.

Mientras nos mecíamos juntos, mantuvo mi pezón en su boca; el dolor mezclado con el placer hacía que mi cuerpo ascendiera más y más. Mi cuerpo se arqueó hacia él, hundiendo mi pecho aún más en su boca, buscando el calor que me ofrecía. Una mano se deslizó entre nosotros y Max encontró la apretada espiral de nervios que dolía, palpitando por él.

—Oh, Jesús, Charlotte. No puedo aguantar... mucho... más —dijo entre dientes.

Max se volvió frenético, nuestros cuerpos chocando más fuerte y sus dedos moviéndose cada vez más rápido contra mí. Me apreté a su alrededor, todo mi cuerpo se sentía como una goma elástica que se enrollaba más y más. Entonces, de repente, me rompí.

Grité su nombre a pleno pulmón. Mis piernas se apretaron a su alrededor y mis dedos se clavaron en los músculos de su espalda, acercándolo, más cerca, hasta que nuestros cuerpos estuvieron pegados. Mis dientes se cerraron alrededor de su hombro mientras el último de los colores estallaba tras mis ojos. Mi nombre brotó de su boca mientras embestía una última vez en lo profundo de mí y luego se detuvo, su cuerpo temblando, para después desplomarse sobre mí.

Yací allí con los brazos y las piernas envueltas alrededor de Max, mi cara enterrada en su cuello y la suya en mi pelo, y supe que no podía hacerlo. No podía marcharme. No podía decirle que se había acabado. No podía detener lo que estaba pasando entre nosotros. Porque sin importar lo que estuviera pasando, o lo que no, quería más.

Max me hacía sentir cosas que ningún hombre me había hecho sentir antes. Para mí no era solo sexo, aunque creía que para él sí lo era. Era una conexión, un sentimiento de pertenencia, saber que solo por unos minutos yo era la persona más importante de su mundo. No podía renunciar a eso. No estaba preparada.

Después de un tiempo demasiado corto, Max se apartó de mí y se fue al baño. Como la primera vez que estuvimos juntos, volvió y se metió en la cama a mi lado, acercándome y rodeándome la cintura con su brazo. Me besó el cuello y me pellizcó el pezón antes de susurrar: —Buenas noches.

Le apreté la mano, incapaz de articular palabra. Todo lo que sentía se desbordaba y quería hacerle un millón de preguntas. Quería conocerlo, no solo en un sentido carnal, sino como hombre. Quería saber de sus padres y su hermana y cómo fue su infancia. Quería saber si alguna vez fue a la universidad. Quería saber cómo habíamos vivido en el mismo pueblo durante tanto tiempo y nunca nos habíamos cruzado.

También quería saber por qué no le gustaban mis amigos y por qué solo podía verlo para tener sexo. Quería saber si iba a volver a ¡Muérdeme! a desayunar. Quería saber si iba a invitarme a salir.

Quería saber si yo era lo suficientemente buena para él.

Pero no le hice ninguna de esas preguntas. En lugar de eso, me tumbé a su lado en mi cama y escuché su respiración. A medida que sus respiraciones se volvían regulares y su brazo se aflojaba contra mí, me acurruqué más cerca de él, necesitando sentir la conexión que compartíamos durante el sexo. Mis miedos se convirtieron en lágrimas y se deslizaron silenciosamente en la noche mientras Max dormía a mi lado, felizmente inconsciente del dolor que yo estaba experimentando.

14

En algún momento de la noche, Max volvió a desaparecer, dejándome sola cuando me desperté. Intenté convencerme de que era solo porque tenía que trabajar, pero esa vocecilla persistente en mi cabeza me recordó que no era mi novio. Solo era un tío con el que me acostaba.

Cuando le apetecía.

Pasé el día intentando no preocuparme por Max. Cuando su quitanieves pasó por delante de mi escaparate, me quedé en la cocina con las luces de la entrada apagadas para que no parara. Al menos, eso es lo que me dije a mí misma. De todos modos, no habría parado y lo sabía. Pero vendría más tarde.

Para el sábado, Max volvía a ser un cliente habitual. No había vuelto a pasar la noche aquí, pero sabía que estaba ayudando a su hermana y no podía quejarme. Sabía lo difícil que era abrir una pastelería y tenía que ser agradable para ella tener a alguien cerca para echarle una mano.

Entre horneada y horneada, decoré para Navidad, intentando impregnarme del espíritu navideño, aunque solo fuera por mis clientes. Los O'Neill entraron a las nueve y media, como siempre, cogidos de la mano. —Buenos días —dije, con la esperanza de sonar lo bastante alegre como para que no se dieran cuenta de lo decepcionada que estaba de que Max no hubiera llegado antes que ellos.

—Buenos días, querida. ¿Cómo estás?

—Estoy genial, gracias. ¿Cómo están ustedes esta mañana?

La señora O'Neill negó con la cabeza y me preocupó que le pasara algo a ella o a alguien de la familia. Miré al señor O'Neill, pero su expresión no me dio ninguna pista. —Me refería a cómo te sientes con la nueva tienda de pastelitos que van a abrir al otro lado de la calle. En el local que estabas mirando, creo. ¿Te lo puedes creer? ¿pastelitos para no engordar? ¿Qué sentido tiene comerlos si son saludables?

El terror me erizó el vello de la nuca y a duras penas contuve un escalofrío. Nunca había hecho pastelitos saludables porque opinaba lo mismo que la señora O'Neill, pero algunos clientes habían venido a pedirme versiones más sanas de los que tenía. Si había un sitio por ahí que se dedicaba exactamente a eso, podría estar en un aprieto.

Adiós a la idea de que mis clientes me serían fieles aunque estuviera fuera un mes.

—¿De qué otra tienda de pastelitos me habla, señora O'Neill?

—Al otro lado de la calle. En ese nuevo centro comercial que va a abrir pronto. Por fin han puesto carteles en algunos de los escaparates. En uno pone SkinnyCakes. Lo busqué en el ordenador y dice que hacen productos de repostería con ingredientes saludables, como esas cosas sin gluten, puré de manzana y sustitutos del azúcar. No me imagino que nada de eso sepa bien, pero la gente parece quererlo. Para mí no tiene ningún sentido.

Un pavor me invadió el estómago mientras hablaba. La sangre me rugía en los oídos, ahogando los demás sonidos de la pastelería, incluida la campanilla de la puerta que anunciaba la entrada de otro cliente. La señora O'Neill no era consciente de mi creciente malestar. Todo aquello por lo que tanto había trabajado se iba a esfumar porque la gente quería estar delgada. SkinnyCakes. ¿Qué puñetero nombre era ese para una pastelería? Seguro que era de alguna modelo anoréxica que no sabría distinguir la buena comida ni aunque se la metieran por la garganta.

—No lo he visto. Pero no pasa nada. He encontrado un nuevo local.

—Oh, qué bien, Charlie. ¿Cuándo estarás allí?

Suspiré. —Ese es el único problema. Estaré cerrada un mes. Intenté convencer al dueño de aquí de que me dejara quedarme, pero dijo que no. Y mi nuevo local no está disponible hasta finales de enero. El inquilino anterior se traslada, pero tiene el contrato hasta enero y va a tardar un tiempo en instalarse en su nuevo sitio.

—Bueno, va a ser un mes largo y frío sin tu café y tus dulces para mantenernos calientes. ¿Vas a hacer catering durante ese mes?

Respiré hondo. Todavía no tenía una buena respuesta para esa pregunta. Tenía que encontrar una cocina que alquilar para preparar los dulces de la fiesta de aniversario que tenía próximamente, y no tenía ni idea de dónde encontrar una cocina industrial con batidoras y hornos lo suficientemente grandes como para hornear doscientos pastelitos. —Todavía estoy intentando resolverlo. Lo haré si puedo.

—Bueno, puede que tengamos que contratarte para que nos hornees semanalmente y así no tener el mono mientras tanto. No estoy seguro de que podamos sobrevivir sin tu desayuno —bromeó el señor O'Neill.

—Gracias, señor O'Neill.

La señora O'Neill me dio una palmadita en la mano y se dirigió a su mesa en la esquina. La seguí con la mirada y me di cuenta de que Lexi estaba apoyada en el mostrador, hacia el final.

—¿Cómo estás? —preguntó Lexi mientras se sentaba en un taburete del mostrador y miraba a su alrededor. Asintió, satisfecha con mi decoración.

Le serví una taza de café en un tazón negro que decía «Me importa un sorbo» y le puse delante un plato con dos pastelitos de mousse de chocolate.

—Estoy bien —dije animadamente, alejándome para hacer algo, cualquier cosa con tal de evitar su mirada.

—¿De verdad?

—Sí, estoy genial. Las cosas avanzan. ¿Tú también has visto la nueva pastelería? ¿Es por eso que estás aquí?

Lexi detuvo mi constante movimiento agarrándome de la muñeca. —No, no la he visto, pero no estoy hablando de eso y lo sabes. De Max.

Solo su nombre hizo que me detuviera y mi corazón dio un vuelco. No quería hablar de Max. Sí, me gustaba, pero me preocupaba que empezara a gustarme demasiado.

—Te ha hecho daño, ¿verdad? —preguntó Lexi con compasión.

La miré y supe que lo veía en mis ojos. No podía ocultarle la verdad a Lexi. Éramos amigas desde hacía demasiado tiempo y no había nada que no pudiera ver.

—No ha hecho nada.

—Ese es el problema, ¿no? Pasó la noche aquí el martes. ¿Has sabido algo de él?

—Viene todos los días, Lex. No ha vuelto a pasar la noche aquí, pero viene.

—¿En serio?

Asentí y levanté las cejas como para decirle que se calmara.

—¿Y a qué viene esa cara?

Respiré hondo, deseando que no hubiera sido ella la que

entrara cuando estaban los O'Neill. Necesitaba un momento para procesar lo que me habían contado. —Van a abrir una nueva pastelería al otro lado de la calle. En el local que miré hace unas semanas. La señora O'Neill ha dicho que parece que están a punto de abrir.

—Hay otras pastelerías en la ciudad. ¿Por qué te molesta esta?

Fruncí los labios y miré a mi alrededor como si fuera a revelar un gran secreto. —Se llama SkinnyCakes. Hacen versiones saludables de productos de repostería.

—¿Y?

—¿Sabes cuántos clientes me preguntan si tengo algo sin gluten, sin azúcar o sin lácteos? ¿Sabes cuánta gente no compra nada cuando les digo que no?

—No abriste este sitio por eso. ¿No es esa la razón del nombre?

Sonreí. —Lo sé.

—¿Estás segura? Porque parece que has olvidado lo que le dijimos a toda esa gente que dudaba de ti. A todos los que pensaban que una pastelería era demasiado arriesgada. Que pensaban que deberías ofrecer más cosas en tu menú aparte de pastelitos. ¿Qué dijimos que les diríamos?

Sonreí de oreja a oreja, recordando la noche en que Lexi y yo nos emborrachamos y planeamos mi futuro negocio. Sin extras. Sin variedad. Sin florituras. Solo pastelitos. —¡Pruébame!

—Exacto —coincidió Lexi. —¡Pruébame! Y eso no va a cambiar solo porque haya alguien intentando hacer pastelitos saludables. Ahora, olvídate de ese sitio y cuéntame más sobre dónde te mudas y qué podemos hacer para ayudar.

Lexi sabía que necesitaba un cambio de tema y yo estaba más que feliz de seguirle la corriente. Volví a emocionarme mientras le hablaba del enorme espacio abierto y de la cantidad de mesas que podría tener. Compartí mis ideas para la cocina y hablé maravillas del apartamento de arriba.

Justo cuando le estaba contando los otros locales del solar, la puerta se abrió y entró Max. Sus ojos se encontraron con los míos y vi el deseo en ellos antes de que se desviaran hacia Lexi.

Tuvo la decencia de mostrarse avergonzado, pero no se fue. Dio un paso más hacia dentro y dejó que la puerta se cerrara tras él. Sin apartar la vista de mí, se acercó al mostrador, esperando para hacer su pedido.

Lexi me apretó la mano y me sacó de mi ensimismamiento. Le dediqué una sonrisa débil y luego caminé hacia donde esperaba Max. —¿Puedo ayudarte?

—Creo que tomaré lo de siempre —dijo Max con una sonrisa—. Ya que hay más gente.

Mi cuerpo se acaloró con su simple coqueteo. Aún podía sentirlo, duro, entre mis piernas, como la última vez que nos pillaron enrollándonos en el mostrador. —Sí, bueno, quizá podamos quedar cuando no haya tanta gente.

—Déjame invitarte a salir. Esta noche. Mañana. Cuando sea.

—¿Por qué no conoces a mi amiga Lexi y me lo pienso?

Max sonrió y me guiñó un ojo. Pagó el café y los pastelitos y luego se sentó junto a Lexi mientras yo iba a la trastienda a por su café. Me tomé mi tiempo, sabiendo que Lexi le estaría cantando las cuarenta mientras yo no estaba. No podría haberme sorprendido más cuando volví y vi a Lexi echando la cabeza hacia atrás, riéndose de algo que Max había dicho.

—¿Qué me he perdido? —pregunté, sin querer quedarme al margen.

—Max me estaba hablando de algunos de los contratistas de Abby. Esa gente parece horrible. No me extraña que la hayas estado ayudando tanto.

—No me has hablado de la tienda de Abby. ¿Dónde está?

Max se removió, incómodo. —Ah, no está lejos de aquí.

—¿A qué se dedica? —preguntó Lexi.

—Es algo parecido a esto, pero con cosas diferentes. Tiene algo de bollería y quiches para desayunar. También piensa hacer tartas y postres distintos, con algunos sándwiches. Aunque cree que su punto fuerte serán las tartas.

—Deberíais quedar. Seguro que podríais intercambiar recetas y llevaros muy bien —dijo Lexi entusiasmada—. ¡Qué guay que os dediquéis a cosas tan parecidas! No me extraña que le gustes tanto a Max —reflexionó Lexi antes de taparse la boca con la mano.

Mi mirada saltó de Lexi a Max y me pregunté qué le había hecho cambiar de opinión sobre él tan rápido. Algo pasó entre ellos, pero ninguno de los dos volvió a hablar. Los ojos suplicantes de Lexi me impidieron preguntarle más, y la dulce mirada de Max me hizo olvidar por completo a Lexi.

—Bueno, me estabas contando lo de las otras tiendas del centro comercial.

—¿Qué centro comercial? —preguntó Max.

—Ah, Charlie por fin ha encontrado un sitio al que mudarse. Solo le quedan un par de semanas aquí antes de tener que irse, pero tendrá el negocio cerrado un mes.

—No lo sabía.

—Sí —contesté—. Llevaba un tiempo buscando. Me encanta el nuevo local, pero odio tener que cerrar durante un mes.

—¡Oye! —dijo Lexi animadamente—. Deberías ver si puedes pedirle prestada la cocina a Abby para hacer ese encargo. ¿Crees que estaría dispuesta? —Lexi se giró hacia Max.

Él hizo una pausa. ¿Por qué no contestaba enseguida? ¿Qué había que pensar? ¿No quería que su hermana supiera de mí? ¿Tanto se avergonzaba de mí?

—Pues no lo sé. Puedo preguntárselo.

—No pasa nada —balbuceé, sintiéndome dolida y confundida—. Ya se me ocurrirá algo.

—Bueno —dijo Lexi con alegría—. Supongo que debería irme. Mike ya debe de estar por ahí de compras navideñas y tengo que ir a cotillear un poco.

Me reí, sabiendo que decía la verdad. Lexi no llevaba bien las sorpresas y siempre intentaba averiguar cuáles eran sus regalos antes de abrirlos. Me sabía mal por Mike, pero él se lo tomaba con humor. Aprendió pronto a envolver todos sus regalos en cajas enormes que ella no podía identificar, obligándola a cambiar de táctica. Él todavía no se había dado cuenta de que ella intentaba encontrar dónde escondía los regalos antes de que tuviera la oportunidad de meterlos en cajas y envolverlos.

—Por cierto, el local ha quedado genial —dijo Lexi con un guiño. Señaló con la cabeza el muérdago que había colgado sobre la puerta y el árbol del rincón, y luego salió con una sonrisa de suficiencia.

Max siguió su mirada hasta la puerta principal y vio el muérdago. —Espero de verdad que no te dé un beso todo el que entre por esa puerta.

Me reí y negué con la cabeza. —Es más una broma que otra cosa. Además, no me ha besado nadie que haya entrado hoy, así que supongo que no está funcionando.

—Entonces creo que tenemos que cambiar eso —dijo Max mientras se inclinaba hacia mí. Me hizo una seña con un dedo. Cuando nos acercamos, Max inspiró hondo y luego susurró—: Hablaré con Abby.

Asentí menos de un segundo antes de que sus labios rozaran los míos, suavemente. Su beso no era exigente ni controlador. Al contrario, era inquisitivo, pedía permiso. Con cada roce de sus labios contra los míos, le di lo que me pedía, concediéndole todo el acceso a mí que pudiera desear.

La mano de Max se deslizó hasta mi mejilla, inclinando suavemente mi cabeza mientras su lengua acariciaba mis labios. Me abrí para él y se deslizó en mi boca, sin prisa. Su beso fue largo, lento y dulce. Me perdí rápidamente en él, su beso me transportó a otro mundo. Uno en el que no tenía miedo de dejarle entrar, en el que podíamos estar juntos, en el que no había secretos.

El beso terminó demasiado pronto para mi gusto, pero como estábamos en ¡Muérdeme!, tenía que terminar. Max se apartó a regañadientes y apoyó su frente en la mía. Me besó la nariz y sentí su pecho agitarse mientras luchaba por recuperar el aliento. Era bueno saber que estaba tan afectado como yo por lo que debería haber sido un simple beso.

—Esta noche. ¿A qué hora terminas? Te invito a salir. Se acabaron las excusas. —Esbozó una media sonrisa humilde, ya que todas las excusas habían venido de él.

—Cierro a las ocho. Hoy es mi día largo. —Kendall no trabajaba los fines de semana, así que yo estaba allí desde que abría hasta que cerraba. El día se hacía largo y, al final del sábado, normalmente estaba a punto de desplomarme. Ni siquiera la tentación de Max era suficiente para animarme.

—Mierda, no te apetecerá salir, ¿verdad? ¿Y si te prometo que iremos a un sitio tranquilo, que puedes ir vestida informal y que otra persona te atenderá para variar?

La emoción en su voz y la mirada esperanzada en su rostro fueron suficientes para que cediera. Sabía que no podía decir que no a esos ojos castaños de cachorrito y a ese hoyuelo. Por no hablar del hombre que les daba vida. Y que me daba vida a mí.

—Estaré aquí a las ocho y media. ¿A menos que haya algo que pueda hacer para ayudarte a recoger?

—¿Por qué querrías recoger?

—Haría cualquier cosa por ti, Charlotte. Estaré aquí un poco antes de las ocho y puedes ponerme a trabajar mientras tú te relajas, te cambias, te duchas o lo que necesites para prepararte. Y si quieres ir a cenar con lo que llevas puesto ahora mismo… no tengo ningún problema con eso, pero probablemente no podré quitarte las manos y los labios de encima si hueles a pastelitos. Aunque, en realidad, eso no importará.

Me sonrojé, imaginando las manos y los labios de Max sobre mí toda la noche. Se percató de la expresión de mi cara y sus ojos se oscurecieron, el pulso de su cuello palpitaba. Se lamió los labios e inspiró profundamente.

—Vale, me largo de aquí antes de que cierre esa puerta con llave y te arrastre escaleras arriba. Nos vemos en unas horas.

Sonreí y lo seguí hasta la puerta. Se detuvo justo debajo del muérdago y me guiñó un ojo antes de inclinarse para besarme de nuevo. Un beso brusco y exigente me dejó sin aliento y me debilitó las rodillas. Me rodeó la cintura con los brazos y me sostuvo mientras arrasaba mi boca, prometiendo una noche increíble.

Se apartó, soltándome demasiado pronto. —Eres como una droga para mí. Algo que me hace sentir que puedo hacer cualquier cosa. No podría dejarte aunque quisiera. —Hizo una pausa y me miró a los ojos—. A las ocho.

Asentí y lo vi salir por la puerta. No pude dejar de sonreír el resto de la tarde, sobre todo cuando leí su último mensaje.

> Cuatro horas, treinta y nueve minutos y dieciséis segundos hasta que te vea de nuevo.

¿Podía ser más dulce?

15

CERRÉ la puerta detrás de mi último cliente y eché el cerrojo. Los ojos de Max se oscurecieron con el sonido, como uno de los perros de Pavlov que sabía que iba a recibir un sabroso premio. Tenía que admitir que, entre el cerrojo y la mirada de Max, mi cuerpo se tensó y sentí ese delicioso cosquilleo entre las piernas.

Sí, era hora de largarse de allí pitando.

—Vale, voy a subir un momento a cambiarme. Puedo limpiar más tarde, así que relájate. No tardaré.

Max se acercó a mí, con un brillo juguetón en la mirada y su hoyuelo asomando bajo la incipiente barba de su mandíbula. Ese aspecto rudo lo hacía pasar de guapo, guapísimo en realidad, a terriblemente sexy. Sus vaqueros oscuros y su camiseta negra le daban un aire peligroso, pero cuando esbozaba su media sonrisa ladeada, amenazaba con derretirme la ropa.

Antes de que me derritiera por completo, Max me alcanzó y me acunó la mandíbula. —He venido a ayudar. Ponme a trabajar. Puedo guardar en cajas estas últimas magdalenas y pastelitos, barrer, limpiar los mostradores, lo que sea. Además, me mantendrá la mente ocupada para no pensar en que estás a solo unos metros desnudándote por completo. Si me quedo aquí sentado, puede que no tenga la fuerza de voluntad para quedarme aquí abajo.

Me sonrojé e incliné la cabeza hacia él, ofreciéndome para un beso. Me complació, sus labios se posaron en los míos con fuerza y decisión. Su lengua se abrió paso en mi boca y su mano tiró de mis caderas con fuerza contra las suyas, donde sentí su erección ya dura contra mi vientre.

Max nos hizo retroceder hasta que choqué con el borde de la dura piedra. Me subió a la superficie y se colocó entre mis piernas. Arqueé la espalda contra él y Max gruñó antes de tumbarme sobre el mostrador. Su cuerpo siguió al mío y, cuando nuestros labios no pudieron permanecer unidos más tiempo, su boca se deslizó por mi mandíbula hasta la clavícula. Una mano me recorrió el muslo y la otra me ahuecó un pecho. Sentí sus dientes a través de la camiseta, pellizcándome el pezón. Gemí y me arqueé contra él.

Entonces se detuvo.

Se apartó de mí, cruzando la habitación para alejarse. Me incorporé, aturdida y confundida, sin saber qué diablos había pasado ni por qué. Max me miraba con dureza, pasándose las manos por el pelo como un tren a toda velocidad. Se pasó una mano por el rostro, tirando de la mandíbula hacia abajo de tal forma que parecía el cuadro de Munch, El grito.

—Charlotte, lo siento mucho. No he venido para eso. Quería demostrarte que me interesa algo más que el sexo contigo y la he cagado. Mierda, lo siento mucho. Por favor, sube antes de que vuelva a atacarte. Ya limpio yo.

Empecé a moverme hacia él para decirle que no pasaba nada, pero dio un respingo como si fuera a atacarlo. O quizá como si él fuera a atacarme a mí. —Charlotte, si te acercas lo suficiente como para olerte, o tocarte, o besarte… joder. Solo vete, por favor.

Asentí y subí. Cuando estuve en mi apartamento, empecé a sonreír, pensando en lo que había dicho. Por mucho que me costara creerlo, parecía que Max estaba tan colado por mí como yo por él. No podía creerlo, pero la prueba estaba justo delante de mí.

Mientras me quitaba la ropa de trabajo, decidí meterme en la ducha para quitarme el día de encima. Si Max me deseaba, quería asegurarme de que era a mí a quien buscaba, y no a mis pastelitos.

Limpia y fresca, crucé el apartamento desnuda hasta la cómoda, al otro lado. Abrí el cajón de la ropa interior y arrugué la nariz, intentando decidirme. Mis amigas llevaban años intentando convencerme de que usara tangas, pero me negaba. Me encantaba la lencería bonita, pero nunca había tenido la intención de ponerme un tanga. Tampoco había tenido nunca un chico que me excitara tanto como Max como para arreglarme para él. Acaricié el delicado satén del tanga rosa fucsia que Lexi me había regalado y no pude negar que el tacto sedoso de la tela hacía que quisiera sentirla contra mi piel. Lo saqué del cajón antes de poder disuadirme y me lo subí por las piernas, colocando el trocito de satén entre ellas.

Era como no llevar nada.

Lo que me hizo sentir sexy.

Cogí un sujetador que combinaba bastante bien y cerré el cajón. Max me había dicho que me vistiera cómoda, así que opté por unos vaqueros, mi jersey rosa favorito y unas botas altas marrones. Me ahuequé el pelo, dejándolo suelto sobre los hombros, y me apliqué rímel y brillo de labios.

Tras una última mirada en el espejo, cogí el bolso y la chaqueta y bajé. Max me esperaba en la tienda, comiéndose un magdalena. Sonrió con timidez antes de que sus ojos recorrieran lentamente mi cuerpo de arriba abajo y se encontraran con los míos. El calor y el deseo en su mirada casi me hicieron tropezar, pero por suerte estaba cerca del mostrador y me agarré a él para no caerme.

—Estás increíble. Impresionante. Fabulosa —dijo sonriendo. Recordé la última vez que me dijo eso, cuando me quejé de estar esponjosa. Noté que Max también lo recordaba. Antes de que me quedara absorta en Max, o en mis propias curvas, le pregunté si estaba listo para irnos.

Max nos llevó al Nicolino's, un pequeño y fantástico restaurante italiano en el centro de Winterville. De niña, mi abuela me llevaba al Nicolino's en ocasiones especiales y se hizo amiga de la dueña, Carla. Hacía años que no veía a Carla y me preguntaba si seguiría allí.

—Dos, por favor —le dijo Max a la chica de la entrada cuando entramos.

Nos acompañó a una mesa cerca de la cocina y no pude evitar preguntar: —¿Está Carla, por casualidad?

—Sí —respondió radiante—. ¿Quiere que le diga que salga a verla?

—Oh, bueno, si tiene un momento. Aunque no estoy segura de que se acuerde de mí. —De repente, me sentí avergonzada por haber preguntado.

—Carla se acuerda de todo el mundo, y estoy segura de que le encantará volver a verla.

Asentí y ella se dio la vuelta para sentar a los siguientes clientes. Max me cogió la mano y dijo: —Supongo que ya has estado aquí antes.

Miré el espacio familiar y recordé. Las paredes de color burdeos oscuro no habían cambiado. Tampoco la moqueta gris, las ricas mesas de madera y las sillas suavemente acolchadas. Incluso el arte, fotografías de los viajes de Carla por Italia, eran las mismas. —Sí, mi abuela solía traerme cuando era pequeña. Aunque hace tiempo que no venía.

Una camarera se acercó y tomó nota de nuestras bebidas.

Nos dijo los platos del día y no pude quitarme la sensación de que la había visto antes.

—¿Por qué dejaste de venir? —preguntó Max cuando la camarera se fue a por nuestras bebidas.

—Bueno, cuando murió mi abuela me vine un poco abajo. Me costaba encontrar motivos para celebrar, o gente con la que celebrar.

Max me apretó la mano y me dedicó una media sonrisa. —Lo siento, Charlotte. Debía de ser alguien especial.

—Lo era. Lo era todo para mí. Me crio cuando mis padres decidieron que no merecía su tiempo ni su esfuerzo, pero nunca me hizo sentir mal por ello. Mi abuela simplemente me quería. Fue ella quien me enseñó a hornear.

Max sonrió y su hoyuelo asomó. —Entonces sé que es especial. Solo alguien lleno de mucho amor podría hornear como lo haces tú. ¿Cuándo falleció?

Respiré hondo, sin estar realmente preparada para compartir la historia. Era una primera cita, por el amor de Dios, pero Max quería saber. —Tenía veinte años. Estaba enferma, pero nunca me lo dijo. Yo era una universitaria egocéntrica y ella no quería que dejara los estudios ni mis sueños por estar a su lado. Supongo que su sacrificio fue en vano porque lo hice de todos modos, pero lo intentó.

—¿A qué sueño renunciaste? —preguntó Max, aparentemente preocupado de verdad.

—A la repostería. Siempre quise abrir una pastelería, pero cuando murió mi abuela dejé de hornear. No quería seguir estudiando. Terminé la carrera porque no sabía qué más hacer. Conseguí un trabajo en un banco y lo odiaba. Finalmente, decidí volver a estudiar y tomar algunas clases más de empresariales por la noche. Acabé conociendo a Lexi allí y ella me convenció para seguir adelante con ¡Muérdeme!

—Vale, tengo que preguntar... ¿De dónde salió el nombre?

Me reí y dudé si contarle la verdad. Normalmente, cuando la gente me preguntaba, les contaba la historia inventada que había creado. La historia que decía que quería un magdalena como logo y me preguntaba qué diría un magdalena si pudiera hablar. De alguna manera, contarle a Max esa historia no parecía suficiente. Quería que supiera la verdad. La verdad que solo Lexi conocía.

—Si te lo cuento, tendrás que prometer que no lo compartirás, porque Lexi es la única que conoce la historia real.

Max se frotó las manos y sus ojos brillaron a la luz de las velas. Parecía muy emocionado.

—¡Charlie! ¿De verdad eres tú? —oí a mis espaldas.

Sonreí al ponerme de pie. Carla apareció ante mí y me dio un fuerte abrazo. Sentir sus brazos a mi alrededor me transportó a cuando mi abuela aún vivía. Se me llenaron los ojos de lágrimas y no pude contenerlas. La Navidad siempre hacía que la echara más de menos, pero abrazar a Carla me trajo de golpe la necesidad que sentía por mi abuela.

Carla se apartó, me secó las lágrimas que me corrían por las mejillas y exclamó: —Oh, dulce Charlie. No llores, querida. Siéntate, siéntate. ¿Cómo has estado?

Me sequé las mejillas furiosamente, intentando ocultar las lágrimas que sabía que todo el restaurante había visto. Me sentí increíblemente tonta por haberme afectado tanto. Evité la mirada de Max, poco dispuesta a ver la cara que me estuviera poniendo. Estaba segura de que pensaba que estaba loca y se estaba replanteando toda la noche.

Carla cogió una silla de una mesa vecina y se sentó con nosotros. —¿Cómo has estado, querida? No te he visto desde que falleció Elise.

—He estado bien, Carla. Siento no haber venido. Ha sido difícil.

—Por supuesto, querida. Perdí a una dulce amiga, a dos

en realidad. Pero entiendo por qué no querrías venir aquí. Dime, ¿llegaste a abrir una pastelería?

Asentí. Solo Carla podía hacerme sonreír al recordar a mi abuela. —Sí. Me llevó un poco más de lo que había planeado, pero sí, lo hice. De hecho, me traslado el mes que viene. Estoy intentando organizarlo todo, pero acabaré cerrada un mes.

—Volverás mejor que nunca. ¿Te estás divirtiendo? Este apuesto joven sentado frente a ti me hace pensar que sí.

Me sonrojé y me arriesgué a mirar a Max. Le sonreía de oreja a oreja a Carla. —Sí, Carla, me estoy divirtiendo.

—Bien. ¿Dónde va a estar esa nueva tienda? Cerca de aquí, espero. Quizá pueda convencerte de que me hornees algunos pastelitos. Me vendría bien un poco de tu dulzura por aquí. Y eso haría que siguieras viniendo.

Me puse en modo negocios rápidamente, pero me di cuenta de que las líneas que tenía delante se difuminaban. Carla no era un negocio, era algo personal. Nunca había tenido que mezclar ambas cosas.

Como si presintiera mi inquietud, Carla volvió a hablar: —Charlie, no dejes que te preocupe. Encontraremos algo que sea bueno para las dos. Recuerdo lo buenas que erais Elise y tú horneando. Sabes que si alguna vez necesitas algo, solo tienes que llamarme o pasarte por aquí, ¿verdad? Haré todo lo que pueda para ayudarte.

—Gracias, Carla. Significa mucho. Y cuando me instale en mi nueva tienda, te llamaré sin falta para hablar de traer algunos pastelitos.

—Excelente. Será mejor que me vaya, pero vosotros dos disfrutad de la cena. Amy os cuidará muy bien.

—Amy —susurré. La hija de Carla. Me había cuidado algunas veces cuando era pequeña. No podía creer que no la hubiera reconocido al instante. Siempre fue mi favorita porque me dejaba quedarme despierta hasta tarde y comer lo que quisiera.

Amy estuvo en nuestra mesa en el momento en que Carla se alejó. —Me pareció que eras tú —dijo—. ¡Han pasado muchos años, Charlie!

Amy me abrazó y yo sonreí. —¡Cuánto me alegro de verte, Amy! ¿Qué tal estás?

—Genial. Tengo dos hijos adolescentes y un marido maravilloso. Mamá está dejando poco a poco las cosas y permitiéndome que me haga cargo, lo cual es bueno para ella. ¿Cómo va tu pastelería?

—¿Cómo sabías que tenía una pastelería?

—¿Charlie Black? ¿Acaso había alguna duda? Si yo tenía algún talento para la repostería era porque tú me enseñaste. Sabía que lo conseguirías.

—Gracias, Amy. Dios, de verdad que ojalá hubiera venido aquí después de que muriera mi abuela. Mi vida habría sido muy diferente.

Amy me cogió la mano y la apretó. —No puedes desear que el pasado desaparezca, Charlie. Además, parece que te va bastante bien. —Miró a Max y él se sonrojó bajo su mirada—. Obviamente, Charlie y yo somos viejas amigas. Tiene usted aquí a una mujer maravillosa. Espero que se dé cuenta de la suerte que tiene.

—Créame, me doy cuenta. Y cada día que está dispuesta a darme otra oportunidad me doy cuenta de nuevo de lo increíble que es.

Amy lo evaluó durante unos minutos antes de volverse hacia mí. —Me gusta, Charlie. Has elegido bien. Y ahora, ¿qué os pongo?

Después de hacer nuestros pedidos, Amy nos dejó solos de nuevo. Podía sentir que Max me observaba mientras yo miraba alrededor del restaurante, tan familiar y a la vez tan extraño para mí. Esperaba que dijera algo. Había pedido comida, así que supongo que era bueno que no hubiera salido huyendo despavorido, pero aún no estaba segura de cómo se sentía.

—Charlotte, mírame —exigió en voz baja.

Tras un momento de vacilación, me obligué a mirarlo. Vi aceptación y cariño en sus ojos, ningún juicio ni lástima. —¿De qué tienes miedo?

La pregunta del millón.

La pregunta definitiva.

¿Qué quería saber? ¿Se refería a ese momento o en general? ¿Se refería a mi negocio o a mi vida personal? ¿Me preguntaba por qué mantenía mi corazón oculto o por qué ahora lo llevaba a flor de piel?

Si supiera de cuántas cosas tenía miedo, empezaría a cobrarme por horas para hablar de todo ello.

—¿Crees que voy a pensar diferente de ti porque echas de menos a tu abuela? ¿O porque estabas disgustada? Te lo prometo, Charlotte, nada hará que piense menos de ti. Borraría todas tus preocupaciones si pudiera, pero me mata verte sufrir.

Max acercó su silla a la mía, sentándose a mi lado. Apoyó la mano en mi muslo y se inclinó hacia mí. —Me alegro de haber elegido este sitio. Definitivamente, ha sido cosa del destino venir aquí y ver otra faceta tuya.

—Yo también me alegro de que estemos aquí. Hacía demasiado tiempo que no venía. Y me alegro mucho de estar aquí contigo.

Max movió la mano para apoyarla en la silla detrás de mí mientras se inclinaba. —Yo también —susurró y luego me besó.

16

CUANDO NO ESTABA FANTASEANDO con Max, estaba preocupándome por SkinnyCakes. Me había costado un montón poner en marcha ¡Muérdeme! Ahora iba bien, pero la competencia, sobre todo mientras yo estuviera cerrada, podía destruir lo que había construido.

Para aplacar mis miedos, fui a espiar a la competencia con la excusa de dar un paseo por el barrio. La tienda estaba a oscuras y silenciosa cuando pasé por delante. Eché un vistazo a mi alrededor para asegurarme de que nadie me observaba y pegué la cara al escaparate.

La tienda no estaba terminada por dentro, pero no podía negar que parecía mona. Había una gran zona para sentarse a un lado y un mostrador extralargo al fondo, que se curvaba en forma de L hacia la puerta principal. Detrás del mostrador había una cafetera de última generación y un montón de recipientes muy monos para llevar bebidas y productos de repostería. En la pared lateral, detrás de la caja registradora, había un menú detallado, pero no pude leer gran cosa.

Parecía que estaban a punto de abrir.

Sabía que no podía hacer nada para evitar que abrieran

otra pastelería, pero me pareció una bofetada. Me imaginé a la dueña delgaducha que estaría detrás del mostrador y la odié al instante.

—¿Puedo ayudarte? —dijo una voz dulce a mis espaldas. Me giré y vi a una mujer que me resultaba familiar, de pie en la acera a pocos metros de distancia. No diría que era guapa, pero sí mona. Parecía mucho más joven que yo, con el pelo castaño claro hasta los hombros, ojos verdes y una sonrisa que me dio ganas de contarle todos mis secretos.

—Ah, solo estaba cotilleando. He oído que este lugar iba a abrir pronto.

La mujer sacó un juego de llaves del bolsillo y las levantó. —¿Quieres entrar? Aquí fuera hace un frío que pela.

No tenía ni idea de qué decir. —Eh, no me conoces. ¿Por qué ibas a invitarme a entrar?

—Eres Charlie, ¿verdad? De ¡Muérdeme!

Asentí.

—He estado un par de veces. Haces un café increíble.

—Lo siento, no tengo ni idea de quién eres.

Abrió la puerta y me sonrió. —Soy Abigail. La dueña de este sitio.

De verdad que quería odiarla. Acababa de convencerme de que lo haría, pero era tan amable… Supe que era alguien de quien preferiría ser amiga antes que enemiga. —No estoy segura de si lo sabes, pero yo casi alquilé este mismo local.

—¿En serio? Pero si acaba de abrir. Tú llevas años con el negocio.

Asentí. —Mi edificio se vendió hace poco. Tengo que irme antes de fin de año.

A Abigail se le salieron los ojos de las órbitas. —Dime que no lo dejas. Me encantan tus pastelitos.

Negué con la cabeza. —No lo dejo. Estaré sin negocio durante un mes, pero ya he alquilado un nuevo local. Aunque me sorprende oír que te encantan mis pastelitos. Con un nombre como SkinnyCakes, esperaría que evitaras cosas como las que yo horneo.

Abigail echó la cabeza hacia atrás y se rio. —Más bien todo lo contrario, la verdad. Me encantan. Por supuesto, esa es parte de la razón por la que no los horneo. Es demasiado tentador tener algo tan bueno como lo que tú haces cerca todo el tiempo. Estaría aún más gorda de lo que ya estoy.

Miré su figura curvilínea con escepticismo. No era menuda, pero ni de lejos era tan grande como yo. —No estás gorda.

Me sonrió amablemente. —Gracias. He descubierto que si horneo con productos alternativos hay un gran mercado para ello, pero tiendo a mantenerme alejada porque no son tan tentadores. Si los como, no me arrepiento tanto. También tengo problemas con el azúcar en sangre y me dan dolores de cabeza cuando como demasiado. En cierto modo, empecé todo esto por necesidad más que por deseo. Pero me encanta. Es un reto, pero uno divertido.

No supe qué decirle. Un problema de salud era una buena razón para evitar el azúcar, pero podía entender el dilema. Inventar algo que siguiera estando delicioso, pero que no te hiciera sentir mal… Casi envidiaba su creatividad.

Miré el espacio casi lleno. Había hecho mucho desde que se había hecho cargo. —Parece que estás casi lista para abrir. Es increíble lo que has hecho aquí.

Abigail miró alrededor de la sala, con el orgullo evidente en su rostro. —Llevo mucho tiempo soñando con este sitio. Una vez que entré aquí, fue bastante fácil montarlo todo. Debería abrir en algún momento de enero.

Justo cuando yo estaba cerrada. Lo que significaba que me arrebataría a mis clientes.

—¿Qué vas a hacer el mes que estés cerrada? Una vez estuve en una fiesta para la que hiciste un catering. ¿Llenarás tu tiempo haciendo cosas así?

Me encogí de hombros. —Aún no lo he decidido. Ya tengo un evento contratado, pero lo acepté hace meses, antes de saber que no tendría una cocina para hornear. No sé qué voy a hacer ahora.

Abigail inclinó la cabeza y me hizo un gesto para que la siguiera a su cocina. —Puede que no sea exactamente a lo que estás acostumbrada, pero usa esta.

Su cocina era espectacular. Tenía tres puestos de trabajo, uno de ellos etiquetado como «sin alérgenos». En cada puesto había unas batidoras enormes con encimeras de acero inoxidable entre ellas. Todas sus herramientas colgaban de estanterías sobre la zona de trabajo con un lavavajillas independiente para cada puesto. En las rejillas había moldes vacíos para pastelitos y magdalenas, listos para ser rellenados con alternativas saludables.

—Vaya… —exclamé—. Esto es espectacular.

Abigail sonrió ante mi elogio y dio una vuelta en su cocina. —Me encanta. Es exactamente lo que esperaba. Aunque siento habértelo quitado.

Negué con la cabeza. —No lo has hecho. El sitio en el que voy a estar me va mejor de todos modos. Lo que odio es qué voy a estar cerrada tanto tiempo.

—Mi cocina es tuya, Charlie. En serio. Solo tienes que pedirlo.

PASÉ la semana siguiente dándole vueltas a si aceptar o no la oferta de Abigail y quedando con Max siempre que podíamos para vernos. Sabía que una cocina como la de Abigail sería perfecta para mí, pero era mi competencia. No sabía si sería capaz de hacerlo.

No le mencioné la oferta a Max. Él no había dicho nada sobre preguntarle a su hermana y pensé que si sacaba el tema de hornear en otro sitio podría volver a ponerse raro conmigo. En el peor de los casos, podría hornear en casa de Lexi. Pero la verdad es que no me apetecía si podía hacer otra cosa.

Nada de eso importó cuando por fin llegó la semana que más temía. Todos mis clientes estaban en un extremo del espectro o en el otro. La mitad estaban felices y emocionados porque la Navidad estaba a la vuelta de la esquina y la otra mitad estaban estresados y ansiosos. ¿Yo? Bueno, yo estaba hasta el moño.

Para cuando llegó la Nochebuena y era hora de cerrar, estaba más que lista para tener unos días libres. No tenía planes para las fiestas, y eso me deprimía y me emocionaba a la vez. Odiaba estar sola en Navidad, pero tenía tantas ganas de terminar por unos días que me hacía ilusión.

Max tenía compromisos familiares durante dos días, así que no iba a verlo. Una parte de mí había esperado que me invitara, pero era demasiado pronto. Lo sabía, pero aun así me molestaba que fuera a estar tan sola. Por supuesto, no ayudaba que en las pocas semanas que llevábamos saliendo nunca hubiera mencionado conocer a su familia o hacer algo con mis amigos.

Me dije a mí misma que era por nuestros horarios de locos. Max y yo trabajábamos tantas horas que rara vez nos veíamos durante el día y, con él ayudando a su hermana, era mucho más difícil quedar. Era simplemente un recordatorio de que yo no era la persona más importante de su vida. Solo tenía que convencerme de que no me importaba.

La Nochebuena fue una noche tranquila para mí, verdaderamente una noche de paz. Encendí una vela por la abuela, una tradición que había empezado el año en que murió. En Nochebuena siempre nos sentábamos a hablar de nuestro año, de las cosas que habíamos disfrutado, de las que deseábamos que fueran diferentes, de las que queríamos hacer al año siguiente.

Así que me senté a la mesa y le conté a la abuela cómo había sido mi año. ¡Muérdeme! también era su sueño, así que sabía que le encantaría oír cómo había cambiado y mejorado a lo largo de los años. Le conté cómo iban los planes de mi traslado, lo que iba a hacer. Le confesé mis miedos sobre SkinnyCakes y el estar cerrada durante un mes.

Luego le hablé a la abuela de mis amigos, de las bodas y de la alegría de sus vidas. Le conté lo feliz que estaba por ellos y lo felices que eran. Le hablé de la segunda Elise, la hija de Mandy, y de lo perfecta que era.

Finalmente, le conté a la abuela todo sobre Max. Vacié mi corazón, diciéndole lo mucho que quería confiar en él, pero que no estaba segura de poder hacerlo. Le hablé del tiempo que habíamos pasado juntos y de cómo esperaba que continuara. De lo dulce que había sido llevando a Mandy al hospital, pero de cómo parecía distanciarse cuando estaba con mis amigos.

También admití que me preocupaba, incluso después de su insistencia, que Max no estuviera tan involucrado en nuestra relación como yo. Me preocupaba que se fuera a marchar y cómo eso iba a destrozarme. Max se estaba convirtiendo en una parte más importante de mi vida, y de mi corazón, de lo que admitiría ante nadie más que ante la abuela.

Incluso ante mí misma hasta ese momento.

—Mierda —murmuré mientras me levantaba de la mesa —. Abuela, se supone que no debo enamorarme de él. No tengo tiempo ahora mismo. Me mudo en una semana. Lexi y Mike me dejan quedarme con ellos, pero seré su invitada. Nunca voy a casa de Max por su hermana, así que nunca nos veremos. Además, tengo demasiadas cosas entre manos con lo de ahorrar y relanzar ¡Muérdeme! No sé por qué me involucré con él en primer lugar.

Me paseé por mi apartamento, preocupada por mi relación con Max, sabiendo que era solo cuestión de tiempo que saliera de mi vida. No es que estuviera realmente en mi vida. Max compartía mi cama unas horas algunos días a la semana, pero eso era todo. No me cogía de la mano cuando salíamos porque no salíamos. No me buscaba con la mirada cuando entraba en una habitación porque solo pasábamos tiempo en mi apartamento. No me compraba detallitos ni sabía cuáles eran mis cosas favoritas. No era mi otra mitad.

Era un tío del que me estaba enamorando en contra de mi buen juicio, y eso hacía que me sintiera aún más sola de lo habitual.

—Ay, abuela, no quiero estar sola nunca más —lloriqueé—. Quiero a alguien con quien compartir mi vida. Quiero lo que tienen mis amigas, lo que tú tenías con el abuelo. En mis fantasías más locas, puedo verlo con Max, pero sé que eso no pasará. Te echo tanto de menos, abuela.

Me permití unos minutos para llorar, para echar de menos a la abuela. Cuando terminé, arrastré mi lamentable culo a la cama y dormí para olvidar las penas.

La mañana de Navidad empezó como cualquier otra. Me levanté demasiado temprano, preparé café para un regimiento y luego apalanqué el culo en el sofá. Como la Navidad caía en sábado, al día siguiente cerraba y no tenía nada que hacer. Me quedé sentada viendo películas navideñas y compadeciéndome de mí misma.

La Navidad era una mierda.

Me llegaron mensajes de mis amigas con fotos de preciosos regalos de sus maridos. Mis amigas mostraban con orgullo de todo, desde joyas hasta aparatos electrónicos y ropa. Utilicé demasiados emoticonos para demostrar lo emocionada que estaba por todas ellas, ocultando desesperadamente mi depresión.

A la hora de la cena decidí que ya podía empezar a beber y abrí una botella de vodka Firefly que tenía escondida en el congelador. Armada con una botella entera de zumo de naranja, una cena precocinada y mi vodka, me dispuse a ver el canal Hallmark y a compadecerme de mí misma.

Me desperté con el sonido de… No sabía qué demonios era. Me incorporé del sofá para investigar, pero el suelo empezó a dar vueltas y volví a caer en él. Mierda, estaba borracha. Una borracha tontorrona, de risa fácil y descuidada.

Mientras estaba desparramada en el sofá, riéndome de absolutamente nada, el sonido continuó. Era un zumbido, un traqueteo y algo parecido a hielo golpeando las ventanas. Estaba más borracha de lo que pensaba. ¿Quizá había una tormenta?

Me obligué a levantarme y fui dando tumbos hacia la ventana para ver cómo de fuerte era la tormenta. Tropecé un par de veces, no sé con qué, pero cuando por fin llegué a la ventana, me asomé.

Había varios vehículos aparcados fuera, pero ni rastro de la tormenta. A menos que solo hiciera viento. Pero entonces, ¿por qué oía un traqueteo? Antes de que pudiera apartarme de la ventana, una bola de nieve explotó en el cristal.

Grité y retrocedí, tropezando de nuevo y cayendo de culo. Otro estallido blanco golpeó mi ventana. Me levanté con la ayuda de la cama e intenté mirar otra vez por la ventana para ver quién me estaba lanzando bolas de nieve. Otra bola de nieve voló hacia mi ventana, pero esta vez vi a la persona que las lanzaba. Al menos, una parte de ella.

Me resultaba familiar.

Cogí la chaqueta, me la puse sobre el pijama y metí los pies en las zapatillas de estar por casa antes de bajar las escaleras a trompicones. Sin encender ninguna luz, me deslicé por la cocina y entré en la tienda.

Acurrucados junto a la ventana de la tienda, fuera de la vista de mis ventanas de arriba, estaban Lexi, Mike, Carrie, Drew, Sam, Brady, Claire y Aidan. Mike estaba haciendo una bola con la nieve antes de salir lentamente del porche y lanzar otra bola contra mi ventana.

Sonreí para mis adentros, agachándome detrás del mostrador, con cuidado de no alertarlos de que estaba allí. Las ventanas delanteras no llegaban hasta el suelo, así que podía esconderme debajo de ellas una vez que rodeara el mostrador. Cuando le tocó el turno a Brady de lanzar una bola de nieve y todos lo estaban mirando, corrí por detrás del mostrador y me agaché bajo la ventana… todo lo que puede correr una persona gorda y borracha, al menos.

No me vieron.

Me mantuve agachada y pegada a la pared hasta que estuve justo debajo de donde Lexi y Claire se acurrucaban juntas. Todos se reían, creyéndose muy graciosos.

Me levanté de un salto y empecé a golpear el cristal. Todos saltaron y gritaron, retrocediendo. Cuando vieron que era yo, se rieron y me hicieron una peineta.

Luego exigieron que les abriera.

—Vamos a secuestrarte —dijo Lexi cuando ya estaban todos dentro—. Nuestras Navidades en familia han sido un asco y vamos a ponernos ciegos y a tener la Navidad que deberíamos haber tenido, con nuestros amigos.

—Creo que ya os llevo ventaja con lo de la bebida —dije con un hipido, mientras la emoción de los últimos minutos me pasaba factura.

Sam se rio. —Puedes beber por mí, ya que estoy fuera de juego durante nueve meses.

Claire y Carrie ahogaron un grito y se giraron hacia Sam. —¡Estás embarazada! —declararon al unísono.

—Mierda —masculló Sam—. Se supone que no debía decírselo a nadie hasta dentro de un tiempo. Se me da fatal guardar secretos —se quejó.

—No pasa nada —dije arrastrando las palabras mientras la cogía del brazo—. A mí se me dan fatal las relaciones. Podemos ser un desastre juntas.

—Venga, borrachina —se rio Lexi—. Vamos a vestirte con algo que no sea un pijama. Esta noche todo el mundo duerme en nuestra casa.

Mike y Lexi tenían, sin duda, la casa más bonita de todos nosotros. Como ambos eran directivos de alto nivel, ganaban un pastón. Tenían un piso de tres dormitorios con una sala de juegos para él y una sala multimedia, y mucho espacio para que nos quedáramos todos.

Seguí a Lexi escaleras arriba hasta mi apartamento y me senté en la cama mientras ella me preparaba una bolsa con ropa. Me empujó a la ducha, declarando que apestaba, y salió de la habitación exigiéndome que me pusiera lo que me había dejado en la cama.

Sintiéndome un poco menos borracha que antes, me duché, me puse los vaqueros y la camiseta que Lexi me había sacado y volví a bajar. —Mañana te llevaremos a casa en coche —me dijo Lexi mientras nos guiaba a todos hacia la puerta principal—. Ah, y he cogido el resto de tu vodka.

Refunfuñé, pero en realidad no me importaba. Sin la tentación, no era probable que me terminara la botella tan rápido. Claro que también significaba que pronto tendría que comprar otra. Bah, qué más da. La disfrutaría más con mis amigos.

Una vez que llegamos a casa de Lexi, oí vibrar mi móvil y recordé los sonidos de cuando me desperté. —¿Me llamasteis cuando estabais bombardeando mi casa con bolas de nieve?

—Sí, lo intentamos primero, pero no contestaste.

Cogí el móvil para borrar sus mensajes y vi un mensaje

perdido de Max. —Max me ha enviado un mensaje —dije para nadie en particular.

Todos nos quitamos los abrigos y fuimos directos a la cocina, donde Lexi y Mike ya tenían preparado un despliegue con más alcohol del que los nueve, bueno, ocho, ya que Sam no bebía, podíamos consumir en una noche.

Deslicé el dedo para ver el mensaje de Max.

Te echo de menos. ¿Puedo pasarme?

Antes de que pudiera hacer nada, me arrebataron el móvil de la mano. Me giré y vi a Sam sonriendo como una idiota. Sus pulgares danzaron sobre mi móvil y oí el familiar sonido del mensaje enviado.

—¿Qué has dicho, Sam? —le gruñí, y quizás un poco a mi yo borracha por no haber sido más rápida.

—Le he dicho que no estabas en casa, pero que podía venir aquí. Y puede que haya insinuado que estabas cachonda por él.

—Joder, Sam. Ya me preocupa bastante que solo esté conmigo hasta que encuentre algo mejor en la cama. Si aparece, me preguntaré si solo está aquí pensando que va a pillar cacho.

—Y si solo está en esto por el sexo, úsalo y déjalo seco para que quede inservible para cualquier otra mujer que conozca. No te rindas sin luchar. Bueno, excepto literalmente.

—¡Sam! —exclamé, desconcertada, todavía, por su grosería.

Mi móvil empezó a sonar y ella lo miró. —Oh, el tortolito está llamando. ¿Qué debería decirle? —preguntó mientras contestaba—. ¿Móvil de Charlie, en qué puedo ayudarle?

Intenté coger el móvil, pero Sam fue demasiado rápida.

Se apartó de mí de un giro y corrió hacia el salón. —Ajá. Sí. Vale. Se lo diré. ¡Adiós, Max!

Sam me devolvió el móvil con una sonrisa de suficiencia. —¿Qué ha dicho? —le exigí a mi amiga, a la que le quedaban dos telediarios.

—Solo se aseguraba de que el mensaje era tuyo y no de otra persona. Ha dicho que te diga que llegará pronto.

—Uf —gemí—. Sam, no puedo creer que hayas hecho eso. Va a pensar que le he tendido una trampa o algo.

—¿Por qué? —intervino Carrie—. Tú no has hecho nada. Él te escribió primero. Además, parece que está totalmente colado por ti.

—«Parece» es siempre la clave. Carrie, yo no soy guapísima como vosotras. Estoy gorda, soy del montón, soy aburrida. ¿Por qué crees que soy la única de nuestro grupo que sigue soltera? Soy la amiga gorda.

Todos empezaron a discutir a la vez, pero levanté la mano. —Chicos, os quiero por intentarlo, pero sé que es la verdad. He llegado a aceptarlo. A Max le interesaré el tiempo suficiente para encontrar a otra y entonces me dejará tirada como una colilla.

—Oh. Dios. Mío. Ese debería ser tu nombre de stripper, tía. Voy a empezar a llamarte así —se rio Sam—. Pero en serio, sería un idiota si no le gustaras. Sigues soltera porque eres la que ha estado centrada en su carrera, ayudando a todos los demás a casarse y siendo una amiga increíble. ¿Cuántos de nosotros a lo largo de los años hemos recurrido a ti cuando necesitábamos a alguien? Supongo que todos. No es solo porque siempre tengas comida reconfortante, Charles. Es porque te adoramos y sabemos lo maravillosa que eres. Y si Max no lo ve, entonces no merece tu tiempo.

—A Max le gustas de verdad, Charlie —dijo Lexi en voz baja—. Me lo dijo. Sabes que no me fío de los hombres fácilmente, pero le creí. El día que pasó por aquí, hablamos mientras estabas en la trastienda. Le advertí que le haría daño si te lo hacía a ti y me dijo que no lo haría. Dijo que le gustabas mucho y que le preocupaba que a ti no te interesara él. Estaba allí para pedirte una cita y demostrarte que le interesaba algo más que el sexo.

Lexi tocó una fibra sensible. Desde ese día me había preguntado qué había hecho que Lexi cambiara de opinión sobre Max, pero nunca pensé que fuera una declaración así. Además, oír lo que le dijo hizo que su comportamiento de esa noche tuviera mucho más sentido. Cuando me besó y luego me echó para poder limpiar, me preocupó que estuviera a punto de romper conmigo, ya que no le interesaba el sexo antes de la cena. Solo estaba cumpliendo su promesa. Quería demostrarme que había algo más que sexo entre nosotros.

—Charlie, ¿puedo preguntarte algo? —preguntó Sam. Asentí, secándome las lágrimas que bailaban en mis pestañas —. ¿Te toca? Cuando estáis juntos, pasando el rato o cuando practicáis sexo. ¿Mira tu cuerpo?

Asentí, preguntándome a dónde quería llegar Sam con esto. Brady la rodeó con los brazos por la cintura y la apretó contra él; sus ojos se suavizaron mientras su agarre de acero se tensaba sobre ella. Algo pasó entre ellos y supe que, de lo que fuera que Sam estuviera hablando, Brady era muy consciente.

—Entonces no le das asco. Antes de conocer a Brady, salía con un chico llamado Cade, no sé si te acuerdas. —Asentí, reconociendo el nombre. Incluso borracha recordaba la historia de por qué rompieron y cómo conoció a Brady.

—Cade rompió conmigo porque dijo que no soportaba estar con una tía gorda. Solo salió conmigo porque oyó que las chicas gordas eran una locura en la cama y quería probar la teoría conmigo. Una vez que tuvo suficiente, pasó a una chica no tan gorda y se aseguró de decirme la verdad.

Brady le besó el cuello y se acurrucó contra ella. Se notaba que a Sam le estaba costando mucho valor volver a compartir la historia con nosotros, aunque tuviera a Brady. Sam sonrió y besó a Brady una vez antes de continuar.

—En fin, cuando todo terminó me di cuenta de que nunca me tocaba. Cumplía y ya está, pero apenas, y luego se ocupaba de sus propias necesidades. Nunca me dijo que era guapa ni me hizo un cumplido. Nunca dejó que sus ojos me recorrieran como si no pudiera esperar a devorarme. Era puramente sexo para nosotros, para él especialmente, pero no creo que sea así con Max y contigo. Las pocas veces que os he visto juntos solo tenía ojos para ti. De verdad que no creo que debas preocuparte de que te deje. Pero sí tienes que darle una oportunidad.

Asentí e intenté procesar todo lo que Sam había dicho. Y lo que había dicho Lexi. Nunca más que en ese momento aprecié a mis amigas. Claro, Max podía fácilmente romperme el corazón y pisotear los pedazos hasta hacerlos polvo. Pero también podría resultar ser tan maravilloso como los hombres que mis amigas habían encontrado.

Solo lo descubriría si le daba una oportunidad.

—Ya está aquí, Charles —dijo Mike.

17

—Que alguien me dé un chupito, rápido —exigí.

Carrie me plantó una botella sin tapón bajo la nariz, y yo me la empiné y le di un buen trago. Se la devolví a Carrie mientras el líquido me quemaba la garganta y se me asentaba en el estómago como una manta cálida.

—¿Mejor? —preguntó.

—Mucho mejor. Gracias.

Carrie me atrajo hacia sí para darme un abrazo y susurró:

—Me imaginaba que lo necesitarías.

Sonó el timbre y todos nos giramos mientras Mike iba a abrirle a Max. La luz del exterior resplandecía alrededor de Max, y él miró hacia el interior de la habitación, directamente hacia mí. Sonrió de oreja a oreja cuando me vio, todavía en el abrazo de Carrie, y luego me guiñó un ojo antes de volverse hacia Mike.

Me buscó a mí primero.

O fue saber eso o el lento ardor del chupito que había tomado lo que me derritió por dentro, asentándose en mi vientre de forma cálida, agradable y feliz.

—Gracias por la invitación. Siento colarme así en vuestra

Navidad —dijo Max, sintiéndose obviamente mal por la intrusión.

—Tranquilo, tío. Estábamos todos lamentándonos de nuestros horribles días y acabábamos de volver de secuestrar a Charlie cuando llamaste. Nos alegramos de que hayas podido venir.

—Gracias —dijo Max, claramente más a gusto. Entró en la casa y miró alrededor, con los ojos como platos. —Vaya, tenéis una casa muy bonita.

Mike puso cara de circunstancias, pero sabía que en realidad no se sentía así. Estaba orgulloso de su casa, y con razón. Lexi y él trabajaban duro y su hogar era la prueba de su esfuerzo y de sus buenas decisiones económicas.

—Gracias —dijo Mike mientras guiaba a Max hacia el resto de nosotros, que estábamos en el límite de la cocina.

Max vino directo hacia mí y, tras echar un vistazo a su alrededor, me besó ligeramente en los labios. El licor se abría paso rápidamente por mi torrente sanguíneo, devolviéndome la alegría. ¿O era que me había buscado a mí primero lo que me hacía feliz? Me conformaba con las dos cosas.

Por alguna razón, que Max me besara, y que actuara como si alguien fuera a pegarle por ello, me pareció increíblemente divertido. Rompí a reír y todos me miraron como si estuviera loca. Claire se echó a reír conmigo, aunque no tenía ni idea de qué era lo gracioso. Mientras Claire y yo nos reíamos como locas, Carrie bajó la vista hacia la botella que me había pasado. Podía verla preguntándose qué demonios había dentro. Eso solo hizo que me riera más fuerte.

Carrie le dio un trago a la botella y se la pasó a Lexi, que hizo lo mismo. Después de ellas fue Claire y, cuando dejé de reír, le di otro trago.

—¿Alguien quiere compartir qué era tan jodidamente divertido? —preguntó Carrie.

Por supuesto, volví a reírme. Mike intervino. —Oye Max,

¿quieres ver la casa? A lo mejor las mujeres se calman para cuando volvamos.

—Eh, claro —dijo Max con vacilación. Siguió a Mike fuera del salón con Brady, Aidan y Drew pisándoles los talones. No tenía ninguna duda de que más tarde tendríamos que ir a buscarlos a su santuario masculino.

Con los hombres fuera, mis amigas me acorralaron. —¿Qué coño ha pasado? —exigió Lexi.

Conseguí apaciguar mi risa hasta convertirla en una risita tonta y finalmente hablé. —Parecía que alguien iba a saltarle encima por besarme. O quizá por no hacerlo. De cualquier modo, parecía aterrorizado, y ha sido muy divertido. —Rompí a reír de nuevo, dejándome caer en el sofá cuando ya no podía tenerme en pie.

—Mierda, ojalá pudiera beber —se quejó Sam mientras se dejaba caer a mi lado. —Se me van a hacer muy largos estos nueve meses.

—No te preocupes, ya bebemos nosotras por ti —bromeó Carrie mientras empinaba la botella. —Joder, qué bueno está esto.

Sorprendentemente, los hombres volvieron enseguida, hablando y riendo a su regreso. Max vino directo a sentarse a mi lado, atrayéndome hacia él. Drew se apretujó al otro lado de Carrie, besándola con tanta fuerza que ella se reclinó sobre mí. Carrie y yo empezamos a reírnos tontamente y nos caímos una sobre la otra.

—Me gusta que seas una borracha feliz —dijo Max, apretándome contra él. —Mucho mejor que una borracha llorona o enfadada. ¿Te traigo algo?

—Claro, supongo que me apetecería una copa de verdad. Y quizá algo de comer también. Lex, ¿tienes algo de comida?

—Sí, Mike está preparando pizza ahora mismo. Congelada, porque no hay nada abierto esta noche, pero es comida.

Max me besó y luego se levantó. Aidan le gritó desde un

sillón enorme donde estaba acurrucado con Claire: —Nos estás dejando mal a los demás, Max.

—Vosotros ya les habéis puesto un anillo a vuestras mujeres, yo todavía estoy intentando impresionar a la mía.

Un coro de vítores y bromas estalló a nuestro alrededor, pero apenas los oí. Me había llamado «su mujer». ¡Joder! Me encontré con la mirada de Lexi y ella articuló sin voz: «¡Hostia puta!». Yo puse cara de «¡DIOS MÍO!» y ambas sonreímos de oreja a oreja.

Unos minutos después, Max volvió a sentarse conmigo y me entregó algo azul. Él tomó un sorbo de un vaso con un líquido de color caramelo oscuro con hielo. Carrie cogió mi vaso y bebió un sorbo, vaciando la mitad. —Drew, quiero una de esas. ¿Porfa?

Drew puso los ojos en blanco, luego sonrió y fue a preparar la bebida de Carrie. Antes de que volviera, ella se había terminado la mía y le entregó mi vaso vacío para que lo rellenara.

Todos nos arremolinamos en el salón, algunos en cojines en el suelo de madera, otros en sillas, y hablamos de nuestra Navidad. Al menos ellos hablaron, yo escuché.

—El jamón de tu madre estaba casi incomible —cacareó Carrie. —Estaba tan duro que tuve que masticarlo como cien veces y aun así no pude con él.

—Sí, mamá nunca ha sido buena cocinera. Lo intenta, así que siempre le he seguido la corriente, pero es horrible —añadió Drew, negando con la cabeza.

—Me alegro de que al menos no se pasara todo el tiempo hablando de Brandi y de lo mucho que la cagaste.

Drew sentó a Carrie en su regazo de un tirón. —No la cagué en absoluto al dejar a esa zorra loca. Tomé la decisión correcta al casarme contigo, nena. Además, mamá dejó de darme bastante la matraca con Brandi cuando nos casamos. Ya no dice mucho.

—Bueno, menos mal.

—Al menos mi madre no estaba exigiendo un nieto —bromeó Drew, pellizcándole la pierna.

Carrie gimió. —Ni me lo digas. Creo que después de la última vez mi madre y Megan pensaron que nos lanzaríamos de cabeza a la paternidad. Aunque no me quejaría. —Drew se limitó a sonreír, haciéndome preguntar si estaban intentando quedarse embarazados de nuevo.

—Imaginaos lo malo que sería si os hubierais fugado. Todo el mundo pensó que estaba embarazada cuando volvimos de Las Vegas y del Gran Cañón —intervino Claire. —¡Este bebé tiene la gestación más larga posible!

Todos nos reímos. Claire y Aidan se casaron por un capricho después de que él la llevara a las vacaciones de sus sueños. Se lo propuso mientras estaban en el Gran Cañón y decidieron casarse unos días después, cuando estaban en Las Vegas, en lugar de esperar.

Pero tenía razón, todos pensamos que tenía que estar embarazada. Dos años y medio después, estoy bastante segura de que nunca lo estuvo.

—¿Todavía os dan la tabarra con eso? —le preguntó Lexi a Claire.

Claire señaló a Aidan. Él puso los ojos en blanco. —Mis padres son los que están desesperados por un nieto. Apenas hablan de otra cosa. Mi madre llegó a decir que teníamos que darnos prisa porque Claire sería demasiado mayor para tener más de dos si no empezábamos pronto.

Sam se atragantó con su bebida y escupió agua por toda la habitación. —Estás de puta coña. ¿Por qué tienen que decidir ellos cuántos hijos tenéis y cuándo? Joder.

—¿Un poco alterada, Sam? —bromeó Lexi.

Brady le frotó la espalda, intentando calmar la tormenta que obviamente se estaba gestando cerca de la superficie. —Les contamos a sus padres lo del bebé y no nos apoyaron precisamente. Ambos volvieron a insistir en que consiguiéramos «trabajos de verdad» y no creen que estemos preparados para cuidar de un bebé.

—Por desgracia, estás de acuerdo con ellos. Al menos en lo del bebé.

Brady negó con la cabeza. —Lo estaba. Todos aquí saben lo mal que lo pasé de pequeño. Un padre ausente en el mejor de los casos y maltratador en el peor no es forma de que un niño crezca. Nunca quise tener hijos porque sabía que se merecían algo mejor, pero oír a tus padres echárnoslo en cara ha sido toda una revelación para mí. Vamos a ser unos padres cojonudos.

A Sam se le escaparon las lágrimas por las mejillas. Brady la atrajo hacia sí y la besó suavemente en los labios, para luego susurrar algo que no pude oír. Sam asintió y le rodeó el cuello con los brazos, besándolo de nuevo. Max se inclinó hacia mí y preguntó: —¿Vino el otro día por lo del bebé? ¿Estaba preocupada por eso?

Asentí. —No fue planeado y pensó que a Brady le daría un ataque.

—Parecen muy unidos. ¿Por qué iba a dudar de eso?

Me encogí de hombros. —Es una larga historia, pero siempre viene bien que te reafirmen que le importas a alguien. Es fácil olvidarlo. Tener a alguien que te dice «te quiero» o «eres mi mundo» puede aliviar un montón de mierda, ¿sabes?

Max asintió, pero no dijo nada. Sentí que se distanciaba un poco, pero no tenía ni idea de por qué.

—Bueno, aparte del percal de tus padres, ¿qué tal la Navidad? —le preguntó Lexi a Sam.

—Oh, maravillosa. Mis hermanos estaban allí con sus familias, así que mis padres apenas nos hicieron caso, salvo para señalar todo lo que hacíamos mal en la vida. Empezaron con los trabajos, pasaron directamente a la falta de una casa y terminaron con lo horribles que seríamos como padres.

—Pensaba que las cosas iban mejor. ¿Para qué fuisteis? —solté, incapaz de contenerme—. Yo no tengo familia y parece que tuve una Navidad mejor que la vuestra. Y la mía solo consistió en compadecerme de mí misma y beber hasta quedar inconsciente. Al menos antes de que vinierais, eso fue todo.

Max se removió en su asiento, probablemente incómodo con la conversación. Tenía una familia estupenda, así que las críticas probablemente le molestaban.

—Sinceramente, no sé por qué nos molestamos en ir. Puede que el año que viene no lo hagamos. Siempre he pasado las fiestas con mi familia porque parecía lo correcto, pero llevamos juntos un año y medio y ambas Navidades han sido horribles. Mis padres, sobre todo mi madre, no nos apoyan. Con el bebé, creo que solo va a ir a peor. Quizá el año que viene sea el momento de que establezcamos nuestras propias reglas por el bien de nuestro hijo y que le den a lo que piensen los demás.

—Es tu familia, cariño. Si la mía siguiera por aquí, no tendría nada que ver con ellos, pero sé que tus padres no son tan malos como los míos.

Sam se mordió el labio y miró a Brady. —Nos lo pensaremos. Tenemos un año para decidir, pero no voy a someter a nuestro hijo a la negatividad que traen mis padres. Si quieren conocer al bebé, van a tener que aceptarnos, juntos y por separado.

—Por mí, perfecto —dijo Brady, frotándole la barriga—. Venga, que hable otro. Max, ¿qué tal tu Navidad? Apenas sabemos nada de ti. ¿Algún drama familiar?

Max se removió de nuevo y miró alrededor de la habitación. Se notaba que no quería admitir lo mucho que quería a su familia, pero tampoco quería criticarla.

—Max adora a su familia. Son él, su hermana Abby, su madre y su abuela. Tres mujeres lo miman a todas horas y estoy bastante segura de que, a sus ojos, es incapaz de hacer nada malo. Habéis dado con la persona equivocada si queréis que continúe la conversación de que «las familias son un asco».

—Es verdad —admitió Max—. Mi hermana está viviendo conmigo ahora mismo, así que ese es el mayor problema que he tenido últimamente. Solo tengo un dormitorio, así que he estado durmiendo en el sofá y ella acapara el baño, pero en general mi familia es genial. Aunque me echaron un poco la bronca por no llevar a Charlotte.

—¿Por qué? —exclamé.

Max me sonrió. —Querían conocerte. Abby les contó el tiempo que hemos estado pasando juntos y mi madre y mi abuela se cabrearon porque no te invité, sobre todo cuando les dije que no te quedaba familia. Estoy bastante seguro de que me desheredarán si dejo pasar otra fiesta sin incluirte.

Sonreí, esperando estar por aquí para ver ese día.

—Entonces, Max, háblanos de tu empresa. ¿Conduces una quitanieves? —preguntó Mike.

—Uf, ¿en serio? ¿Vais a hablar de trabajo? ¿Ahora? —lo reprendió Lexi.

—¿Qué? He pensado que deberíamos conocer al tipo que está hablando de incluir a Charles en sus próximas fiestas.

—Oh, hablando de fiestas —interrumpió Claire—, Mandy y Xander van a dar una fiesta de Nochevieja. Quieren reunirse con todo el mundo, pero saben que Elise tendrá que acostarse pronto, así que nos invitan a todos a pasar la noche en su casa. Mandy dijo que lleváramos sacos de dormir y que todos podemos apalancarnos en el salón, siempre y cuando no nos importe que Elise nos despierte temprano.

Una noche con mis amigos sonaba de maravilla. La Nochevieja siempre había sido una de mis fiestas favoritas.

Había algo en eso de celebrar las últimas horas de un año y empezar uno nuevo con la gente que más quería que me llegaba al alma. Era como una purificación estar a caballo entre dos lugares a la vez. Un pie en el pasado, reviviendo el año. El otro en el futuro, anticipando el siguiente. Todo en apenas unos segundos.

Por supuesto, no me gustaba ser la única sin nadie a quien besar a medianoche, pero eso solo duraba unos segundos.

—Max, ¿estás ocupado en Nochevieja? —preguntó Brady—. ¿Podrás venir?

Me sentí fatal. No había nada como ponerlo en un compromiso. Lo último que quería era que Max pensara que era un plan elaborado para conseguirme una cita para Nochevieja. Diría que puedo conseguirme mi propia cita, pero todos sabíamos que sería demasiado gallina para pedírselo. No importaba, de todas formas; si Max aceptaba porque se sentía obligado, lo nuestro nunca me parecería bien.

—No tienes que sentirte obligado. Si tienes otros planes, no pasa nada —insistí en voz baja, intentando sonar como si no fuera importante de cualquier modo. Si hubiera podido fulminar a Brady con la mirada sin que Max se diera cuenta, también lo habría hecho, pero Max me estaba observando demasiado de cerca.

—Lo dices como si no quisieras que fuera, Charlotte. ¿Ya has invitado a otra persona? —Mantuvo la voz baja, manteniendo nuestra conversación entre nosotros y sin incluir a todos mis amigos en ella. Ellos lo notaron y empezaron a hablar a nuestro alrededor.

—¿Qué? ¡No! Acabo de enterarme. Es que no quiero que te sientas obligado a decir que sí porque Brady te lo ha preguntado delante de todo el mundo. Si prefieres quedar con tus amigos o tu familia, no deberías sentir que tienes que ir.

—Charlotte, no estoy saliendo con nadie más, si es eso lo que preguntas.

Negué con la cabeza. —No estoy preguntando nada, te lo prometo. De verdad que solo quiero que no te sientas obligado a hacer algo que no quieres.

—¿Tú quieres que vaya?

—No importa lo que yo quiera, Max.

—A mí me importa.

Resoplé y opté por la verdad. —Sí, quiero que vengas, pero no quiero que te sientas como si…

—Lo sé —me cortó—. No quieres que venga por obligación. ¿Estaría bien si fuera porque quiero pasar tiempo contigo?

—Todos mis amigos estarán allí. Sé que no te caen muy bien.

—¿Qué quieres decir con que no me caen bien? —espetó Max.

—No pretendo ser borde, pero nunca quieres pasar tiempo con mis amigos. Siempre pareces incómodo a su alrededor. Como cuando has entrado esta noche y has actuado como si no estuvieras seguro de si podías besarme porque estaban ellos.

—Tenemos que hablar de esto. ¿Podemos ir a un sitio más tranquilo?

18

LLEVÉ a Max por el pasillo hasta el dormitorio en el que siempre me quedaba cuando venía a casa de Lexi y Mike. Mike había tirado mi maleta allí dentro antes, cuando llegamos a la casa, y sabía que allí nadie nos molestaría.

Lo más probable era que pensaran que estábamos echando un polvo.

Pero era todo lo contrario.

Max cerró la puerta a nuestra espalda y silenció el ruido de mis amigos, que hablaban en el salón. Crucé la habitación. Todavía me sentía un poco borracha, pero el puntillo se me estaba pasando rápidamente. Cuando me acomodé en la cama, me atreví a mirar a Max.

—No puedo mirarte en una cama y no querer subirme encima de ti. Va a ser una conversación rápida, porque si me quedo aquí contigo mucho más tiempo, tus amigos van a saber exactamente cómo suenas cuando te hago correr, y no quiero que nadie más que yo conozca ese sonido.

Un calor repentino me recorrió la piel y me mordí el labio.

—Joder, Charlotte, no hagas eso. Por favor, nena.

Solté el labio y lo miré, intentando parecer inocente y nada seductora. Eso me resultó bastante fácil, ya que no sabría cómo seducir a un prisionero en su primer día de libertad después de diez años.

Max se pasó una mano por el pelo y se frotó la nuca. —Vale, superrápido. No tengo ningún problema con tus amigos. Con ninguno de ellos. No estoy acostumbrado a los grupos grandes de gente porque normalmente solo estoy con mi familia. La cantidad de gente con la que sales me confunde un montón. Me cuesta quedarme con quién es quién y no me gusta no poder llamar a una persona por su nombre.

Pero había algo más, podía notarlo. Simplemente no sabía qué era.

—La primera vez que viste a Riley, Connor y Mandy ni siquiera los saludaste. Y no era un grupo grande.

—Fue una semana después de conocerte, ¿verdad? ¿Todavía era solo un cliente? —asentí—. ¿Con quién estaba hablando Connor ese día?

Me encogí de hombros. —No tengo ni idea. Un cliente que conocía. ¿Por qué?

—El tío parecía que iba a echarte al hombro y a hacer que gritaras su nombre. Estaba muerto de celos. No quería quedarme por ahí con tus amigos viendo cómo el tío te tiraba los tejos y oyéndote a ti coquetear con él.

Me quedé de piedra. ¿Estaba celoso? ¿La razón por la que pensaba que odiaba a mis amigos era porque estaba celoso? O al menos, parte de la razón.

—Ese tío nunca me dirigió la palabra. Y si tanto te interesaba, ¿por qué tardaste más de una semana en hacer algo al respecto?

Max me miró, recorriéndome el cuerpo con la mirada de una forma inquisitiva, pero no demasiado ardiente. —Me intimidabas.

Me eché a reír a carcajadas, hasta que me entró la histeria. Me reí tanto que me dejé caer de espaldas en la cama, y empecé a preocuparme por si me meaba en los pantalones. ¿Cómo demonios podía Max, el superatractivo, dulce e impresionante Max, sentirse intimidado por mí?

Cuando por fin logré recomponerme, pregunté: —¿Por qué demonios ibas a sentirte intimidado por mí?

—Charlotte, no tienes ni idea de lo increíble que eres. La primera vez que te vi supe que eras diferente. Después de pasar solo una semana contigo, supe que te deseaba, pero también supe que cualquier otro hombre que te conociera sentiría lo mismo. No supe cuál era tu situación hasta que estuvimos en el hospital y todo el mundo estaba emparejado excepto tú. Después de pasar todo el día contigo, no pude esperar más para besarte.

—¿Lo dices en serio?

Me ahuecó la mejilla y me besó la punta de la nariz. —Sí. Pocas mujeres me habrían dejado entrar en su cafetería y luego me habrían dado café y magdalenas gratis a las cinco de la mañana. Eres preciosa. Y me has intrigado desde el primer momento que te conocí.

—Te gusto y te gustan mis amigos. Creo que eres demasiado bueno para ser verdad.

Max se rio. —Charlotte, me gustan tus amigos. Son majos y se preocupan de verdad por ti, lo que hace que me parezcan bien. Son muchos a la vez, porque no estoy acostumbrado a tanta gente, pero me acostumbraré. Si quieres tenerme cerca, al menos. Me gustas, Charlotte. Mis sentimientos por ti están pasando rápidamente del «me gustas» a un mundo completamente diferente, pero si tú no estás en el mismo punto, me echaré atrás y te dejaré en paz.

Respiré hondo. Era el momento. ¿Podía creerle? ¿Podía confiar en que quería quedarse? ¿En que se preocupaba por mí, en que daba a entender que se estaba enamorando de mí?

—Tengo miedo, Max. Nunca he estado en esta situación.

—Yo tampoco. Tengo tanto miedo como tú. ¿Y si decidimos ahora mismo que lo vamos a intentar? Que le vamos a dar a esto, a nosotros, una oportunidad. Seremos sinceros el uno con el otro sobre cómo nos sentimos, si nos asustamos o si algo nos molesta. Lo superaremos juntos. Solo quiero una oportunidad contigo, Charlotte. No estoy dispuesto a renunciar a ti.

—Vale —susurré al fin, entregando mi confianza al hombre que estaba de pie frente a mí.

La semana siguiente vi muy poco a Max. Nevó casi sin parar, así que estaba trabajando como un loco para mantener sus aparcamientos despejados. Para cuando llegó la Nochevieja, ya vivía entre cajas, lista para meterlo todo en un trastero. Me hacía ilusión la mudanza, pero tenía un montón que hacer. Al día siguiente, lo trasladábamos todo a mi trastero y yo me mudaba al piso de Lexi y Mike.

Pero por una noche, iba a olvidarme de todo para divertirme con mis amigos. ¿Y mi novio? ¿Eso era Max?

Estaba intentando no agobiarme por definir mi relación con Max. Habíamos acordado darle una oportunidad. A nosotros. Éramos un «nosotros». Nunca antes había sido un «nosotros». Había salido con chicos, sí, pero nunca tan en serio con un hombre como para considerarlo un novio o la otra mitad de un «nosotros».

Era emocionante.

La Nochevieja también era la primera vez que Max quedaba con todos mis amigos desde que empezamos a salir en serio. Sería la primera vez que yo formaba parte de un «nosotros» rodeada de todos mis amigos. ¿Sería yo de esas personas que cambian? ¿Seguiría siendo yo misma? Si no lo era, ¿me lo dirían mis amigos?

Unas doce veces pensé en llamar a Max y cancelarlo todo. No estaba preparada para tener una relación. Me había equivocado al decirle que podía confiar en él. Era demasiado joven para tener novio.

Vale, quizá esto último era un poco exagerado, pero aun así.

Lexi y Mike se ofrecieron a recogerme para ir a casa de Mandy y Xander. Max iba a reunirse con nosotros allí y dijo que me llevaría a casa. Todos decidimos no quedarnos a dormir en casa de Mandy y Xander, ya que Elise estaría durmiendo, y… bueno, después de quedarse despierto hasta medianoche, o más tarde, levantarse temprano no sonaba nada apetecible.

Después de cerrar Muérdeme!, por última vez, subí a cambiarme. Todas las chicas habíamos acordado arreglarnos un poco para la fiesta, para poder sentirnos como si estuviéramos en una de esas fiestas elegantes a las que ninguna de nosotras quería ir en realidad. Una fiesta tranquila con nuestros amigos era mucho mejor, pero nos gustaba la oportunidad de ponernos guapas.

En cuanto salí de la ducha me puse unas bragas de encaje negras con un sujetador a juego, una falda negra corta y coqueta y mi top rosa favorito. Me deslicé unas medias altas negras por las piernas y me puse las botas, subiendo la cremallera hasta unos centímetros por debajo de la falda.

Me giré hacia el espejo. Joder, hasta yo quería acostarme conmigo. Estaba buenísima. Max era un hombre afortunado, si me permitís decirlo.

Me sequé el pelo y me pasé los dedos por él para realzar su onda natural. Con los ojos ahumados, las mejillas sonrosadas y los labios pintados de rosa, me declaré lista. Me puse mi abrigo negro hasta los pies y bajé a reunirme con Lexi y Mike.

LA PUERTA principal de la casa de Mandy se abrió segundos después de que llamáramos al timbre. Todos los demás ya estaban allí, incluido Max. Estaba de pie cerca de la isla de la cocina, hablando con Xander y Aidan. Cuando me vio, se alejó de ellos sin decir nada más.

—¿Te cojo el abrigo? —preguntó después de besarme.

Asentí y le di la espalda. Me temblaban las manos mientras desabrochaba los botones de la parte delantera de mi abrigo. Cuando me lo quité, Max lo cogió por el cuello y me ayudó a quitármelo. Una vez liberada del abrigo, me giré y lo miré.

Sus ojos ardían al mirarme. Me recorrió rápidamente con la mirada, y el calor crecía con cada segundo que me bebía con los ojos. —Guau —dijo con asombro y hambre evidentes en el temblor de su voz—. Estás increíble. Fabulosa, cariño, absolutamente fabulosa.

—Gracias —susurré.

Max colgó mi abrigo en el armario y luego apoyó la mano en la parte baja de mi espalda, guiándome hacia la cocina.

—Joder, Charles —dijo Xander cuando me abrazó—. Te pones guapa y no veas.

Le di un puñetazo en el brazo. Él se rio y me dio una bebida. —Estás perdonado. ¿Qué es esto?

Tomé un sorbo. Era ligero, afrutado y tenía muy poco alcohol. Pero estaba bueno.

—Secreto de familia. Es peligroso porque está cargado de licor. ¿Te gusta?

Asentí. —Está muy rico.

—Estoy haciendo una jarra. Pero no te bebas la jarra

entera tú sola. —Xander me guiñó un ojo. Sabía que yo era una borracha feliz, pero también que tenía poco aguante. Ninguno de nosotros bebía tanto, así que no nos hacía falta mucho para pasar de estar bebiendo a estar borrachos, y yo era la peor de todos. Xander me había ayudado a volver a casa más veces de las que era saludable.

—Tengo que hacer un brindis —dijo Mandy, levantando un vaso de refresco—. Ahora que el año llega a su fin, tengo que decir que ha sido un año estupendo para mí. Tengo un marido y una hija maravillosos, pero también tengo la bendición de tener unos amigos increíbles. Cada uno de vosotros es muy especial para mí y estoy muy agradecida de que hayáis venido todos esta noche. Este año se han añadido nuevas personas a nuestro grupo y eso solo ha hecho que seamos aún mejores. Estoy encantada de ver a todos mis amigos tan felices y de que Xander tenga otros hombres con los que hablar, especialmente ahora que está en inferioridad numérica en casa. Así que, supongo que todo lo que tengo que decir es que os quiero, viejos y nuevos amigos, y es un honor teneros a todos aquí esta noche.

Todos chocaron sus vasos y se dijeron «salud».

—A mí también me gustaría decir algo, si no os importa —dijo Max cuando terminamos.

¿Qué demonios quería decir Max? Me había picado la curiosidad.

—Me gustaría daros las gracias a todos por haberme acogido tan bien. Cuando conocí a Charlotte no me di cuenta de que venía con una familia tan grande, pero me siento realmente honrado de haberos conocido y de formar parte de este grupo. Sé que no soy un miembro oficial, pero espero… bueno, ya veremos cómo van las cosas. Gracias a Mandy y a Xander por abrirnos las puertas de su casa. Feliz Año Nuevo a todos.

Un «feliz año nuevo» resonó por la sala, pero yo no podía

moverme. ¿Acababa Max de hacer algún tipo de gran declaración? ¿Pero qué coño?

—Tenemos que hablar —susurré cuando por fin pude hablar. Volví a chocar mi vaso con el de todos y luego le hice una señal a Max con la cabeza para que fuéramos al salón, que estaba tranquilo gracias a que todo el mundo estaba en la cocina.

Me crucé de brazos y lo miré. —¿Qué ha sido eso?

Max miró hacia la cocina como si allí fuera a encontrar alguna respuesta. —¿A qué te refieres?

—Tu brindis. ¿A qué ha venido?

—Solo quería dar las gracias a tus amigos. La semana pasada, cuando dijiste que creías que no me gustaban, me di cuenta de que ellos también podrían haberlo pensado. En lugar de decirles directamente «sé que pensáis que os odio, pero no es así», pensé que sería mejor otra cosa.

—No me refiero a eso. ¿A lo que has dicho sobre ser un miembro oficial?

—Oh, eso. —Bajó la cabeza y evitó mirarme.

—Sí, eso. ¿Qué coño ha sido eso? ¿Qué intentabas decir, Max?

—¿No es obvio?

—Soy un poco lenta. Explícamelo con todas las letras.

Resopló y se pasó una mano por el pelo. —Me gustas, Charlotte. Te lo dije hace una semana. No estoy intentando presionarte para nada. Ha pasado casi una semana desde la última vez que te vi en condiciones. Solo quería decir que te he echado de menos. No voy a salir huyendo y quería que tú, y tus amigos, lo supierais.

—¿Por qué crees que me preocupa que salgas huyendo?

Me sujetó la barbilla e inclinó mi cara hacia arriba para besarme. —Veo el miedo en tus ojos, Charlotte. Te han hecho daño. Lo noto cada vez que te apartas de mí o que me alejas como intentas hacer ahora. No quiero que me metas en el mismo saco que a quien sea que te hizo daño. Yo no voy a hacértelo.

—No puedes prometer eso, Max.

Suspiró profundamente, haciéndome pensar si había algo que no me estaba contando. Tragó saliva de forma audible y luego asintió una vez, como si hubiera tomado una decisión. —Tienes razón. Y hay algo que tengo que contarte. Pero disfrutemos de la noche con tus amigos.

19

Nos unimos al resto del grupo y Max me atrajo directamente a sus brazos. Me besó a un lado de la frente y mantuvo el brazo alrededor de mi cintura, sujetándome con fuerza contra él. Apoyé la cabeza en su hombro y simplemente disfruté de estar cerca de él.

No sabía qué era lo que tenía que decirme, pero estaba nerviosa. Si era algo que no quería contarme delante de mis amigas, probablemente era algo que él pensaba que no me iba a gustar. Lo que me ponía nerviosa.

Me costó apartar mis preocupaciones durante el resto de la noche. Hablé, reí e hice el papel de que estaba perfectamente, aunque no fuera así. En un día iba a perder el negocio en el que lo había invertido todo y no tenía ni idea de cómo sería cuando por fin lo volviera a abrir. Aún dudaba que pudiera sacar adelante la fiesta de aniversario del fin de semana siguiente cocinando en la cocina de Lexi. ¿Era posible? Claro. Pero no iba a ser nada fácil. Tendría que hornear los pastelitos en tandas de veinticuatro, lo que suponía seis horas de horneado. Más el tiempo de enfriamiento y el de cubrirlos con el glaseado. Si tuviera mi propia cocina, mi cocina industrial, el tiempo de horneado se reduciría a unas dos horas, lo que significaba que podría hacerlo todo en un día. Con seis horas de horneado, tendría que repartirlo en dos, lo que significaba que los pastelitos no estarían tan frescos. Y me arriesgaba a perder clientes.

Sin embargo, no había nada que pudiera hacer al respecto. Mi única otra opción sería aceptar la oferta de Abigail de usar la cocina de SkinnyCakes, y no estaba segura de poder hacerlo.

Max interrumpió mis pensamientos con un nuevo vaso del ponche de Xander. Señaló un mullido sofá de cuero de dos plazas y me senté a su lado para ver el programa de Nochevieja que Xander había puesto. Nos acurrucamos y observamos cómo la hora se acercaba cada vez más a la medianoche.

A falta de un minuto, nos levantamos todos para hacer la cuenta atrás con la televisión hasta la medianoche. Max me cogió en brazos e hicimos juntos la cuenta atrás de los últimos diez segundos.

—Diez..., nueve..., ocho..., siete..., seis..., cinco..., cuatro..., tres..., dos..., uno... ¡Feliz Año Nuevo!

El confeti de la televisión cubría Times Square mientras los labios de Max cubrían los míos. Una mano me acunó la mandíbula y la otra recorrió mi columna vertebral, posándose en la parte baja de mi espalda. Max me besó suavemente, sus labios tanteando los míos con delicadeza. Cuando su lengua jugó con la comisura de mis labios, me abrí para él sin dudar.

Su lengua recorrió mi boca, buscando y explorando. Me derretí en él, acogiendo la sensación familiar de su cuerpo contra el mío. Dejé ir todo lo que me había estado frenando con Max, todas mis dudas, y me entregué a su beso.

Su mano se deslizó de nuevo por mi pelo, ajustando mi cabeza a su gusto. Era su marioneta, plastilina en sus manos, mientras me convertía en lo que él quisiera. Me aferré a su camisa, necesitando estar cerca de él. Todo lo que sentía por él se derramó a través de mis labios y hacia él, siendo nuestro beso el primero del nuevo año y el primero entre nosotros sin que yo me contuviera.

Por fin creía en el deseo y el cariño de Max por mí. Me dejé caer, me permití confiar y me permití amar. Sabía que Max también podía sentirlo porque este beso era diferente. Era un Max completamente nuevo. Un beso completamente nuevo. Me devolvía el beso con tanta pasión como yo se lo daba, diciéndome con él exactamente lo que sentía por mí.

Casi tropecé al darme cuenta de que sentía amor. Mi amor. Su amor. Era poderoso.

Cuando Max y yo por fin nos separamos, mis amigos estaban haciendo lo mismo. Todos soltamos a nuestras parejas y recorrimos la habitación dándonos abrazos y besos en las mejillas. Mientras me movía por la sala, sentí que mi corazón se expandía, como el del Grinch al final del cuento. Liberar el miedo que había sentido durante tanto tiempo me sentó bien, mejor de lo que jamás había imaginado.

Estaba rodeada de gente que me quería, gente a la que yo quería, y nada podía hacer que mi año empezara mejor.

—¡Oh, mierda! —exclamó Mandy—. ¡He olvidado el champán!

Se apresuró a entrar en la cocina y sacó botellas de la nevera. Xander estaba justo detrás de ella, cogiendo copas de champán y descorchando las botellas para servir nuestras bebidas. Todos los seguimos a la cocina y repartimos las copas.

—Este no tiene alcohol, —dijo Mandy, señalando las copas que Xander estaba sirviendo. Max cogió una de cada y me dio la que tenía alcohol.

—Por nosotros. Por todos nosotros. Por un año maravilloso y muchos más juntos, —dijo Xander una vez que todos levantamos nuestras copas. Max me dio un apretón en la cadera y yo le devolví un golpecito con la mía. Estábamos pensando lo mismo… queríamos muchos más años juntos.

No tardamos mucho en despedirnos y marcharnos. Estaba ansiosa por pasar un rato a solas con Max, ya que apenas nos habíamos visto en la última semana. Aunque mis amigas vivían todas con sus maridos, parecían tener tantas ganas de estar a solas en casa como Max y yo.

El viaje de vuelta a mi apartamento fue tenso. Podía sentir las ganas que me tenía y mi propia necesidad se correspondía con la suya. Si tenía que parar en un semáforo rojo más, estaba bastante segura de que iba a subirme encima de él en el coche y hacer con él lo que me diera la gana.

Max aparcó detrás de mi apartamento. Mientras yo abría la puerta, sus labios encontraron mi cuello. Me cogió un pecho por encima de la chaqueta y apretó su erección contra mi culo. Yo ya estaba húmeda y lista para él, desesperada por tenerlo dentro. Sus besos con la boca abierta en mi cuello hicieron que me mareara y, torpemente, se me cayeron las llaves. Max me dio la vuelta y me besó con fuerza, apretándome la espalda contra la puerta.

Dios, lo deseaba. Quería hacerle el amor. Lo de esta noche no era sexo, y ambos lo sabíamos.

Max se apartó de mí y cogió mis llaves. Metió la llave en la cerradura y abrió, empujándome dentro antes de cerrar la puerta de golpe y echar el cerrojo tras nosotros.

—Pienso hacer de ti mi postre esta noche, nena. Durante toda la noche, voy a demostrarte lo dulce que creo que eres. Y este vestido… He estado empalmado toda la noche viéndote con él. Voy a desenvolverte como el mejor regalo de Navidad con retraso.

La piel se me erizó con sus palabras. Joder, de verdad que se me erizó. Sentí que iba a explotar, allí mismo, solo por la forma en que me miraba. Ningún hombre me había mirado nunca así. Era una mezcla de deseo puro y adoración absoluta.

Y no me asustaba ni un poco.

—¿Te queda algo de glaseado? —preguntó Max, mirando por la cocina.

—Eh, sí, ¿por? —No tenía ni idea de a qué venía ese cambio repentino, pero bueno. Debía de tener hambre.

—Ya te lo he dicho, —sus ojos estaban tan hambrientos como su voz—, voy a hacer de ti mi postre.

Oh, mierda. Ese cosquilleo se convirtió directamente en temblores. Ni siquiera iba a necesitar tocarme para que me corriera. Estaba ahí mismo, a punto de llegar al límite, solo por su voz. Joder.

Sin decir palabra, cogí una tarrina de glaseado de la nevera. Siempre tenía de más por si me daba un antojo de dulce a medianoche, pero la guardaba abajo para tener que esforzarme de verdad para conseguirlo. Algo me decía que Max no iba a hacerme esforzarme esa noche.

Le quitó la tapa al recipiente y sonrió al ver el glaseado rosa. Hacía juego con el rosa de mi logotipo y era uno de mis favoritos, una base de crema de mantequilla con un toque de frambuesa.

Max mantuvo sus ojos en los míos mientras hundía un dedo en la tarrina de glaseado. La tanteó un par de veces, como solía hacerme a mí, y juro por Dios que tuve un mini orgasmo allí mismo, viéndolo. Sacó el dedo y lo chupó, gimiendo mientras se limpiaba el glaseado.

—Casi tan dulce como tú, nena. Casi.

Joder, iba a correrme otra vez. La siguiente vez que metió el dedo, me dibujó una línea de glaseado por el cuello y entre los pechos. Se miró el dedo como si no entendiera por qué todavía le quedaba glaseado y luego me lo untó en los labios, provocándome hasta que se separaron para él.

Le sujeté la muñeca mientras le lamía el dedo, pasando la

lengua por él y succionando con fuerza, asegurándome de que supiera exactamente lo que estaba pensando de verdad. Él cerró los ojos, tragó saliva y yo sonreí. Me gustaba el postre.

Pero Max no había terminado. Apartó su dedo y posó su boca sobre el glaseado de mi cuello, besando y succionando el rastro hasta detenerse entre mis pechos. Volvió a subir y selló sus labios sobre los míos, besándome de nuevo como a medianoche, vertiendo todos sus sentimientos en ello hasta que no tuve ninguna duda de cuánto le importaba.

—Me muero por saber qué hay debajo de esa faldita, cariño. ¿Puedo verlo?

—Sabes… —dije mientras caminaba hacia la encimera de acero inoxidable al otro lado de la cocina—, siempre ha sido una de mis fantasías tener sexo aquí. El lugar donde más cómoda me siento. Siempre he imaginado a un hombre entrando por la puerta y encontrándome aquí detrás, sentada en esta encimera, e incapaz de resistirse a mí. Supongo que esta noche es mi última oportunidad.

Max me hizo retroceder hasta la superficie de acero inoxidable y luego me subió a ella como si no pesara más que una pluma. —No pensemos en eso ahora, cariño. —Me sonrió con tristeza y luego añadió—: ¿Y si tu hombre misterioso está aquí porque te quiere y quiere estar contigo en todas partes y de todas las formas posibles?

—¿Qué? —me atraganté—. ¿Qué acabas de decir?

Max sonrió, completamente tranquilo por el hecho de que acababa de decir la palabra que empieza por «a». —He dicho que te quiero, Charlotte. Nunca he conocido a nadie como tú. Lo eres todo para mí. Sé que es rápido. Joder, solo ha pasado una semana desde que hablamos de darnos una oportunidad de verdad. Pero no puedo guardármelo más. Charlotte, te quiero. Te quiero tanto y espero que no te asuste y te eche para atrás. Espero que me dejes decírtelo todos los días y que me dejes quererte todas las noches, y esperaré hasta que tú también llegues a ese punto. Sé que no estás preparada, pero tenía que decírtelo, cariño.

—Yo también te quiero —susurré.

—¿Qué? —preguntó Max. No estaba segura de si no me había oído o si no se lo creía.

—Te quiero, Max.

—Charlotte, no quiero que te sientas presionada a decirlo. No te lo he dicho para que sintieras que tenías que decírmelo tú también.

—Lo sé. Pero oírlo me ha dado el valor para admitir cómo me he estado sintiendo. Lo acepté por fin la semana pasada.

—Por eso tenías tanto miedo. Por eso hemos estado hablando últimamente de lo que está pasando. Ay, cariño, no me voy a ir a ninguna parte, te lo prometo. Puedes quererme y yo puedo quererte, y nada va a cambiar eso.

Besé a Max, entregándole mi alma. Mientras nuestras lenguas se deslizaban juntas, supe que los besos de nadie se sentirían jamás como los suyos. Y recé para no tener nunca la oportunidad de descubrirlo. Esperaba besar a Max todos los días durante el resto de mi vida.

—Bueno, ¿por dónde íbamos? —preguntó seductoramente cuando nos separamos—. Ah, sí. Soy el hombre que acaba de entrar en la cocina, te ha encontrado con un bol de glaseado y no puede resistirse a ti.

Reí tontamente por su juego de rol. Se estaba metiendo en el papel y yo me estaba poniendo cada vez más cachonda con cada segundo que pasaba. Sí, iba a necesitar un poco de lejía antes de irme al día siguiente.

—Ahora tengo que ver qué hay debajo de esta falda —dijo mientras subía las manos por mis piernas. Sus dedos se deslizaron desde la parte superior de mis botas, rozaron mis medias y desaparecieron bajo el borde de mi falda. Cuando tocó la blonda de mis medias altas, se detuvo y me miró, confundido.

—¿Qué es eso? —preguntó. Sin esperar respuesta, me levantó la falda y vio el encaje—. Joder, cariño. ¿Qué más tienes ahí debajo?

—Poca cosa —me encogí de hombros, porque era la verdad. Mis bragas eran apenas algo más de tela que una cinta de encaje.

Max subió mi falda más y más hasta que la tela se arrugó alrededor de mi cintura. —Jesús. Bendito.

—¿Te gustan? —pregunté inocentemente.

Sus ojos por fin se encontraron con los míos. El marrón oscuro se volvió negro por el deseo. Pude ver cómo se formaba el sudor en el nacimiento de su pelo y supe lo mucho que se estaba esforzando por controlarse.

—Me gustan tanto que quiero arrancártelas, pero entonces nunca volvería a verte con ellas. Es la peor lucha interna del mundo.

—Bueno, a mí me está gustando esta reacción, así que creo que las guardaremos.

—A mí también me está gustando esta reacción —gruñó mientras pasaba un dedo por encima de mis bragas. Me agarré al borde de la encimera para mantener el equilibrio, pero ya estaba perdida. Solo un roce y me estremecí con un delicioso y dulce miniorgasmo—. Oh, joder, la has cagado —gimió Max.

Antes de que me diera cuenta, sus pantalones estaban alrededor de sus tobillos y mis bragas hechas jirones volaban por la habitación. Se deslizó dentro de mí con fuerza y rapidez, haciendo que nuestros cuerpos chocaran. Max me agarró de las caderas y me llevó hasta el mismo borde de la encimera. Me encantaba aún más tener un hombre alto cuando me di cuenta de que tenía la altura perfecta para hacerme el amor en la encimera.

La boca de Max estaba sobre la mía mientras me atacaba con sus caderas. Sus dedos se clavaban en mi carne mientras embestía dentro de mí una y otra vez. Mi corazón latía con fuerza en mi pecho y mi respiración se volvió superficial. Me aferré a Max con todas mis fuerzas, rodeando su cintura con mis piernas y su cuello con mis brazos.

Empecé a sudar, sintiendo una espiral de calor recorrer mi cuerpo mientras Max me empujaba cada vez más cerca del borde. Estaba saltando hacia el precipicio, casi allí con cada embestida de nuestros cuerpos unidos.

Cuando me corrí fue como mi propio terremoto personal. Mi cuerpo temblaba sin control y me retorcía bajo Max. Grité su nombre como si fueran mis últimas palabras, una declaración y una promesa, todo en uno. Le oí gritar mi nombre mientras sus embestidas se hacían más profundas y fuertes, mi orgasmo presumiblemente empujándolo hacia el suyo. Se estremeció sobre mí y luego se desplomó encima.

Nos quedamos así unos minutos, yo tumbada boca arriba en la encimera y Max sobre mí como una manta. Cuando recuperó algo de fuerza, se apartó. —Lo siento, cariño. ¿Te he hecho daño?

—No. Ha sido increíble. Perfecto.

—Fabuloso —dijimos al unísono.

Max me ayudó a ponerme de pie y luego se agachó para coger sus vaqueros. —Cariño, lo siento, pero no he usado condón. Se me ha olvidado por completo. Ay, Charlotte, lo siento mucho.

—Max —dije en voz baja, ahuecando su mandíbula y obligándolo a mirarme—. No pasa nada. Tomo anticonceptivos y estoy limpia. En realidad no los necesitamos, bueno, a menos que tú… —dejé la frase en el aire. Nunca habíamos hablado de nuestro pasado ni de nuestra salud. Quizás… Oh, mierda.

—No, cariño, yo estoy bien. Siempre uso uno, pero… bueno, nunca antes había estado enamorado y nunca me había planteado no usarlo. Joder, me preguntaba por qué te sentía diferente. Soy un idiota.

—Max, no pasa nada. De verdad. Me ha gustado sentirte solo a ti, sin nada entre nosotros, y por mí bien si es así siempre.

—¿Sí? —sonrió.

—Sí —asentí.

—¿Te apetecería…? Ahora. Supongo que nos vendría bien una ducha y he estado soñando con meterte ahí dentro desde que nos conocimos.

—Ay, qué guarro eres —bromeé.

—Ya. Por eso necesitamos la ducha —dijo con un guiño—. Ah, y trae el glaseado. Hay algunos sitios más de los que quiero lamértelo antes de lavarte el cuerpo de la cabeza a los pies. Y todos mis lugares favoritos entremedias.

20

DESPUÉS DE LA DUCHA, Max y yo nos acurrucamos en mi cama. No podía imaginar un comienzo de año mejor, aunque estuviéramos rodeados de cajas y yo estuviera a punto de quedarme sin casa durante un mes. Tenía a Max y sabía que el año sería todo lo que siempre había imaginado. Volvería a tener a alguien para mí, alguien que recurriría a mí primero. Alguien que siempre antepondría mis necesidades. Alguien que me quisiera.

—Háblame de tu familia —me pidió Max mientras nos acurrucábamos. La había mencionado brevemente, pero nunca había entrado en muchos detalles. Era hora de contárselo todo.

—Sabes que me crio mi yaya, ¿verdad? —Él asintió—. Bueno, pues nunca te he contado por qué.

Max cubrió mi mano con la suya y se la llevó a los labios. Me besó la mano y la coronilla mientras yo me acurrucaba más contra su pecho. —Nada va a cambiar lo que siento por ti. Espero que lo sepas.

Asentí. —Lo sé, Max, te lo prometo. Mi madre era joven cuando me tuvo, diecinueve años. No estaba preparada para ser madre y mi padre no estaba preparado para ser padre. Cuando ella le habló de mí, la dejó. No quería tener hijos y no iba a dejarse atar. Ella sentía lo mismo. En cuanto nací, me llevó a casa de su madre, mi yaya, y me dejó allí. Mi yaya me crio porque mis padres no me querían.

—Fueron unos necios, Charlotte. Unos auténticos necios por no querer formar parte de tu vida.

—Puede ser, pero eso no cambia el hecho de que yo no fuera suficiente para ellos. Mi madre murió de una sobredosis cuando yo estaba en el instituto y nunca más supimos de mi padre. Siempre creí que si era una niña lo suficientemente buena, volverían, que sería suficiente para que quisieran estar cerca de mí. Pero nunca funcionó.

—Oh, cariño, eran egoístas. No era culpa tuya, era suya.

—Lo sé, pero duele, ¿sabes? —Me sequé con rabia las lágrimas que amenazaban con estropearme el maquillaje. Mis jodidos padres no iban a arruinarme la noche. Ya me habían robado demasiadas noches. No podían tener una más.

—Así que te preocupa que te deje como hicieron ellos. ¿Que de alguna manera piense que no eres lo bastante buena y vuelvas a quedarte sola?

Me encogí de hombros, incapaz de decir nada.

—Charlotte, mírame, cariño. —Me giró suavemente la barbilla para que lo mirara. Me ahuecó la mandíbula y me besó con ternura—. Te quiero. Haría cualquier cosa por ti. Y eres más que suficiente. Probablemente demasiado buena para mí. No voy a ir a ninguna parte.

Asentí, pero seguía sin sentir que todas mis preocupaciones hubieran desaparecido. No sabía mucho sobre su familia. Sentía que siempre cambiaba de tema cuando le preguntaba algo más que generalidades sobre ellos. No tenía ni idea de cuál era la tienda de su hermana, nunca me dijo cómo murió su padre y no sabía nada de su madre ni de su abuela.

Me faltaba algo, solo que no estaba segura de qué.

Pero recordé que tenía algo que quería decirme. Algo que no estaba listo para contarme en casa de Lexi.

—Antes querías contarme algo. ¿Estás listo para hablar de ello ahora?

Escuché cómo se le aceleraba el corazón. Respiró hondo y contuvo el aire, lo que me incitó a hacer lo mismo. Lo que fuera que me iba a decir no iba a ser fácil de oír. Pero si íbamos a tener una vida juntos, necesitaba saberlo.

—Solo tenía nueve años cuando mi padre se puso enfermo. Mis padres no querían que Abby y yo supiéramos lo que pasaba, pero yo sabía que algo no iba bien —me contó Max mientras nos abrazábamos.

—Papá empezó a perder peso y no se encontraba bien todo el tiempo. Ese verano, durante las vacaciones, fue mucho al médico, casi todas las semanas. Para cuando empezaron las clases, me di cuenta de que nos estaban ocultando algo a Abby y a mí. Papá seguía haciéndose pruebas y viendo a médicos, pero aquello no parecía desaparecer nunca. Simplemente, no se encontraba bien todo el tiempo.

Max respiró hondo y me apretó un poco más contra él. Escuché los latidos de su corazón en su pecho y recé para no romper a llorar.

—En fin, pasaron unos nueve meses antes de que finalmente descubrieran que papá tenía cáncer de colon. Le habían hecho pruebas para todo tipo de problemas intestinales y estomacales, pero todo ese tiempo el cáncer lo estaba consumiendo por dentro. Para cuando lo encontraron, el cáncer se había extendido. Papá murió a principios de ese verano, cuando yo tenía diez años.

—Lo siento mucho, Max. No puedo imaginar pasar por algo así tan joven.

Me apretó la mano. —Pero tú lo hiciste, cariño. Tú

pasaste por algo peor porque nunca conociste a tus padres. Los perdiste aún más joven.

Le rodeé la cintura con el brazo y le besé el pecho. —Sí, pero no los conocía. Me dolió saber que nunca les importé, pero no es que los perdiera de verdad. Para empezar, nunca los tuve.

—Seguro que estabas mejor sin ellos.

Asentí. —Lo sé. A los treinta y un años es más fácil aceptarlo que cuando era una niña. Aunque sigo deseando que las cosas hubieran sido diferentes.

—Puede que no hubieras estado tan unida a tu yaya si no fuera porque tu madre te dejó con ella. Puede que no te dedicaras a la repostería. Puede que no nos hubiéramos conocido.

Sonreí. —Tienes razón. He tenido una buena vida. Aunque es agradable no volver a estar sola.

El corazón de Max empezó a latir más deprisa en su pecho. Me puso nerviosa, como si tal vez no estuviera diciendo la verdad cuando dijo que me quería. Tal vez se iba a marchar. Tal vez yo tampoco era suficiente para él.

—¿Qué pasa?

—¿A qué te refieres? —preguntó, sonando tan ansioso como yo me sentía.

Me incorporé y me envolví el pecho con la sábana, protegiéndome de él. De lo que fuera que estuviera por venir. —Cuando he dicho que es agradable no estar sola, tu corazón ha empezado a latir con fuerza. ¿Vas a romper conmigo?

Max se sentó y se giró hacia mí. Me cogió la mano entre las suyas y se concentró en nuestros dedos entrelazados. —Te quiero, Charlotte. Pero hay algo que tengo que contarte y no estoy seguro de cómo te lo vas a tomar.

Le solté la mano y me levanté de la cama. No podía quedarme sentada y escucharle decirme algo malo. Tenía que alejarme de él para asegurarme de que tenía la cabeza despejada para lo que fuera que me iba a decir.

Cogí un pantalón de chándal de mi maleta abierta y me lo puse con la camiseta de ¡Muérdeme! que me había puesto para ir a trabajar ese día. Max suspiró mientras me veía vestirme y luego se levantó él también de la cama. Se vistió lentamente mientras yo me preguntaba si sería la última vez que lo veía desnudo. Si estaba aceptando la derrota incluso antes de decirme lo que pasaba, iba a ser malo.

Cuando estuvo vestido, me cogió de la mano y me llevó al sofá. Se sentó cerca de mí, lo bastante cerca como para que su pierna rozara la mía. Lo bastante cerca como para que nuestras manos entrelazadas descansaran sobre mi muslo. Entonces empezó a hablar. —Cuando murió mi padre, asumí la responsabilidad de cuidar de mi madre y mi hermana, y también de mi abuela cuando me dejaba. Conseguí un trabajo después de clase en cuanto tuve edad suficiente y ponía todo el dinero que ganaba para ayudar a pagar las facturas o la compra o cualquier otra cosa que pudiera pagar. Mi madre y mi abuela no querían que pusiera dinero para los gastos de la casa, pero sabía que estábamos pasando apuros, así que lo hice de todos modos.

Respiré hondo. Si iba a decirme que las mantenía o algo por el estilo, estaba loco si pensaba que me iba a molestar. Las quería. Tenía todo el sentido del mundo que hiciera lo que fuera por ayudarlas.

—Una vez que me hice cargo de Outside Your House, empecé a aportar más dinero a la familia. Cuando Abby se divorció, el dinero se destinó a ayudarla. —Hizo una pausa, respiró hondo y me apretó la mano—. Te dije que iba a abrir una pastelería. Lo que no te dije es que abrió la de enfrente. Es la dueña de SkinnyCakes.

Si no hubiera estado sentada, me podría haber caído

redonda. La mujer que había conocido, la que me ofreció sus hornos, Abigail, era Abby. La hermana de Max.

—¿Sabía quién era yo cuando fui? —Max ladeó la cabeza y me miró como si no tuviera ni idea de lo que estaba hablando—. Estuve allí hace unas semanas. Me enseñó el local y se ofreció a dejarme usar su cocina. ¿Sabía quién era yo?

—No tengo ni idea de lo que hablas. Aunque lo dudo. Sabe que estoy saliendo con alguien que se llama Charlotte, pero no paso mucho por casa. No creo que sepa quién eres.

Suspiré, sintiéndome a la vez mejor y peor con su confesión.

Por un lado, lo admiraba por ayudar a su hermana, por apoyarla y ayudarla a poner en marcha su negocio. Skinny-Cakes era un local precioso y sabía que le iría bien.

Pero ese era el problema. Había elegido a su hermana por encima de mí. Sabía que me preocupaba la apertura de SkinnyCakes. Sabía que no sabía qué hacer para mantener ¡Muérdeme! a flote. Joder, Lexi le había preguntado si podía pedirle a su hermana que me dejara usar sus hornos y no solo no se lo preguntó, sino que ni siquiera le había hablado de mí.

—Creo que deberías irte —dije con una calma inquietante.

Max me sujetó la mano cuando intenté soltarme. —No, Charlotte, no me voy. Te quiero.

Me solté de un tirón y me puse de pie. —Lo sé, Max, pero no puedo estar con alguien que no confía en mí, en quien yo no puedo confiar. Deberías haberme hablado de Abigail, o Abby, desde el principio.

—No podía, Charlotte. Lo sabes.

Negué con la cabeza y sonreí con tristeza. —Pues no, la verdad es que no lo sé. No hay ninguna razón por la que no pudieras habérmelo dicho. Estuviste ahí todo el tiempo desde el momento en que no conseguí el local. Claro, al principio solo eras un cliente, pero cuando me besaste o nos acostamos juntos o salimos en una cita, las cosas cambiaron. Podrías habérmelo dicho en cualquiera de esos momentos. Ha pasado un mes, Max.

—Debería habértelo dicho, pero no sabía cómo. Lo nuestro siempre fue muy incierto. Tenías miedo de que te dejara y…

—No te atrevas a hacer como que es culpa mía. Yo no era la que guardaba secretos. No fui yo la que decidió que no era lo bastante importante como para hablar de lo que estaba pasando de verdad. Sabías lo preocupada que estaba por la apertura de SkinnyCakes. Estaré cerrada un mes. Un mes es una eternidad cuando se trata de un negocio como el mío. No puedo dar por sentado que todo irá bien cuando vuelva a abrir. Y en lugar de decirme a lo que me enfrentaba, o de intentar hacerme sentir mejor, me mentiste.

—Nunca he mentido.

—Tampoco es que dijeras la verdad, Max. Lexi te pidió que le preguntaras a tu hermana si podía usar sus hornos para mi próximo evento y ni siquiera hiciste eso. Entiendo que es tu hermana y que tienes que protegerla y cuidar de ella, pero la elegiste a ella por encima de mí una y otra vez. Lo pillo, de verdad, pero eso no significa que me parezca bien. No significa que vaya a pasar el resto de mi vida siendo el segundo plato de tu hermana. O el cuarto, por detrás de tu hermana, tu madre y tu abuela. Quiero ser la prioridad de alguien. Quiero que alguien piense en mí antes que en los demás, no solo cuando las otras personas de su vida están felices. Lo siento, Max, pero sé que esa persona no eres tú.

—Charlotte, te quie…

—No, Max. No lo hagas. Mañana me espera un día largo

con la mudanza. Necesito descansar un poco. Espero de verdad que a Abby le vaya bien con SkinnyCakes. Quiero que seas feliz, Max. Pero ahora mismo necesito que te vayas.

—No voy a renunciar a lo nuestro, Charlotte.

No respondí. Se inclinó y me besó con fuerza. Me dejé besar, sabiendo que era la última vez. Quería ser su primera opción, pero nunca lo sería. No estaba dispuesta a ser un segundo plato. Prefería estar sola.

Cuando Max se fue, me recosté en el sofá y cerré los ojos. Estaba cansada. Cansada de hablar, cansada de pensar, cansada de Max. Simplemente, estaba cansada. Le envié un mensaje rápido a Lexi pidiéndole toda la ayuda posible a la mañana siguiente, mencionando que Max y yo habíamos roto, luego le quité el sonido al móvil y me derrumbé en la cama.

Cuando me desperté, Carrie y Lexi estaban sentadas en la encimera de la cocina, tomando café y hablando en voz baja. El sol entraba por las ventanas y notaba los ojos arenosos. —¿Qué hora es? —gemí, sin importarme siquiera cómo se las habían arreglado para entrar.

—Casi las ocho. Drew llegará pronto. Mike, Brady y Connor también están de camino, y Xander, Aidan y Joey están en la reserva. Creemos que entre los cuatro pueden hacerte la mudanza en un santiamén y mantener a raya cualquier intento de Max de aparecer, pero los otros vendrán si los llamamos —me informó Carrie.

Asentí y sentí que se me llenaban los ojos de lágrimas. Esta era mi familia, la gente que me quería y cuidaba de mí. Mis amigos, que se habían convertido en mi todo. Que estaban ahí para mí cuando más los necesitaba y que harían cualquier cosa para mantenerme a salvo, aunque fuera de Max, un chico del que todos se estaban haciendo amigos hasta esa mañana.

Me daban ganas de llorar.

Me querían y eso lo era todo. Pero ahora odiaban a Max, y todo era por mi culpa.

¡No! Era por culpa de Max. Yo no había hecho nada malo, él sí. No iba a dejar que se saliera con la suya solo porque lo echaba de menos.

—¿Estás bien? —preguntó Lexi, cruzando el piso hacia mí.

Negué con la cabeza. —La verdad es que no.

Lexi y Carrie me rodearon y me abrazaron. Nos mecimos las tres juntas, yo llorando mientras ellas intentaban que parara. El timbre sonó abajo y todas nos quedamos heladas.

Carrie bajó a ver quién era. Al poco rato oímos voces que subían por las escaleras. Drew fue el primero, seguido de Carrie y luego Brady. Brady se frotó las manos y dijo: —¿Por dónde empezamos?

Lexi se levantó de un salto y tomó las riendas de inmediato. Me empujó al baño para que me duchara y ordenó a los hombres que empezaran a cargar todo en sus coches. Cerré la puerta tras de mí y me centré en mí misma, sabiendo que Lexi y Carrie se encargarían de la mudanza.

Cuando salí de la ducha, el piso estaba vacío. Me vestí rápidamente y bajé a ver dónde estaban todos.

—No hace falta que se lo digamos. Ya está bastante afectada —oí decir a Brady.

—No podemos ocultárselo. Si se enterara más tarde, la cabrearía —discutió Connor.

—Tiene derecho a saberlo —los interrumpió Lexi—. Puede que le duela, pero necesita saberlo. Ahora seguid cargando estas mierdas para que podamos mudarla y que pueda pasar página.

—¿Derecho a saber qué? —dije al entrar en la cocina. Tenía la sensación de que ya lo sabía, pero necesitaba oírlo. Necesitaba saberlo con certeza.

Todos me miraron, con miedo de decir nada. Miré sus caras, una por una, y vi lástima en todas ellas.

—Max ha estado aquí, Charles. Vino a ayudar —dijo Lexi finalmente.

21

—¿Qué le has dicho? —le pregunté a Lexi, ya que era la única que hablaba.

—Mike le ha dicho que se fuera. Ha dicho que solo quería ayudarte y tener la oportunidad de hablar contigo. Brady ha intervenido y le ha dicho que los chicos se encargarían de tu mudanza y que tú no querías hablar con él.

Asentí. No podía verlo. No quería. Eso es lo que me decía a mí misma.

—¿Ha dicho algo más?

Lexi vaciló. Miró a los demás y nadie habló. —¿Qué ha dicho? —Sabía que había algo más; si no, no estarían todos tan incómodos.

Connor finalmente dio un paso al frente y me rodeó con sus brazos. De todos los hombres en la vida de mis amigas, Connor era con el que me sentía más cómoda. Cuando salía con Riley, descubrió lo mucho que a ella le encantaban mis pastelitos y acampó en ¡Muérdeme! para aprender todo lo que podía sobre lo que le gustaba. Nos habíamos hecho amigos. Buenos amigos.

—Ha dicho que te quiere y que no va a rendirse, Charles.

Odio decir esto, pero he visto en sus ojos lo mucho que le importas. Los tíos no hablamos de mierdas como esa, pero él estaba dispuesto a sincerarse con nosotros. Tenía los ojos rojos y una pinta espantosa. Sé que estás dolida, cariño, y sé que estás enfadada, pero creo que un día de estos tienes que hablar con él.

Negué con la cabeza contra el pecho de Connor. —No quiero hablar con él, Connor. Nada de lo que diga puede arreglarlo. Ha traicionado mi confianza. Me ha estado ocultando algo muy gordo durante un mes. ¿Cómo se perdona eso?

Connor me apretó con más fuerza. —No lo sé, cariño. Lo que sí sé es que él te quiere y tú lo quieres a él. A veces eso es todo lo que necesitas.

Me aparté de Connor para poder mirarlo. Los demás nos habían dejado solos en la cocina, desapareciendo mientras hablábamos. —¿Pero no se necesita confianza? ¿Estaríais juntos tú y Riles si no pudieras confiar en ella?

—No, por supuesto que no. La confianza importa. Lo es todo, pero también creo que si quieres a alguien, si lo quieres de verdad, no engañas a esa persona intencionadamente para hacerle daño. Puede que Max te ocultara la verdad, que no te contara todo lo que debía, pero quizá no fue tan grave como crees.

Me encogí de hombros y me pasé las manos por el pelo. No me veía capaz de perdonar a Max. Imaginar que lo dejaba pasar era imposible. Casi tan imposible como imaginar mi vida sin Max en ella.

—¿Acaso importa? Ha mentido, repetidamente, durante un mes. ¿Importa el porqué?

—Solo tú puedes responder a esa pregunta. Yo no puedo decírtelo. Esta es tu relación, no la mía, y si no puedes superarlo, entonces eres tú quien va a tener que vivir con ello.

Asentí de acuerdo. Connor tenía razón. Simplemente no

sabía la respuesta. Hablar con Max era… sencillamente no podía. Sabía que si hablaba con él, cedería.

Actué por inercia el resto del día, dando instrucciones a mis amigos mientras vaciaban mi antiguo apartamento y la habitación de invitados de Lexi, y a los de la mudanza que había contratado para trasladar las cosas de ¡Muérdeme! a mi trastero. Cuando todos se fueron y solo quedamos Lexi, Mike y yo, me derrumbé. Lo único que quería era dormir. O llorar.

—¿Qué queréis para cenar? —preguntó Mike desde la cocina. Lexi estaba sentada a mi lado en el sofá.

—Lo que tú quieras, cariño —respondió Lexi—. A nosotras nos da igual.

Mike dejó pasar el comentario con doble sentido, algo que sabía que en otras circunstancias habría aprovechado. Vivir con ellos durante un mes iba a ser difícil porque iban a andar con pies de plomo a mi alrededor. Odiaba saber que yo les había provocado eso.

—Puedo irme a un hotel, Lex. No tenéis por qué alojarme.

—No vas a ir a ninguna parte, Charles. No digas tonterías. Estamos encantados de tenerte aquí. Todo el mundo se peleaba por dónde te ibas a quedar. Todos te queremos.

Me reí sin alegría. Era como lo de Max otra vez. Mis amigos me querían, pero había alguien más que era lo primero. Claro que me habían abierto sus puertas, pero si alguno de ellos hubiera dicho que no, la puerta se habría cerrado de golpe.

—Creo que voy a tumbarme un rato —dije—. No he dormido muy bien esta noche.

Lexi asintió, pero pude ver en sus ojos que no me creía. Abrió la boca como si fuera a decir algo, pero la volvió a cerrar y me dejó salir de la habitación.

En la tranquilidad de la habitación de invitados, me dejé caer en la cama. No deseaba nada más que soltar las lágrimas que se acumulaban en mi interior, pero no podía hacerlo. No con Lexi y Mike en casa. No necesitaban presenciar eso. Iba a tener que contenerme hasta que se fueran a trabajar el lunes. Dos días. Podía hacerlo.

El timbre sonó un rato después. Estaba deshaciendo la maleta para llenar la cómoda que sería mía durante el próximo mes. Oí voces y supuse que la cena que hubieran pedido había llegado. Cuando las voces se acallaron, cerré el último cajón y salí de la habitación. Mike llevaba una caja. Miró a Lexi y ella siguió su mirada hasta mí.

—¿Es la cena? —pregunté.

Lexi se levantó de un salto antes de que ninguno de los dos respondiera. Mike dejó la caja en la isla de la cocina y no me miró a los ojos. —Es de Max —dijo Lexi—. Era él quien ha llamado. Sabía que te quedabas aquí y ha traído esto para ti.

—¿Qué es? —pregunté, como si la caja fuera a saltar y a morderme. Qué ironía.

—No lo sé. No nos lo ha querido decir. Solo ha pedido que tengamos cuidado porque es frágil.

—No sé si lo quiero. —Max nunca me había comprado nada. Una parte de mí quería sonreír porque me hubiera regalado algo, pero otra parte sabía que eso no lo compensaba todo.

Mike dio un paso al frente y se apoyó en el otro lado de la isla. —Sé que estás dolida ahora mismo, Charles. Tienes el corazón más grande de casi todas las personas que he conocido. Lo que hizo es inexcusable. Lo entiendo. Pero no quiero que te arrepientas de no darle otra oportunidad.

—No sé si puedo, Mike.

Él asintió. —Lo entiendo. De verdad. Cuando perdí a Lex, pensé que me iba a morir. Quise dejar el trabajo. Quise dejarlo todo, secuestrarla y mudarme a un lugar remoto donde no tuviera más remedio que estar conmigo. Cuando la vi besándose con Luke, casi le arranco la puta cabeza. Quería despedirlo y patearle el culo, pero él no tenía la culpa. La tenía yo. Nunca le dije lo que sentía por ella. Acepté ser solo amigos con derecho a roce porque ella lo quería, pero me mataba cada vez que tenía que dejarla o ver cómo se marchaba. Ansiaba abrazarla toda la noche, despertarme con ella a mi lado. Pero fui lo bastante estúpido como para dejar que otras cosas se interpusieran. Sé que Max se siente igual ahora mismo. Reconocí la expresión de su cara, la misma que yo veía en mi espejo en aquel entonces. A él también le duele, Charles.

Me encogí de hombros. —Pero es diferente. Para ti, Lex era lo primero. La querías, solo que no querías decírselo porque sabías que saldría huyendo. Para Max, yo no era lo primero. Su hermana era lo primero. Y no lo culpo, pero no puedo pasarme toda la vida siendo un segundo plato. También se lo dije.

—Quizá por eso te habló de Abby. Porque ya no eres la segunda en su vida.

Negué con la cabeza mientras sonaba el timbre. —Voy a por el tailandés —dijo Mike, besando a Lexi en la sien al pasar a su lado.

—Sé cómo te sientes, Charles. Yo también tenía miedo, pero…—

—No tengo miedo, Lex. Sé que es difícil de creer, pero no lo tengo. Lo tenía. Pero antes de que me lo contara todo, dejé ir mis miedos. Decidí que estaba lista para ser feliz con Max. Y por primera vez, mis miedos no me frenaban, pero al final pasó lo mismo. Él no estaba listo para ponerme a mí primero.

Mike volvió con la comida y dejó las bolsas sobre la isla. —Comamos. Después, puedes decidir si quieres abrir la caja —sugirió Mike.

Asentí.

Todos nos servimos en los platos y los llevamos al salón. Mike y Lexi pusieron una película mientras comíamos. Cuando terminé, aparté mi plato, pero la caja me llamaba desde la cocina. Sabía que no podría ignorarla para siempre. Con la película todavía puesta para distraerme, saqué un par de tijeras de un cajón de la cocina y llevé la caja al salón.

Mike y Lexi dejaron de ver la película mientras yo cortaba el precinto que cerraba la caja. Levanté las solapas de cartón y encontré un sobre encima, con mi nombre garabateado en el anverso.

Respiré hondo y lo abrí.

Charlotte:

Sé que quieres a todos tus clientes, pero quería que tuvieras estas tazas para esas personas tan especiales en tu vida. Una para cada una de tus mejores amigas, sus «hombres» (como tú los llamas), una para mí (espero contar) y una para la abuela, que sé que siempre está contigo.

Te quiero.

Max

La caja pesaba y dentro había un montón de papel de seda. Palpé a través del papel y encontré algo duro. Saqué un bulto de papel que rodeaba algo circular. Cuando lo desenvolví, encontré una taza de café… con el logotipo de ¡Muérdeme! grabado.

Las lágrimas acudieron a mis ojos de inmediato. Otra vez. De todas las tazas que había coleccionado a lo largo de los años, nunca había mandado a hacer ninguna con mi logotipo. Quería hacerlo; fue algo que le conté a Max una noche cuando me preguntó por las tazas. El hecho de que se acordara y se tomara la molestia de hacerlo me dolió.

En el buen sentido.

En el mal sentido.

Sostuve cada taza en la mano y contuve las lágrimas que querían deslizarse por mis mejillas. Luché y perdí.

Cuando terminó la película, lavé las tazas y las puse en la encimera de la cocina de Lexi y Mike, incapaz de hacer otra cosa. Una parte de mí quería estrellarlas contra la pared, pero Max tenía razón… esas tazas eran para gente especial. No podía destruir algo tan maravilloso solo porque estuviera enfadada. Mis amigos se merecían algo más.

Aunque ver esas tazas cada día me recordara lo que había perdido.

Al día siguiente, Mike abrió la puerta y recogió otro paquete de Max. No dijo nada, según Lexi; solo le entregó la caja y se fue. Dentro había una foto enmarcada de la abuela y mía, mi foto favorita de las dos. La nota decía…

Charlotte:

Esta foto significa tanto para ti como tú para mí. Se merece un lugar de honor, así que la he enmarcado para que puedas verla a diario, igual que yo quiero verte a ti. Quizá puedas poner la foto con la taza de la abuela. Ella fue la primera en tu vida durante mucho tiempo, y tú eres la primera en la mía. Ahora y siempre.

Te quiero.

Max

El lunes, Lexi y Mike volvieron al trabajo, lo que me puso nerviosa ante la idea de aceptar un regalo de Max yo sola.

Estuve todo el día inquieta, esperando a que sonara el timbre. No podía negar que me decepcionaba que se hubiera rendido tan rápido. Habían pasado tres días. ¿Qué decía eso de mí, o de nosotros, que me superara y pasara página tan rápidamente? Tres días no eran suficientes para que yo lo superara a él. Tres años no serían suficientes. Probablemente, ni tres vidas serían suficientes.

Poco después de que Lexi y Mike volvieran del trabajo, el agudo sonido del timbre resonó por todo el piso. Mike abrió la puerta y apareció Max. Lexi y yo estábamos sentadas en la isla de la cocina, con una vista clara de la puerta.

Era la primera vez que lo veía desde que le pedí que se fuera de mi apartamento. El aspecto de Max era un reflejo de cómo me sentía yo. Tenía más barba de varios días de lo habitual y sus ojos estaban hundidos y rodeados de ojeras. Parecía que apenas había dormido, algo con lo que podía identificarme sin el menor esfuerzo.

Max dio un paso hacia mí, pero Mike levantó la mano para detener su avance. Contuve el aliento, indecisa sobre si quería que luchara por llegar hasta mí o que me dejara en paz. Pero no importó. Max no insistió. Le entregó la caja que sostenía y se dio la vuelta.

Dentro de la caja había un expositor de pastelitos para que pusiera algunos encima del mostrador, otra cosa que mencioné un día que quería.

Charlotte:

Supongo que este no es un regalo tan personal, pero ¡Muérdeme! es personal. Es el lugar donde nos conocimos, es el lugar en el que pones tu corazón cada día, es el lugar donde supe que

te quería, es el lugar en el que quiero estar todos los días. Quizá este expositor pueda ayudar a atraer a clientes para eventos especiales y que puedan ver el hermoso trabajo que haces.
Te quiero.
Max

El martes, Max apareció con un juego completo de azucarero y lechera con el logo de ¡Muérdeme! grabado.

Charlotte:
Para ese aspecto profesional que dijiste que buscas. Sé lo mucho que trabajas y que nunca te comprarías esto, aunque lo quieras. ¡Espero que disfrutes viendo a tus clientes usarlos, ya que tú nunca le echas nata ni azúcar a tu propio café!
Te quiero.
Max

El miércoles entregó una caja pequeña, de nuevo sin decir palabra. Cuando Mike cerró la puerta, me pasó la caja. Con manos temblorosas, la abrí. Dentro había un precioso collar con un magdalena con piedras rosas engastadas a modo de glaseado.

Charlotte:
¿Recuerdas el viernes por la noche... en la cocina... con el glaseado rosa? Nunca volveré a ver esa cosa sin pensar en ti. Y nunca volveré a

*comerlo sin desear que esté sobre ti. Los
diamantes rosas no son ni de lejos tan valiosos
como lo eres tú.*

Te quiero.

Max

Esa noche no cené. No podía sentarme con Lexi y Mike y fingir que estaba bien. Estaba más confusa que nunca. Lo quería; eso no había cambiado. No creía que fuera a cambiar nunca, pero no podía quedarme de brazos cruzados y dejar que mi vida sucediera a mi alrededor. No podía permitir que Max tomara decisiones que me afectaban sin pensar en cómo reaccionaría yo. No podía ser una parte pasiva de una relación.

Y perdonarle a Max que no me hubiera contado lo de Abby y SkinnyCakes sería como decirle que me parecía bien que me ocultara secretos. Y que me parecía bien que me dejara en un segundo plano cuando le convenía.

Me desperté temprano a la mañana siguiente, como siempre. Aunque tenía un mes de vacaciones, seguía levantándome a las cuatro todos los días. Me deslicé silenciosamente en la cocina, sintiendo la necesidad de hornear. No lo había hecho mucho desde que me había mudado con Lexi y Mike, pero no podía perder también esa parte de mí.

Mezclé la masa a mano, para no despertar a Lexi y a Mike. Cuando estuvo en su punto, la vertí en el molde para pastelitos que Lexi guardaba debajo del horno. Metí las magdalenas en el horno caliente y me di la vuelta para preparar una cafetera.

Mientras sacaba la bandeja del horno, oí pasos detrás de mí. —Te has levantado temprano —gruñó Lexi.

Sonreí. —Intentaba no despertaros.

Lexi negó con la cabeza. —Nosotros también nos levantamos temprano, pero normalmente no hasta dentro de unos treinta minutos. Mike ha olido tus magdalenas.

—Deberían estar lo bastante frías para comerlas pronto.

—¿Cómo estás?

Era una pregunta bastante sencilla, pero que en realidad no sabía cómo responder. —Estoy confusa.

—¿Así que estás horneando?

Sonreí. —Es lo que hago. Quizá si consigo superarlo a base de hornear, todo tenga sentido para mí. Es que no sé si puedo perdonar que me mintiera.

—¿Cómo te mintió, Charles? —preguntó Lexi.

—No me contó nada de eso. Le pregunté una y otra vez dónde trabajaba ella y nunca me lo dijo. Lexi, ya sabes lo que opino de la sinceridad.

Lexi asintió y se sirvió una taza de café. —Sí, sé lo que opinas de la sinceridad. Por eso necesito decir algo. —Lexi respiró hondo y dejó su taza. —No sabía nada de eso que te contó Mike el otro día. Pero incluso sin saber cómo se sentía Mike, sabía que me habría arrepentido de no estar con él. Pensé lo peor de él después de mi entrevista. Pero incluso pensando que haría algo como darme un trabajo que no merecía, seguía queriéndolo. Me dolió porque me importaba. Creo que así es como te sientes tú. Estás dolida. Y si pudieras superar el dolor, creo que te darías cuenta de que hizo lo que hizo porque no quería perderte.

—Sé que no quería perderme, Lex. ¿Pero eso hace que ocultarme cosas esté mejor?

Lexi sabía que no había nada más que pudiera decir. Sabía que yo tenía razón. —Solo piensa en lo que he dicho, ¿vale?

Asentí y Lexi regresó a su dormitorio. Un rato después, ella y Mike entraron en la cocina. Comimos magdalenas recién hechas en un silencio relativo y luego se fueron a trabajar, dejándome sola para hornear durante el día.

22

Saqué todos los ingredientes de mi dormitorio temporal. Los había guardado allí para no sobrecargar la cocina de Lexi y Mike. Era grande, pero no lo bastante para los ingredientes de doscientos pastelitos. Sabía que tendría que trabajar por turnos, mezclando un sabor cada vez en tandas pequeñas y horneándolos, pero saldría adelante.

No tenía otra opción.

Justo cuando había organizado todo en la enorme isla, llamaron a la puerta. Se me aceleró el corazón, de miedo o de emoción, pensando que podría ser Max. No sabía si quería que estuviera allí o no, pero no podía ignorar la puerta. Si era alguien que traía algo para Lexi y Mike, me sentiría mal por no cogerlo.

Eché un vistazo por la mirilla para ver quién era y me quedé de piedra al encontrar a Abigail, o Abby, en el umbral. Me sonrió con calidez y abrí la puerta del todo.

—¿Puedo ayudarte? —le pregunté, confundida por su presencia allí.

—¿Te acuerdas de mí? Soy Abigail, bueno, Abby para Max. Soy su hermana.

Me crucé de brazos. —Lo sé.

Apretó los labios en una pequeña sonrisa. —Supongo que merezco tu odio. Soy la razón por la que ya no estáis juntos.

Eso captó mi atención. —¿De qué hablas? No ha tenido nada que ver contigo.

Se encogió de hombros como si no me creyera y me preguntó si podía pasar. Me eché hacia atrás para dejarla entrar en la casa que no era mía y cerré la puerta tras ella, asomándome para ver si Max estaba con ella.

—No está aquí —dijo Abby, adivinando mis pensamientos —. Me ha enviado sola. Con esto.

Me entregó una nota con la caligrafía que ya me resultaba familiar. La abrí y leí sus palabras.

Charlotte:

Sé que tienes un evento importante dentro de dos días. Dijiste que nunca le había preguntado a Abby si quería compartir su espacio. Tienes razón. Debería haberte dado prioridad. Pero no la puse a ella por delante, me puse a mí por delante de ti. Tenía miedo de que me dejaras si te enterabas de que había ayudado a abrir la empresa que más temías. Resulta que tenía razón, pero no por los motivos que yo suponía.

El regalo de hoy no es algo tangible, sino el regalo más sincero que te puedo ofrecer. Abby ha accedido a darte el uso exclusivo de uno de los puestos de trabajo en SkinnyCakes durante todo el tiempo que lo necesites. También se ha ofrecido a

ayudarte si lo necesitas. Yo también estaré allí si
me necesitas, aunque dudo que quieras verme. Por
favor, déjame, déjanos, ayudarte. No quiero ser
la causa de que tus sueños se vayan a pique.
Te quiero,
Max

Suspiré profundamente. No quería molestar a Abby. Sabía que a ella no le importaría, joder, si se había ofrecido incluso antes de que Max se lo pidiera, pero yo no sabía aceptar ayuda. No sabía cómo recibir algo de otra persona.

—No estoy muy segura de lo que dice la nota, pero sé que Max te está diciendo que puedes hornear en SkinnyCakes. Tengo tres puestos y solo uso dos. No vas a estorbarme, pero incluso si lo hicieras, lo haría por ti. Tenemos productos muy diferentes, aunque las dos seamos pasteleras, y no te veo como competencia. Me encantaría poder ayudarte, independientemente de lo que sientas por mi hermano, porque creo en ayudarte, en hacer que ¡Muérdeme! siga siendo viable.

Negué con la cabeza. —No sé si «viable» será una opción para cuando vuelva a abrir.

—Pues lo haremos viable ahora. Venga. Recoge tus cosas y vente conmigo. Hablaremos mientras horneamos.

Seguía teniendo dudas, pero sabía que si no aceptaba su oferta, no la de Max, sino la de Abby, no podría sacar adelante el trabajo para mis clientes. Y fracasar no era una opción.

～

—¿Crees que puedes trabajar aquí? —me preguntó Abby una vez que habíamos descargado todas mis cosas—. Tendrás tu

220

propia nevera y tu propio puesto de trabajo. Ya he hecho una copia extra de las llaves, puedes entrar y salir cuando quieras.

—¿Por qué haces esto?

Abby me dedicó una pequeña sonrisa. —Es obvio que mi hermano te quiere. Nunca ha habido nadie en su vida a quien haya recurrido tanto como a ti…

—Nunca recurrió a mí. Solo era sexo.

Hice una mueca. Probablemente no necesitaba saber eso de su hermano. Sin embargo, Abby no pareció afectada.

—No te creo. Puede que no acudiera a ti tanto como esperabas, pero estaba contigo siempre que no estaba conmigo, ayudándome a abrir este sitio, o trabajando. Quizá no se sinceraba mucho contigo, pero Max es un tío bastante simple. Es la persona más positiva que he conocido. Nada le afecta. Hasta que llegaste tú. Sé que lo quieres, pero te hizo daño. Lo entiendo. Si hubiera sabido lo que estaba haciendo le habría leído la cartilla de tal manera que no le habría quedado más remedio que contártelo. Pero no me lo dijo hasta que fue demasiado tarde.

—No sé si importa. Para mí, me mintió. No es algo que pueda simplemente pasar por alto y aceptar.

Abby asintió. —Lo entiendo. Mi ex me fue infiel. El hecho de que se acostara con otra no me molestó tanto como que me mintiera al respecto. Claro, no habría sido una infidelidad si lo hubiera sabido, porque simplemente habríamos cortado entonces, pero la parte más difícil fue ser la tonta de la historia.

—Lo siento, Abby. Debes de pensar que soy una tonta. Estoy enfadada por una tontería en comparación con lo que tú pasaste.

Abby levantó una mano. —No. Charlie, esto no es una competición. No te cuento lo de mi ex para que pienses que no tienes motivos para estar enfadada. Te lo cuento para que sepas que lo entiendo. Perder la confianza es difícil, a veces irreparable. No sé si podré volver a salir con alguien. Tienes que dejarte llevar y confiar en alguien para poder tener una relación y estoy tan a flor de piel que no sé si alguna vez lo superaré.

Sentí un impulso irrefrenable de abrazarla. —Lo siento, Abby. No puedo ni imaginarme pasar por algo así.

Abby asintió. —Es una mierda, pero tengo algo nuevo en lo que volcarme. Gracias a Max. Sin su ayuda, nunca habría conseguido esto.

Tragué saliva para deshacer el nudo de mi garganta. Sabía que intentaba hacerme sentir mejor, convencerme de que su hermano era un buen tío. El problema era que no me estaba diciendo nada que no hubiera descubierto ya sobre él. Sabía lo maravilloso que era Max. Por eso, que me mintiera me había dolido tanto. Quería creer que no mentía, que había sido el tío simple, feliz y honesto que su hermana idolatraba. En cambio, me había ocultado cosas.

—¿Por qué no empezamos? —sugerí, incapaz de quedarme allí contemplando mi futuro con Max. Abby asintió y suspiré aliviada.

Dos horas más tarde, volvía a sentirme yo misma. Me había acostumbrado al equipo de Abby y me sentía mejor con todo lo de Max. Seguía sin querer verlo ni hablar con él, pero tenía la cabeza menos nublada.

—Suelo pedir comida para que la traigan. ¿Quieres comer conmigo?

—Claro. Me parece genial. ¿Qué vas a pedir?

Abby se encogió de hombros. —No sé. Con el frío que hace fuera, estaba pensando en Soup's On. ¿Has probado alguna vez su sopa?

Asentí y tragué el nuevo nudo que se me había formado en la garganta. Por supuesto que mencionaba el sitio desde el que Max me había enviado el almuerzo. No podía escapar de él, no con su hermana cerca.

—Pediré unas cuantas diferentes. Podemos guardar las sobras en la nevera y acabarlas mañana. La de este lado aún no está en uso.

Abby llamó al restaurante, ajena a mi humor cada vez más sombrío. Quería llegar a conocerla, pero no creía que pudiera soportar los constantes recordatorios de Max. Sin embargo, Abby era un encanto y trabajábamos bien juntas. Si no hubiera abierto su propia pastelería, podríamos haber formado un equipo de la leche.

—La comida llegará pronto. Voy a…

Alguien llamó al cristal de la entrada, interrumpiendo las palabras de Abby. El corazón me martilleaba en el pecho, pero no había ninguna razón para pensar que sería Max.

Excepto que era su hermano.

Mierda.

—Quédate aquí detrás. Probablemente sea Max. No salgas de la cocina y no sabrá que estás aquí.

Me pegué a la pared detrás de la puerta para que el movimiento no me delatara. Oí el clic de la cerradura cuando Abby le abrió la puerta a su hermano. Lo saludó afectuosamente y oí el roce de la tela que supuse que era su abrazo. No pude evitar preguntarme si Abby se había escondido alguna vez detrás de una puerta para espiar a su marido infiel, porque así era como me sentía.

—¿Has visto a Charlotte? —preguntó Max, su voz llegando fácilmente a la cocina.

—Sí.

—¿Qué ha dicho?

—Vendrá mañana.

—Bien. Pues yo también.

—No, Max. Tú no. Ella confía en mí. No voy a dejar que destruyas eso. Necesita esta oportunidad. Le preocupa que ¡Muérdeme! no sobreviva cuando vuelva a abrir. Si estás aquí mañana, no podrá hornear y no terminará su pedido. Si quieres que vuelva a confiar en ti, tienes que demostrarle que se puede confiar en ti. No le has enviado esa nota para tenderle una trampa, ¿verdad?

Oí su suspiro mientras contenía la respiración. —No, claro que no. Joder, Abby, ¿en qué coño estaba pensando? No puedo creer que la haya cagado así con ella. Solo quiero verla. Abrazarla. La echo de menos.

Se le quebró la voz al decir las últimas palabras, lo que me hizo tragar saliva. Dios, yo también le echaba de menos. Quería salir corriendo, echarle los brazos al cuello, hundir la cara en su pecho y no irme nunca.

Pero no podía.

No iba a aceptar que yo no fuera su prioridad. No era tan egoísta como para no querer que tuviera a nadie más en su vida, pero necesitaba saber que él me daría prioridad. Y aún no me lo había demostrado.

Un rato después, Max se fue. El repartidor de Soup's On apareció mientras Abby cerraba la puerta con llave. Volvió a la cocina con el almuerzo. —Supongo que lo has oído todo, ¿no?

Asentí, sin mirarla.

—Lo siento. No sabía que iba a venir hoy, o no habría insistido en que vinieras.

Negué con la cabeza. —No pasa nada. Me'alegro de que no haya entrado aquí de golpe.

—Charlotte, ¿puedo preguntarte algo?

Asentí.

—¿De verdad es solo por la confianza? ¿Es esa la razón principal por la que no perdonas a Max?

Me mordisqueé el labio. ¿Cómo le decía a su hermana que estaba celosa de ella?

—No se lo diré si es eso lo que te preocupa —dijo Abby, malinterpretando mi silencio.

—Lo sé. Me has demostrado que puedo confiar en ti al

decirle que no vuelva mañana. Claro que si lo hace, entonces sabré que no puedo confiar en él. —Suspiré—. No es solo la confianza. Cuando mi abuela murió, me quedé sola. No tenía a nadie a quien recurrir, nadie que recurriera a mí. Unos años más tarde conocí a mi mejor amiga, Lexi. Cuando se lió con su marido, pasé del primer al segundo puesto en su mundo. Hace mucho tiempo que nadie me da prioridad, y…

—Sientes que Max tampoco lo hace. Joder. Es aún más idiota de lo que pensaba. Lo siento, Charlotte, de verdad que lo siento. Él siempre ha estado ahí para mí. Nunca se me ocurrió que no lo estaría. Siento haberlo estropeado todo.

Negué con la cabeza. —Tú no. Lo hizo Max. No me gusta echarle toda la culpa, pero si me hubiera dado prioridad, no estaríamos en esta situación. Al no darme prioridad, te mantuvo en secreto. He estado aterrorizada de que tu pastelería me robara a todos mis clientes y que no me quedara nadie para ir a ¡Muérdeme! cuando volviera a abrir.

—Bueno, entonces tenemos que asegurarnos de que eso no ocurra, ¿no?

23

ABBY y yo nos pasamos el resto del día pensando en ideas para que ambas pastelerías tuvieran éxito. Íbamos a hacer juntas algunas campañas de marketing. Mientras estuviera de descanso durante un mes, me dedicaría a conseguir algunos eventos de empresa que pudiéramos surtir las dos. También esbozamos algunas ideas para darnos a conocer.

La fiesta de aniversario de ese fin de semana fue bien. Los clientes me cubrieron de elogios y repartí tarjetas de visita tanto de ¡Muérdeme! como de SkinnyCakes.

El martes invadimos el SkinnyCakes de Abby para nuestra noche de chicas. Abby me dejó cocinar los dulces favoritos de mis amigas, así que tomamos nuestros pastelitos de siempre, pero todas probamos algunos de sus pasteles. A regañadientes, admití que estaban de muerte.

Enero pasó volando. Acabé mucho más ocupada de lo que había pensado. Entre el trabajo con Abby y la promoción de ¡Muérdeme!, apenas tuve tiempo de echar de menos a Max.

Apenas.

Una semana antes de lo esperado, pude instalarme en el nuevo local de ¡Muérdeme!. Programé la entrega de todo mi equipo del almacén después de que la empresa de limpieza viniera a asegurarse de que todo cumplía con la normativa de seguridad alimentaria. Mientras yo ponía en funcionamiento la cocina, otro equipo pintaba la zona del comedor. Para cuando quise darme cuenta, ya estaba lista para volver a abrir.

—Voy a echar mucho de menos hornear contigo cada día —dijo Abby con los ojos llorosos. Me pasé a charlar en mi última mañana libre. Decidí organizar una reinauguración privada para mis clientes más fieles y un evento público aparte para todo el mundo. Quería invitar a Abby al evento privado.

—Yo también. Pero ahora puedes expandirte. Es una locura que ya se te agote todo.

Abby asintió. —No lo habría conseguido sin ti. Aunque las cosas no funcionaran entre Max y tú, sigo considerándote una hermana. La hermana que nunca tuve.

Abracé a Abby, deseando haber podido ser su hermana. Seguía echando de menos a Max cada día, pero la cosa iba mejorando. Cuando empecé a hornear con Abby, él dejó de llamarme y de escribirme. Sabía que ella tenía algo que ver, pero nunca le pregunté. Después de aquel primer día, mantuvimos nuestras conversaciones libres de Max.

—Bueno, podemos ser hermanas reposteras. Sabe Dios que hemos compartido harina de sobra. —Abby se rio conmigo y volvimos a abrazarnos—. De verdad espero que vengas mañana a la fiesta. El resto de la pandilla estará allí.

—Nunca habría pensado que me acogerían tan bien, pero me caen muy bien tus amigos.

—Creo que también son tus amigos, Abby.

Se le humedecieron los ojos y me pregunté qué le pasaba. —Nunca he tenido un grupo grande de amigos como ese. Es agradable tener gente con la que pasar el tiempo.

Asentí. Abby tenía razón. Aunque yo no fuera la primera

para ninguno de ellos, los quería. No tenía que ser la primera para saber que me querían, o para querer.

～

AL DÍA siguiente me levanté temprano para prepararme para la apertura. Mi piso de arriba era perfecto, salvo que me sentía sola. Todavía no había decidido qué iba a hacer con el segundo dormitorio, pero ya se me ocurriría algo.

Miré el móvil cuando bajé y casi me caigo por las escaleras. Max me había enviado un mensaje a las cuatro de la mañana deseándome suerte con la reinauguración. No me sorprendió que lo supiera, pero me dejó sin aliento saber de él después de tanto tiempo sin una palabra. Había asumido que había pasado página, ya que nunca se había puesto en contacto conmigo.

La distancia me había dado perspectiva. Cuanto más conocía a Abby, más la quería, y más quería a Max por ayudarla. Todavía deseaba que me hubiera contado lo que estaba pasando. Abby y yo podríamos habernos hecho amigas antes. Pero también decidí que no iba a desperdiciar mi vida pensando en lo que podría haber sido.

Si iba a ser amiga de Abby, quizá también podría serlo de Max.

Le envié un mensaje de vuelta dándole las gracias y luego guardé el móvil para poder hornear.

Cuando abrí la puerta unas horas más tarde, contuve la respiración. En parte, esperaba que Max estuviera en la acera esperando a que le dejara entrar, pero no fue así. Intenté apartar la decepción y me refugié en la cocina hasta que la gente llegó para la fiesta.

Cuando la campanilla de encima de la puerta sonó, salí de la cocina por las puertas batientes y encontré a los O'Neill dentro. Sonreí y corrí a rodear el mostrador para abrazarlos a ambos.

—Charlie, querida. Este sitio es precioso —dijo la señora O'Neill con entusiasmo—. Has hecho un trabajo maravilloso, aunque no nos sorprende.

—Muchas gracias por haber venido. Sé que para ustedes está un poco más lejos.

—Oh, iríamos a cualquier parte por ti, querida. Además, estamos jubilados. No es que tengamos un horario que cumplir.

Sonreí y empecé a prepararles su pedido de siempre. —Son mis primeros clientes.

—Maravilloso, querida. Qué emoción. ¿Cómo estás?

—Estoy genial. Ha sido un mes ajetreado aunque no haya estado abierto. Conocí a la dueña de SkinnyCakes y nos hicimos amigas. Me dejó usar su cocina y trabajamos juntas en algunas promociones.

—Oh, qué maravilla. ¿Qué tal son sus pasteles? Nunca quisimos ir y serte desleales.

Sonreí, les entregué sus pastelitos y sus cafés e hice un gesto para que no pagaran. —Hoy es para dar las gracias a mis clientes. Hoy no paga nadie. Solo estamos aquí para divertirnos. Y los pasteles de Abby son buenos. Mejores de lo que esperaba. Aunque también hace muchas otras cosas. Su pan es increíble.

—Bueno, puede que tengamos que probarlo alguna vez.

—Deberían. ¿Vendrá su familia hoy?

La señora O'Neil asintió. —Sí, Molly vendrá pronto y algunos de los demás.

—¿Cómo está Molly? Está de unos cinco meses, ¿verdad?

—Sí, casi. ¿Te hemos contado que va a tener un niño?

—Oh, qué emoción. Mi amiga, Sam, acaba de saber que también va a tener un niño.

—Tendremos que juntar a los niños cuando nazcan. Sé que Molly buscará a otras madres con hijos de su edad.

—Sam también lo hará. ¿Han escogido ya un nombre? —le pregunté.

La señora O'Neill negó con la cabeza. —No. Aún no están seguros. ¿Y tu amiga?

—No, ella tampoco está segura. Su bebé fue una sorpresa y todavía... se están acostumbrando a la idea de ser padres.

—Oh, bueno, un bebé siempre es una pequeña sorpresa, incluso si fue planeado. ¿El padre está involucrado?

Asentí. —Sí, está casada. En realidad, no habían decidido si tener hijos o no. Brady tuvo una infancia difícil y tenía miedo de ser un padre como el suyo.

—¿Y tú qué crees?

Sonreí y asentí. —Brady es uno de los hombres más increíbles que conozco. Va a ser un padre estupendo. Su hijo es muy afortunado.

—Bien. Rezaré por ellos. ¿Estarán hoy aquí?

—Sí. Os los presentaré.

—Gracias. A Molly le encantará conocer a otra madre. Podemos sentarlas juntas y que intercambien historias de embarazo.

Sonreí. Sam había tenido, sin duda, un montón de achaques del embarazo y le vendría bien alguien con quien hablar. —A Sam le gustaría eso.

La puerta sonó y Sam y Brady entraron. Los saludé con la mano mientras los O'Neill se giraban para sonreír. Hice un gesto hacia Sam, que estaba detrás de ella. —De hecho, esta es Sam, y su marido, Brady.

—Oh —exclamó la señora O'Neill—. Justo estábamos hablando de ti.

Sam sonrió. —¿Debería preocuparme?

La señora O'Neill se rio. —Mi nieta está embarazada de

cinco meses de un niño. Charlie y yo estábamos conspirando para juntaros hoy a las dos.

—Si se parece en algo a mí, no pasaremos desapercibidas.

La señora O'Neill se rio. —Bueno, imagino que es verdad. Pero solo porque una mujer embarazada es hermosa.

Sam se sonrojó y sonrió. Brady la rodeó con un brazo y la acercó a él. —Estoy de acuerdo —dijo él.

Los O'Neill les sonrieron y se alejaron para escoger asiento. Abracé a Sam y a Brady por encima del mostrador. —¿Lo de siempre?

Sam sonrió. —A menos que creas que hoy necesito el Especial Charlie.

Me eché a reír. Cada vez que tenían un mal día, yo elegía algo que, según mi criterio, necesitaban y los obligaba a comérselo. Mis amigos lo bautizaron «el Especial Charlie» y se tomaban el pelo unos a otros cuando lo tenían en el plato. Era una señal involuntaria de que algo iba mal para que los demás pudieran abalanzarse.

Quería decir ayudar.

Miré a Sam con atención y me reí de su sonrisa de oreja a oreja. Negué con la cabeza y declaré: —Estás bien. Puedes tomar lo de siempre.

Sam me devolvió la sonrisa. —Gracias. ¿Cómo lo llevas? ¿Estás emocionada por volver al negocio?

Asentí. —Lo estoy. Es genial volver a abrir. Creo que hoy todo va a ir bien. Espero que el próximo sábado vaya igual de bien. ¿Seguro que no te importa ofrecer tus servicios para la fiesta?

Sam asintió. —Claro que no. Una sesión de fotos gratis es una gran idea. Y a Brady le encanta la publicidad que está consiguiendo por ofrecer una suscripción gratuita desde una pastelería. Me encanta que estés sorteando premios para el evento. Eso debería ayudar a crear un poco más de expectación.

—Eso parece. Hasta Connor lo está promocionando en su programa de radio. Nada de esto habría sido posible sin todos vosotros.

—Estamos encantados de ayudar. Volverás a la normalidad en nada de tiempo.

—Eso espero.

Sam y Brady se alejaron del mostrador mientras más clientes entraban por la puerta. Cuando todos nuestros amigos estaban allí, así como los demás que había invitado, todos excepto Abby, sonreí. La gente a la que quería estaba toda en una misma habitación. Me giré y miré la foto mía y de Grams que Max me había regalado. Estaba en una estantería encima de la mesa de la nata y el azúcar, con su taza y una sola orquídea blanca. Le sonreí a Grams y le di las gracias por creer en mí, por haberme ayudado a llegar tan lejos.

Me sentía querida.

Y eso era suficiente.

Esperaba que fuera suficiente. El vacío en mi corazón me decía que no lo era, pero que acabaría por desaparecer. Olvidaría a Max. Pasaría página. Me volvería a enamorar.

Pero ¿sería suficiente?

Sinceramente, no lo sabía.

24

JUSTO CUANDO ESTABA a punto de darles las gracias a todos por estar allí, la campanilla de la puerta volvió a sonar. Abby entró con expresión de disculpa en el rostro. Fruncí el ceño, preguntándome qué le preocuparía, y entonces la campanilla sonó de nuevo.

Y entró Max.

Connor se levantó de un salto antes de que yo pudiera salir de la estancia. Me dedicó un gesto de asentimiento y supe que no dejaría que Max se me acercara. Max sabía lo importante que era ¡Muérdeme! para mí y estaba segura de que no lo pondría en peligro.

Max mantuvo sus ojos fijos en los míos mientras Connor se le acercaba. Llevaba un ramo de flores rosas en la mano. Sentía que el corazón se me hacía pedazos en el pecho con cada segundo que nuestras miradas permanecían clavadas la una en la otra. Al final, cerré los ojos y aparté la vista, secándome las lágrimas que amenazaban con caer.

—Max, ¿qué haces aquí? —preguntó Connor en voz baja, mirándome de reojo.

—Connor, solo quería desearle suerte en su primer día. Tengo algo para ella.

Connor me miró, preguntándome con los ojos qué quería hacer. Negué con la cabeza y él se volvió hacia Max. —No está lista para hablar contigo. Escucha, sé que la quieres. Pero hoy no. Necesita que este día sea para ella.

Max negó con la cabeza. —No puedo hacer eso, Connor. Te respeto un montón y sé que intentas protegerla, pero yo también lo hago. He estado sentado fuera toda la noche, deseando estar dentro con ella, como se suponía que debía estar en su primera noche aquí. Vi encenderse las primeras luces dentro. Casi entré de golpe por la puerta cuando la vi abrir. Sabía que estaríais aquí. Te pregunto, de hombre a hombre, ¿te echarías atrás si Riley estuviera enfadada contigo?

—Sabes que no lo haría. —Connor se cruzó de brazos, lo que le hizo parecer aún más grande.

—Entonces sabes cómo me siento. No voy a rendirme. No estoy aquí para fastidiarle el día…

—Pues es lo que estás haciendo —intervino Brady, poniéndose hombro con hombro junto a Connor—. Charlie está ahí parada como si tuviera miedo de moverse. Si su reacción al verte no es suficiente para convencerte de que no quiere que estés aquí, nada lo será.

Max me miró. Sabía que me estaba observando, decidiendo por sí mismo cómo me sentía realmente. Max siempre había sido capaz de leerme como si yo fuese un libro y él, el autor. No había secretos para Max когда quería descubrir algo. El problema era que ya no quería que descubriera mis secretos. Había perdido ese derecho.

Sobre todo porque en ese momento era probable que viera cuánto lo había echado de menos. Cuánto lo deseaba todavía. Cuánto esperaba que pudiera explicarlo todo y que pudiéramos volver a estar juntos.

—Chicos, sin faltar al respeto, pero me gustaría oír de boca de Charlotte que no quiere que esté aquí. Que no quiere volver a verme. Necesito oír esas palabras salir de sus preciosos labios. Si puede decírmelo, a la cara, entonces me iré y no volveré a molestarla nunca más.

Les dijo esas palabras a Brady y a Connor, pero sus ojos no se apartaron de los míos en ningún momento. Max sabía que no podría hacerlo. Nunca sería capaz de decirle que se fuera.

Todavía lo amaba a pesar de todo lo que había hecho.

Y él lo sabía con solo mirarme a los ojos.

—No tiene que decirte nada, Max. Ya te lo hemos dicho nosotros por ella. Hemos repetido las palabras que ha dicho. La dejaste en paz durante el último mes. ¿Por qué ahora? ¿Por qué cuando por fin se está recuperando? Hoy es la primera vez que la vemos siendo ella misma. Por favor, no le arruines el día.

—Pero ni una sola vez me ha dicho Charlotte que me vaya. En cuanto a volver hoy... sabía que tenía que respetar sus deseos. Sabía que si no la dejaba en paz no confiaría en que iba a ponerla a ella primero. Me mataba cada día escuchar a Abby contarme las cosas que hacían. Oír a mi hermana pasar tiempo con la mujer que amo. No era justo, pero era lo que Charlotte necesitaba. No iba a quitarle ese tiempo. Esperaba que Abby intercediera por mí y nos ayudara a volver, pero se negó. Abby sabía que si seguía hablando de mí, Charlotte se cerraría en banda y se marcharía. Abby ha ganado una amiga, un grupo de amigos —Max señaló hacia donde Abby estaba sentada en medio de nuestro grupo—. Y yo lo he perdido todo. Sé que estáis aquí para protegerla, pero ese es mi trabajo. La amo. La puse en primer lugar durante un mes para que pudiera sanar. Para que pudiera perdonarme. Me dije a mí mismo que si respondías a mi mensaje esta mañana, vendría aquí y te diría que te amo y te pediría otra oportunidad. Nada me hizo más feliz que saber de ti después de un mes de silencio. Cuando te vi en casa de Lexi y Mike no pude soportar las ganas de entrar y llevarte a casa conmigo. Cuando fui a SkinnyCakes y supe que estabas en la cocina, me costó toda mi fuerza de voluntad no hacer lo mismo.

—¿Cómo sabías que estaba allí?

—Vi tu coche. Esperaba que Abby te delatara, pero no lo hizo. Discutimos por ello esa noche.

Miré a mi amiga y agachó la cabeza, diciéndome que Max no mentía.

—Pasaba en coche por casa de Lexi y Mike todos los días con la esperanza de verte un instante. Me sentaba fuera de SkinnyCakes esperando a que salieras. Abby y yo apenas nos hemos hablado porque no quería ayudarme. Pero tenía razón. Necesitabas tiempo para ti. Para decidir si podrías perdonarme alguna vez. Lo que necesito saber es si puedes.

Sabía que todos me estaban mirando. Era difícil estar ahí de pie y escuchar todo lo que Max decía con público, pero sabía que la gente que estaba allí me quería.

Igual que sabía que Max me quería.

—No sé si es suficiente.

—¿Qué será suficiente? ¿Qué puedo hacer para demostrarte que te digo la verdad? Para demostrarte que no me voy a ir a ninguna parte y que tú eres lo primero en mi vida.

Miré a Abby, preguntándome si le habría contado lo que yo había dicho. Negó ligeramente con la cabeza, indicando que no había dicho ni una palabra. Lo que significaba que Max había escuchado. Y se había tomado mis palabras en serio.

—No lo sé, Max.

—¿Todavía me quieres?

Contuve el aliento, sin querer darle la respuesta, pero sabiendo que no podía mentirle.

—Si puedes decirme que no, dímelo a la cara, entonces te dejaré en paz. Aceptaré que has acabado conmigo, con nosotros. Pero hasta que no oiga esas palabras, no puedo renunciar a nosotros. Porque todavía te amo. Con cada pedazo de mi corazón y de mi alma. Con cada aliento de mi cuerpo. Con cada gota de mi sangre, te amo, Charlotte. Eso nunca cambiará. Ni hoy, ni mañana, ni dentro de un mes o un año o toda una vida. Pero si puedes quedarte ahí y decirme que para ti ha cambiado, que lo que hemos compartido se ha acabado para ti… entonces te dejaré seguir con tu vida. Porque te amo lo suficiente como para querer que seas feliz. Y si yo no soy esa felicidad, entonces me apartaré. Pero tú siempre lo serás para mí. Siempre serás el amor para mí. Siempre serás la vida para mí. Siempre serás suficiente para mí. Por eso… —sacó una caja y se arrodilló—. He venido hoy aquí para pedirte que me dejes ser suficiente para ti. Que me des la oportunidad de ser suficiente para ti cada día. Por favor, Charlotte, ¿quieres ser mi mujer?

¿Cómo se sentía un ataque al corazón? No conocía a nadie que hubiera tenido uno, pero había leído sobre ello una vez. Además del dolor en el pecho, tienes dolor en los brazos, el cuello o la espalda, te falta el aire y te entra un sudor frío.

Definitivamente estaba sufriendo un ataque al corazón. Porque no había ni la más remota posibilidad de que Max me estuviera pidiendo matrimonio de verdad.

Todo mi cuerpo empezó a temblar. Estaba temblando de verdad. El sudor me corría por la espalda y tiritaba por el frío que sentía. Alguien abrió la puerta principal y el sudor frío se convirtió en hielo.

Se me agarrotó la espalda, como si todos los músculos de mi cuerpo se hubieran contraído. Mis puños se cerraban rítmicamente. Me dolía la mandíbula mientras rechinaba los dientes. En serio, pensé que la cabeza me iba a estallar.

Entonces empecé a hiperventilar. Sinceramente, no podía respirar. Se me cortó la respiración después de que se arrodillara y, una vez que volvió, era irregular y sentía que me ahogaba. Tenía que salir de allí.

Después de decirle exactamente lo que pensaba de él.

—¡Cómo te atreves! ¿De verdad crees que soy una mujer tan patética como para lanzarme a una proposición de matrimonio después de no saber nada de ti durante un mes? ¿Tan poco piensas de mí? ¿Alguna vez me quisiste de verdad? Ningún hombre que me ame de verdad, de la manera que profesaste tantas veces, me propondría matrimonio así. Pensaría que puede aparecer después de un mes y decirme que lo hizo por mí y que estaba listo para ponerme en primer lugar.

Carrie estaba a mi lado. —Charles, aquí no. Sal fuera o sube, demonios, incluso en la cocina, pero aquí no, cariño. Has trabajado demasiado duro para esto.

Eché un vistazo por la sala a las caras de asombro de mis clientes y luego fulminé con la mirada a Max, que seguía arrodillado frente a mí. —Fuera. Ahora —le gruñí.

Me abrí paso entre las mesas y salí por la puerta principal de un portazo. Aún era lo bastante temprano como para que no hubiera mucha gente cenando fuera, así que teníamos la acera para nosotros solos.

—¿Cómo has podido hacer eso, Max? ¿Tienes idea de lo humillante que ha sido para mí?

Max ladeó la cabeza y me miró como si estuviera confundido. —¿Para ti? Nena, yo soy al que acaban de rechazar mientras te suplicaba que te casaras conmigo. Hablando de humillación.

—¿Por qué me haces esto, Max? ¿Por qué estás hoy aquí? ¿Por qué no me dejas en paz?

Max se pasó una mano por el pelo. Me di cuenta de que la caja negra seguía en su otra mano, pero estaba cerrada. El vistazo que le había echado al anillo había sido impresionante, pero un anillo bonito no era razón suficiente para casarse con alguien. La confianza también tenía que estar ahí. Y la dedicación.

Max extendió la mano hacia mí, pero yo retrocedí. Si me tocaba, sabía que estaría perdida. Sabía que nunca podría negarle nada. Un solo toque y aceptaría su anillo, su matrimonio y cualquier versión de un «y fueron felices para siempre» que pudiera darme.

—Charlotte, no voy a renunciar a ti. Sé que todavía me quieres. Acabo de decirte que nunca dejaré de quererte. Hasta que me digas que no estás enamorada de mí, voy a seguir intentándolo. Te dejé tu tiempo. Respeté tus deseos de tener algo de espacio. Pero se acabó el dejar que te me escapes. Estaré aquí todos los días, como antes. Y cada día tendrás que decirme que me vaya. Hasta que seas capaz de decirme que no me quieres, volveré.

—Me hiciste daño, Max. Sí, todavía te quiero. Pero no estoy segura de poder volver a lo de antes.

—Charlotte, por favor, créeme. Nunca quise hacerte daño.

—¿A qué coño ha venido esta proposición? —lo interrumpí—. ¿Por qué ibas a pensar que me parecería bien algo como lo que has hecho?

Max sonrió de oreja a oreja. Su hoyuelo me guiñó un ojo y sentí que mis entrañas saltaban, se agitaban e intentaban llamar su atención. Estaba jodidamente perdida.

Pero ¿por qué sonreía?

—Sabía que si hacía eso, conseguiría que te quedaras a solas conmigo. Te cabrearía lo suficiente como para que alguien nos dijera que nos fuéramos a otra parte.

—¿Así que querías arruinar mi negocio con este numerito? ¿Lo has grabado con el móvil para poder colgarlo en YouTube más tarde? «La dueña de la pastelería pierde los estribos: SkinnyCakes graba el fracaso de un negocio». ¿Suena bien? ¿Poniendo a Abby por delante?

Max negó con la cabeza, solemne. —No. Eso ni se me pasó por la cabeza. Nunca haría nada que pusiera en peligro tu futuro. Lo único que quería era una oportunidad para hablar contigo, sin los guardaespaldas de por medio.

—Max, es que no lo sé. Me hiciste mucho daño. Te dije lo mucho que me cuesta confiar y te lo has cargado.

—No, nena, no me lo he cargado. Lo he magullado, sí, y he sido estúpido. Siento haberte hecho daño, Charlotte, de verdad que lo siento. ¿Tú no has cometido nunca un error?

—No hagas eso, Max. No intentes hacer ver que lo que hiciste no fue para tanto.

Él negó con la cabeza. —No lo hago. Cometí un error porque quería conocerte, pasar tiempo contigo. Todo lo que hice fue por motivos egoístas, porque no quería renunciar a ti. No fue justo para ti, lo sé, pero cada palabra que te he dicho era la verdad. Te quiero, Charlotte. Y todo lo que he dicho ahí dentro iba en serio. —Hizo un gesto hacia ¡Muérdeme!

No quería pensar en lo que había dicho dentro. Su declaración de amor. Su proposición. Era un truco. Un montaje, al parecer, para quedarse a solas conmigo.

—Max, sé que en realidad no me estabas pidiendo matrimonio. Sé que me quieres…

—No, Charlotte, no lo sabes. Lo que siento por ti no es amor, es más que eso. Te he traído esto. —Le tendió el ramo de flores—. Se llaman onagras. Significan «no puedo vivir sin ti». Así es como me siento contigo. Lo que he dicho dentro, que si me dices que me vaya, lo haré…, pero no me iré a ninguna parte hasta que tú misma me digas que has terminado conmigo.

Me cubrí la cara con las manos. Todavía no podía decirlo. No podía decirle que había terminado. Quería hacerlo. Estaba herida. Pero perderlo para siempre era demasiado doloroso como para planteármelo.

—Charlotte, lo veo. Sé que no has terminado. Por favor, dame otra oportunidad. Te prometo que nunca más volveré a mentirte, engañarte u ocultarte nada.

Respiré hondo. Tenía razón. —No estoy lista para dejarte ir, pero no sé si confiaré plenamente en ti sabiendo lo fácil que te resultó ocultarme algo tan gordo la primera vez.

—Oh, nena, no fue fácil. Quería decírtelo cada día. Cada momento que dejaba pasar sin decirte la verdad…, sabía que estaba cometiendo un error. Te prometo que no volverá a ocurrir. Déjame demostrártelo.

Me mordisqueé el labio. Era convincente. Con cada palabra, empezaba a ver su punto de vista. Le creía. Sabía que lo que hizo me iba a hacer daño, pero lo hizo para estar conmigo. Me estaba ablandando y empezaba a verlo como algo tierno en lugar de la cosa horrible a la que me había aferrado durante todo el mes.

¿Podía darle otra oportunidad? Todas mis amigas les habían dado a sus hombres otra oportunidad. Todas tuvieron la fuerza para intentarlo de nuevo, y a todas les había ido mejor por ello. Cuando Max y yo empezamos a estar juntos, yo era feliz. Más feliz que nunca. No quería estar sin Max. Esa era la verdad.

—Como la cagues una vez más, Max… —empecé.

Me interrumpió antes de que pudiera terminar. Los labios de Max estaban sobre los míos, urgentes y posesivos. Separó mis labios con facilidad y yo me empapé de él todo lo que pude. Sus brazos se cerraron a mi alrededor, sus dedos se hundieron en mi pelo y la otra mano me acercó a él.

Los planos duros de su cuerpo se encontraron con los míos, suaves. Mis manos se aferraron a él, recorriendo ávidamente su cuerpo y recordando su tacto. Max. Músculos firmes y calor me recibieron. Se sentía bien en mis brazos, y yo me sentía bien en los suyos. Por fin volvía a sentirme normal, como si estuviera donde se suponía que debía estar.

Demasiado pronto, Max se apartó de mí. Mis ojos no querían abrirse y mi cuerpo no quería separarse del suyo. Él se rio suavemente y acomodó mi cabeza bajo su barbilla. —Nena, lo siento. Dios, eres tan perfecta. No deseo nada más que terminar lo que estamos empezando aquí, pero tengo que saber una cosa.

—¿El qué? —pregunté, somnolienta.

—Bueno, Charlotte, nunca has respondido a mi pregunta. Me preguntaba si podrías darme una respuesta.

—¿De qué hablas? ¿Qué pregunta? —pregunté. Estaba realmente confundida. Retrocedí para poder mirar a Max.

Max retrocedió aún más y se arrodilló frente a mí. —Todo lo que he dicho ahí dentro iba en serio. Tú eres suficiente para mí. Eres tú y nadie más. Sé que esto parece repentino, pero me ha costado mucho esperar hasta ahora. Hace tiempo que sé que quiero casarme contigo. Llevo un tiempo planeándolo. Esos regalos eran el preludio de mi proposición. Claro que entonces no querías hablar conmigo, pero eso fue culpa mía. Sé que este mes no ha sido lo que esperábamos, pero no ha cambiado lo mucho que te quiero ni las ganas que tengo de casarme contigo. Así que, de nuevo, Charlotte Elise Black, ¿quieres ser mi esposa?

Mierda, ese ataque al corazón había vuelto. ¿Sudores fríos? Sí. ¿Dolores en el pecho? Sí. ¿Dolores corporales? Sí.

—Max, no puedes estar hablando en serio.

—Completamente. Te quiero. No puedo vivir sin ti y, lo que es más importante, no quiero hacerlo. Sé que la he cagado, pero pienso pasar el resto de mi vida compensándote y demostrándote que eres lo primero en mi mundo. Por favor, Charlotte, dame esa oportunidad.

¿Casada? ¿Con Max? Había soñado con ello. Solo en mis fantasías había pensado en casarme, y mucho menos con Max. Sabía, sin lugar a dudas, que esos sueños nunca se harían realidad.

Excepto que estaba pasando. Max estaba ante mí, con una rodilla en el suelo, en la acera, delante de ¡Muérdeme!, pidiéndome que me casara con él.

¿Por qué dudaba?

—¿Estás seguro? —le pregunté, sin creer todavía que me quisiera.

—Más seguro que de cualquier otra cosa en mi vida.

—Sí —susurré finalmente.

—¿Sí? ¿Has dicho que sí? —preguntó Max, mirándome con una sonrisa de oreja a oreja. Su hoyuelo se asomó y me hizo sonreír.

—Sí, Max, me encantaría casarme contigo.

Max soltó un grito de alegría y se puso de pie de un salto, levantándome en brazos al hacerlo. —Oh, Charlotte, te quiero tanto. Te haré feliz, cariño, tan feliz.

—Ya lo haces, Max.

Max volvió a abrir la caja y vi un gran diamante rosa de talla esmeralda con diamantes triangulares a los lados, que conducían a una banda de platino. Era impresionante.

—Oh, Max. Es precioso.

—No, Charlotte, tú lo eres. Creo que hará juego con ese collar que llevas puesto —dijo con una sonrisita.

Sonreí. Sí, me había puesto su collar. Era precioso y me hacía pensar en él. El peso que tenía alrededor del cuello me hacía sentir que estaba conmigo. Aunque estaba enfadada con él, lo quería. Y me encantaba mi collar.

—Sí, sí. Tenías razón. Te quiero, aunque estuviera dolida y enfadada.

—Lo sé —dijo él, con voz seria—. No volverá a ocurrir. Y

ahora, ¿crees que podemos volver a entrar y sacar a todo el mundo de su miseria?

Miré hacia la ventana y vi a mis clientes fieles y a mis mejores amigos con la nariz pegada al cristal. Sonriendo.

—Sí, supongo que deberíamos compartir la buena noticia. Charlie por fin ha encontrado marido.

—Y no piensa quitárselo de encima. Ah, y por cierto, nos casamos pronto. No voy a esperar mucho para llamarte mi esposa.

—Por mí, perfecto —dije mientras entrábamos por la puerta entre vítores, lágrimas y sonrisas de las personas que más significaban para mí. Miré la foto de la yaya y mía, y supe que ella me había enviado a Max. Mi amor. Mi vida. Mi hombre.

EPÍLOGO

ABBY

Siempre había querido tener una hermana. Por algún milagro, cuando encontré una, me tocaron ocho. Menos mal que mi hermano por fin espabiló y arregló las cosas con Charlie. Cuando volvió a ¡Muérdeme!, supe que nos distanciaríamos.

Pero ya no tenía que preocuparme por eso.

Estaba de pie junto a Max, con un vestido negro, esperando a que Charlie recorriera el pasillo hasta el altar. No perdieron el tiempo en casarse y planificaron la boda en dos meses. Él iba a mudarse con ella, ya que para Charlie era más fácil estar justo en ¡Muérdeme!, pero todavía no se había marchado de casa. Por primera vez desde mi divorcio, iba a estar sola. Completamente sola.

Era bueno para mí. Necesitaba rehacerme.

Sonreí junto a mi hermano, rezando en silencio para que su matrimonio tuviera más éxito que el mío. Aunque sabía que no tenía que rezar con mucho ahínco, porque Brett nunca me miró como Max miraba a Charlie. Se notaba cuánto la quería incluso cuando pronunciaba su nombre o lo oía. Brett y yo apenas nos conocíamos cuando nos casamos.

Yo pensé que era un romance vertiginoso. Para él fue una conveniencia.

—Puede besar a la novia —anunció el oficiante, sacándome de mis ensoñaciones. Odiaba haber dejado que mis pensamientos sobre Brett me impidieran centrarme en la boda de Max y Charlie. Sonreí mientras él la besaba; los dos sonreían durante el beso. Cuando por fin se separaron, los vítores y silbidos llenaron la iglesia.

Cogí a Lexi del brazo y recorrimos juntas el pasillo. Estaba deslumbrante con su vestido de dama de honor de color rosa fucsia. Le llegaba hasta los tobillos y dejaba ver unos zapatos de tacón negros con pedrería en la puntera. Llevaba el pelo recogido en un moño elaborado, a juego con Mandy y Riley, que iban detrás de nosotras.

—¿Cómo estás? —preguntó Lexi.

Les había contado a todas lo de mi divorcio. Todas entendían lo difícil que era para mí asistir a una boda y no pensar en la mía y en mi matrimonio fallido.

—Estoy bien —dije al final—. Me alegro por Max y Charlie.

—No tienes que hacerte la fuerte con nosotras, ¿sabes? No pasa nada por estar dolida.

Asentí y volví a esbozar una sonrisa mientras seguíamos por el pasillo. —Lo sé. Pero mi matrimonio no se pareció en nada a como va a ser el suyo. Entendí por qué Charlie estaba tan enfadada con Max. Mi exmarido tampoco me dio nunca la prioridad. Para él, siempre fue el trabajo. O su asistenta, ahora me doy cuenta.

—Siento que tuvieras que pasar por eso. —Lexi me apretó el brazo.

—Y yo. Pero ya es agua pasada. Soy libre.

—Y puedes empezar de nuevo. Te encontraremos a alguien genial.

Negué con la cabeza. —No. No estoy preparada para eso.

Siempre he tenido a alguien en quien apoyarme. Creo que es hora de que empiece a apoyarme en mí misma.

—Eres una mujer fuerte —dijo Lexi, dándome un abrazo cuando llegamos al final del pasillo.

Ambas nos giramos y abrazamos a Max y a Charlie para felicitarlos. Max estaba increíble con su esmoquin negro y un fajín a juego. Se ofreció a llevar algo rosa a juego con los vestidos, pero Charlie lo quería de negro. Dijo que le daba un aire distinguido.

Charlie estaba preciosa con el vestido antiguo de su abuela. Era el que llevó ella cuando se casó con el abuelo de Charlie, y Charlie lo había guardado, aferrándose siempre a la esperanza de poder casarse algún día. El vestido le sentaba de maravilla a mi nueva hermana, con un tejido de raso bajo una capa de delicado encaje. Tenía una cola corta y le había añadido una capa de miriñaque de color rosa fucsia bajo el vestido para darle un toque descarado. Como la propia Charlie.

—Vamos, mujer, apartémonos antes de que nos arrollen —dijo Max, llevando a Charlie a un lado mientras el resto de los padrinos y damas de honor se reunían con nosotros en el vestíbulo. Nos metimos todos en la habitación en la que Charlie había esperado antes de la boda y escuchamos cómo el resto de la iglesia se vaciaba.

Poco después, alguien llamó a la puerta. La abrí lo justo para ver a Sam sonriéndonos. —Estamos listos.

Abrí la puerta del todo y les dije a todos que Sam estaba lista para nosotros. Me quedé atrás mientras Charlie y Max nos guiaban por el pasillo hasta la parte delantera de la iglesia. Sam nos dirigió durante los siguientes treinta minutos, haciendo una foto tras otra de Max y Charlie, de nuestra madre y nuestra abuela, y de todos los amigos de Charlie, su familia.

Cuando Sam decidió que ya tenía suficientes fotos, nos

dio permiso para ir a la recepción. Charlie y Max querían algo pequeño, pero la cosa se fue haciendo más grande. Charlie esperaba que cupiéramos todos en ¡Muérdeme!, pero no era lo suficientemente grande. Ofrecí SkinnyCakes, pero tampoco cabíamos allí. Drew y Xander dijeron que podíamos usar XD Home Restoration, pero Max no quería ser una molestia. Sin embargo, a Charlie no le importó importunar a una vieja amiga de su abuela, Carla. La recepción fue en Nicolino's. Cerraron por esa noche para recibirnos a todos.

—Bienvenidos, bienvenidos —dijo Carla mientras todos entrábamos por la puerta, golpeando los tacones contra el suelo para quitarnos la nieve—. Los novios y el cortejo tienen una mesa en la parte delantera. Los amigos y la familia están a su alrededor.

Me encantaba el ambiente hogareño del restaurante. La primera vez que fui allí con Max y Charlie casi lloro de lo a gusto que me sentí. Carla me abrazó como si fuera su nieta perdida. Quería mucho a mi propia abuela, pero sentía que me había perdido algo por no tener una familia más grande. Fue parte de lo que me atrajo de Brett.

Negué con la cabeza. No iba a pensar en Brett.

La comida estaba deliciosa y la música era maravillosa. Bebí, reí y lloré cuando brindé por mi hermano. —Max siempre ha estado ahí para mí —empecé—. Cuando nuestro padre murió, Max dio un paso al frente y se encargó de todo. Yo solo tenía dos años, así que tampoco podía hacer mucho, pero a medida que crecía, me di cuenta de lo mucho que Max siempre estaba ahí para mí. En los últimos meses he tenido la oportunidad de conocer a mi hermano mayor como adulta y es aún más increíble que el niño que idolatré toda mi vida. Charlie ha sacado a relucir a una persona completamente nueva en Max. Él siempre ha sido muy positivo, pero Charlie lo ha hecho invencible. Estoy encantada de tener a Charlie en nuestra familia, y de que me hayan acogido en la suya... —

Alguien vitoreó, probablemente Carrie. Sonreí—. No podría imaginar mi vida sin vosotros, y aunque fue Max quien se casó, yo también he ganado una familia completamente nueva.

Levanté mi copa para brindar por mi hermano y mi nueva hermana. Sonreí y vitoreé con todos los demás cuando Max la inclinó hacia atrás para darle un beso apasionado.

Me sequé los ojos, fingiendo que mis lágrimas eran de felicidad por mi hermano y Charlie. En realidad, eran por mí. Me había perdido el tener a alguien que me besara de esa manera. Me había perdido un matrimonio lleno de amor y devoción. Me había perdido a alguien que no deseara nada más que compartir su vida conmigo.

Me alegraba de que Max hubiera encontrado eso en Charlie. Se merecía el amor después de todo lo que nos había dado durante toda su vida. Necesitaba a alguien como Charlie que lo cuidara tanto como él la cuidaba a ella. Quizá algún día yo encontraría lo mismo. Cuando estuviera preparada. Sabía, sin lugar a dudas, que no me conformaría con nada menos de lo que tenían Max y Charlie, lo que el resto de mis nuevas amigas tenían con sus maridos.

El resto de la recepción pasó rápidamente. Hablé con todo el mundo y bebí una o dos copas de vino, pero cuando Charlie y Max se fueron, me alegré de seguirlos. Me despedí de todos mientras nos metíamos en los coches y nos dirigíamos a casa.

A casa.

Aunque en realidad no tenía una. Estaba compartiendo la casa de Max. Me había entregado las llaves sin dudarlo, pero no era mi casa. Antes de eso había vivido en la casa de Brett, y antes de Brett vivía con mamá y la abuela. Nunca había estado sola. Pero necesitaba aprender a estarlo. Con la mudanza de Max, su casa sería solo para mí. Me sentía culpable por vivir allí, impidiendo que Max la vendiera, pero él nunca había dicho nada al respecto. Sabía que nunca lo haría.

Quizá debería empezar a buscar mi propia casa. A SkinnyCakes le iba lo suficientemente bien como para que pudiera independizarme. Mientras Max y Charlie estuvieran de luna de miel, tenía que dedicarme a buscar un nuevo lugar donde vivir. Un lugar que fuera mío. Solo mío.

Entré en casa de Max sonriendo. Me sentía mejor sabiendo que estaba pasando página. Que estaba cuidando de mí misma. Iba a estar bien. El dolor de mi divorcio se había atenuado. Ya no me sentía agobiada por la culpa de saber que no había podido hacer feliz a mi marido. Había aceptado que no era culpa mía que me hubiera sido infiel, era suya.

Encendí las luces de la cocina y busqué una botella de agua en la nevera. Después de toda la gente con la que había hablado, necesitaba calmar mi garganta reseca. Justo cuando me llevaba la botella a la boca, oí un ruido. La botella se me cayó al suelo, salpicándome todo el vestido, al verlo sentado allí en la oscuridad. Grité y él se abalanzó sobre mí.

—Shh, Abby, no grites. Por favor. Necesito tu ayuda —dijo Brett.

MUCHAS GRACIAS por leer *Esponjosa y Encantadora*. Adoraba a Charlie y tenía que encontrar a alguien que viera lo maravillosa que era. Cuando Max apareció en mi cabeza, supe que era el único para Charlie.

La serie continúa con la historia de Abby. Abby por fin persigue su sueño, y con el sexi Graham ayudándola a hacerlo realidad, sabe adónde se dirige. Hasta que su ex aparece y necesita su ayuda. Abby tiene que decidir cómo quiere que sea realmente su futuro, y quién va a formar parte de él. ¡Empieza a leer **Mullida y Preciosa** ahora!

. . .

Cada semana se lanzan nuevos libros en español. Descubre todos mis libros hoy.

¡Los suscriptores reciben libros electrónicos gratuitos y otras cosas divertidas, como contenido exclusivo solo para miembros y sorteos, además de ser los primeros en conocer los nuevos lanzamientos y ofertas! ¡Suscríbete ahora!

ACERCA DEL AUTOR

USA TODAY La autora superventas Mary E Thompson pasó la mayor parte de su infancia deseando tener algunas curvas menos. Se escondía entre las páginas de los libros porque a sus personajes favoritos nunca les importaba qué talla de ropa usaba. Ahora, a Mary tampoco le importa, y escribe historias que celebran a mujeres como ella. Mujeres reales que tienen curvas, persiguen sueños y encuentran el amor, porque todas merecemos ser felices, sin importar nuestra talla.

Mary pasa su tiempo fuera de la escritura con su esposo y sus dos hijos, viendo demasiada televisión, animando a su equipo local de fútbol americano (¡Vamos Bills!) y escondiendo chocolate de su familia.

Suscríbete ahora al boletín de Mary. ¡Los suscriptores reciben libros electrónicos gratuitos y otras cosas divertidas, como contenido exclusivo solo para miembros y sorteos, además de ser los primeros en conocer los nuevos lanzamientos y ofertas!

www.ingramcontent.com/pod-product-compliance
Lightning Source LLC
Chambersburg PA
CBHW020752310726
48969CB00002B/506